他像个心理上的残疾人一步一挨地离开，
发誓就此逃离三级跳的赛场。
身后是万丈深渊，他往后栽倒。
快要坚持不下去的时候认识了祝杰，
自己借着他的无畏和勇气，
重新回到了跑道上。

嗨王磐 ♥

锋芒之下

晒豆酱 著

长江出版社
CHANGJIANG PRESS

图书在版编目（CIP）数据

锋芒之下 / 晒豆酱著. -- 武汉 ：长江出版社，
2023.9
ISBN 978-7-5492-8936-3

Ⅰ．①锋… Ⅱ．①晒… Ⅲ．①长篇小说－中国－当代
Ⅳ．① I247.5

中国国家版本馆 CIP 数据核字（2023）第 127448 号

锋芒之下 / 晒豆酱 著

出　　版	长江出版社
	（武汉市解放大道 1863 号）
出版统筹	曾英姿
选题策划	黄　欢
市场发行	长江出版社发行部
网　　址	http://www.cjpress.com.cn
责任编辑	罗紫晨
印　　刷	湖南天闻新华印务有限公司
版　　次	2023 年 9 月第 1 版
印　　次	2023 年 9 月第 1 次印刷
开　　本	880mm×1230mm　1/32
印　　张	9
字　　数	234 千字
书　　号	ISBN 978-7-5492-8936-3
定　　价	49.80 元

目

录

薛业嘴里还咬着半个生煎包，他刚准备吐掉喊"到"，
后脑勺就被祝杰按了一下。

"到。"祝杰漫不经心地喊完又转过脸命令："吃你的饭。"

"哦。"薛业咕哝着，眼睛管不住地偷瞄右边，"谢谢杰哥。"

祝杰只露出眼睛，换右手顶车把，左手钩着一个款式相同的鲜红色全盔，直接甩到薛业胸前：「戴好。」

祝杰 × 薛业

只要练，血里必须干干净净，
才对得起"运动员"这三个字。

9月10日，大学开学第二周。薛业五点就自然醒了，下床溜达了一圈。

他十岁师从国家队三级跳退役教练罗季同，十四岁差一步被选入省队，十五岁考入体育试点校转攻中距离跑，十八岁之前他的生活几乎被学习和体育占满，五点是每天起床准备早训的时间。

十二年体育生的生物钟准得可怕。

薛业溜达完了，再梦游似的躺回去。短短几个月，物是人非，变故重大。

明明是最热的季节，薛业只感到阴冷，用被褥把自己从头裹到脚。屋里能变卖的家具全部被卖掉了，只剩一张床、一个大衣柜、客厅的沙发。

不久前，父亲和母亲在交通事故中去世。

整整一个暑假，薛业如行尸走肉，处理完所有事情，他也因腰椎问题住进了医院。

薛业因为住院错过了军训和开学。决定出院时，医生建议他继续留院观察，薛业执意要走，落魄地逃离了医院。

除了姥姥的这一套简陋民房，银行卡里只剩几万块钱。薛业算了算钱，还要读四年大学还要吃饭。

电话铃声响起时薛业刚有困意，他瞥一眼窗帘透进来的光，发现天早就亮了。身为国宝级教练罗季同最爱的关门弟子，薛业六岁后再没赖过床，可这一刻只想随便找个地方趴着。铃声没有要断的意思，非逼着他接电话。

薛业懒得动，趴着去够床头柜上的手机，还是狠狠抻疼了受伤的腰椎。他疼起来的时候，1米84的身高恨不得缩成18.4厘米。

腰椎受伤，身为一名习惯早起训练的体育生，薛业已经废了。

"嗯？"薛业疼得抽气。

"薛业，你还睡哪？"

不熟悉的声音，薛业习惯性地去按挂断键。

"你是睡神吧！醒醒，醒醒！"

薛业还是没印象。他努力睁开惺忪的睡眼，回想这人是谁。嗜睡症状半个月前开始出现，加上腰伤，他慢慢休养顺便逃避现实。

"你不爱存别人的手机号，对吧？"

"哦。"薛业爬起来，竖起唯一一个枕头当靠垫。他意简言赅，惜字如金："胖成？"

"你脾气真臭。"成超拎着一段麻辣鸭锁骨嗑，满嘴油腻，"过了一个周末，连哥们儿长什么样都忘了吧？"

薛业长却不卷翘的睫毛压着一双灰扑扑的睡眼。他错过了军训，宿舍另外四个男生早已相熟，自己又孤僻，和谁也说不来话。这时候另一个没参加军训的室友给他递了一瓶水，就是成超。

要是以前，薛业跟他废话的次数不会超过一次，更别说打电话聊天了。

但这一刻不一样，别人开始了大学的新生活，薛业开始打算生计。他略略缓一缓，醒到七八分后翻身下床，撕了两张止痛膏药去厕所贴，同时回忆这人的长相。

"你又睡着了吧？！"成超扔掉一段鸭骨头，短粗的手指不断点击另一台手机的屏幕。

"没，你有话就说。"薛业干咳几声开了免提，对好镜子找位置。田径运动员的身材，肌肉规整，只有后腰三节微凸的腰椎格格不入。

"一会儿来学校再细谈吧，估计你的事能成。虽然兄弟我在公司里股份不多，但能帮你一把就帮你一把。"成超擦手，扔掉湿纸巾。

他和两个兄弟合伙经营的直播平台刚起步，签不起有名的主播，只能从新人里挖，成超给薛业递水，其实是在打他的主意。

薛业没吭声，翻腾大衣柜找干净衣服。柜子旁边是几个巨大的拉杆行李箱，里面全是运动装备，代表着他曾经的梦想和骄傲。

薛业上高中时天天穿校服，训练时则穿运动装，这一刻能翻出来的便装不多，他勉强翻出几身，还都是高中的时候穿过的。

他躺到八月底才出院，没时间和钱买衣服，凑合吧。

"喂，你又睡了？"成超对着电话喊，"醒醒，醒醒。"

"我在听。"薛业在洗脸。他骨节分明的手腕上挂着一条纯银细链，和他戴着的锁骨链配套。那是妈妈的遗物。

"嗯，听着就好。你说想在我的公司找个不耗费体力的工作，我继续帮你寻觅着，但是你又说不能久坐，这就很尴尬。"成超在太阳下行走，大汗直流，"今晚我叫上公司另外两个股东，咱们约个饭，都是大哥，你嘴甜一点儿，兴许就签了你当男主播。你别天天在宿舍睡闷觉，昏天黑地的也不像话。"

"嗯。"薛业凑不出几身衣服，少了一件外套。他不得已打开行李箱，在鲜艳夺目的田径运动装备中搜罗外套，这一刻多看一眼这些装备都扎心一般疼。

薛业好歹扯出一件纯白外套，将拉链拉到喉结下面。

"到时候你多叫几声哥，我那两个哥们儿都特好说话。"成超继续喋喋不休，"出门了吧？"

薛业扶着腰缓缓下楼，睡够三十六小时之后终于又晒到了太阳："嗯。"

"不是嗯就是沉默，这习惯得改。"成超抬起手，"这么着，我女朋友正上播没吃早饭，你顺路给她送一份粥再来。"

一楼靠墙的地方垒了几层歪七扭八的花盆，花开得半死不活。薛业舔舔干燥的嘴角，觉得烦闷不已。

"不去。"

女朋友那边催得急，但成超实在懒得动："给你出路费，多不退少补，行吧？"

薛业眯着眼晒太阳，像一根笔直的竹子在补充光能，最后承认光合作用失败："地址发过来，我吃口饭再去。"

主播？什么行业？

薛业很喜欢吃汤汤水水的东西，最爱吃小馄饨。他在路边摊要了一碗最便宜的，边吃边思考，不舍得用手机百度。

他差那点儿流量吗？

是的，他差。

体育占据了薛业过去的十八年中三分之二的时光，六岁起正式开始封闭式训练，所有回忆都围绕着田径赛场展开，虽然不能说他对体育以外的世界一概不知，但也仅仅是知道，再深入的了解便没有了。

况且薛业没有长期打零工的意思，他只是想先趁着大一这年课业轻松，多做些兼职攒下一笔钱。既然他干不成体育，重心就要往学业上挪，未来好找工作。

这是薛业第一次认真思考没有体育的未来，他心里没底。

受伤后薛业第一时间请律师联系学校，阐明他的身体状况，以外因不可抗力为由取消了他在体育学院的名额。超出体育特长生录取分数线 270 分的高考成绩帮了他最后一把，在几个备选学院当中薛业选择了新闻系，体育新闻专业。

这是薛业最后的坚持了，哪怕不能上场，他也要站在离赛场最近的地方。

薛业这一刻吃得不多，一碗就饱，顺带打包了一份八宝粥、一屉小笼包。

成超给的地址在商业住宅中心，薛业单手插兜按门牌号的对讲，几秒后听到一个女孩子的嗓音："您好，哪位？"

您？还行，这人有礼貌。薛业最近水喝少了，嗓音略嘶哑。

"您好，可以下来了，胖成说让我……"

"哦，饭啊！你给我直接送家里来吧。"

对讲结束，玻璃门的安全锁开了。

薛业没找到门铃，直接敲门。

屋里没有动静，薛业数着数静待十秒，又敲了一次门。

"来了，你放门口吧。"是刚才那个女人的声音，还有高跟鞋踩木地板的声音。薛业皱眉，两种声音都是他最反感的，只想快速放下早点，一秒离开。

问题在他的腰不能动太快，弯腰不能过猛，他起身时房门开到一半，眼前立着的女人妆很浓，鼻梁上莫名其妙有两道竖直的阴影。

薛业下意识地别开眼。

"你怎么……"伍月的声音迅速从厌烦变为亲热，"小哥哥，你怎么自己上来了？那帮我送屋里来吧。"

"你……帮我放直播间就好，谢谢了。"伍月扭开脸，一瞬小跑回去。

直播间？直播间是哪个？薛业往里走，找到了卧室。

面对满地乱扔的衣裳和各样发卡，薛业无法下脚。

"放门口了。"

"谢谢小哥哥。"伍月回眸一笑，声音猛然间拔高，"什么？后面是谁啊？是我一个关系特别好的……朋友。"

薛业转身，心想：谁跟你是朋友。

"那我把他拉进来，好不好？"伍月起身，又是小碎步跑过来捉住薛业，变了个声音："小哥哥，我是做主播的，帮我个忙吧，就对着镜头说几句话，很简单。"

主播？这就是主播？

薛业身上有着体育生特有的质朴性子，和对网络世界的无知。他将大把时间堆在训练上，电脑都很少碰。

灯光太亮，显示屏上全是花花绿绿的标志，薛业一个都看不懂。

"这个，是什么？"薛业问。不懂就问，不会他就从头学。

他的声音很好听，一开口引出无数弹幕。

"谢谢……大家留言别刷太快，看不过来。"伍月动了心眼，留言翻得飞快，都在问小哥哥有没有直播间，"小哥哥没有，他只是我私人的……好朋友。"

薛业眯着眼，研究屏幕上花样迭出的弹幕。搞体育的人学起什么都特别认真。

"小哥哥的个人情况啊，这个保密。"伍月还在回答弹幕的问题，"喜欢小哥哥吗？喜欢就关注我啊，哈哈，不是男朋友，真的不是男朋友……"

伍月伸手搭上薛业的肩，突然整个人凑过来。薛业反应很快，身体先于意识退后一步。伍月本想假装亲热亲个侧脸，不想扑空，留言区瞬间一片嘲笑声。

薛业本能地站起身，重新回到室外，刚才的每一秒都让他反胃。女人、香水、浓妆……薛业捂住脸深呼吸，尽量控制自己别在大街上吐出来。

薛业感觉腰椎隐隐作痛。一个运动员的黄金期有限，更新迭代都在眨眼之间。他十八岁就受这个伤，基本上算是废了。

薛业突然开始找钱包，手指因为低血糖颤抖着。

照片是高中毕业照原片放大剪裁的，清晰度不高，左边是薛业，右边是祝杰。

一千五百米中长跑的佼佼者，稳定到悍然，陪跑三年自己也就在他后面当个吸尘器，没机会和他并排站上领奖台合影。

田赛出身转练径赛，天赋和专业都不对口，他跑得快才疯了。恩师要是知道非把自己的两条腿撅折当盆栽不可。

可他不后悔。

成超快被太阳晒熔化才等到人。

"你还知道来啊，半路又跑哪儿睡着了吧？"

薛业掏出一把临时换的人民币，递给了成超。

"干吗啊？多不退少补。"

"不要我扔了。"薛业目不斜视，眼皮沉重又开始犯困。

成超知道薛业言出必行："要，要，要。谁跟钱有仇啊，就你清高。"

薛业眯着眼睨了他一眼。

"就为等你，上课又晚了，你走慢点儿。"成超慢吞吞地迈步，"你大长腿，一步顶我三步，大腿根和我的脖子一样高了，能不能慢点儿……看什么呢？"

薛业在绿茵场一侧驻足："洗眼睛。"

"洗眼睛？眼睛里进脏东西了？"成超不屑一顾，"咱们大学最好的资源全供着体育学院了，这么大操场得多少钱？搞这些有什么用？！"

"你懂什么？"

"是，我是不懂，你懂？"成超躲到阴凉处，发现周围已经有女生在偷偷瞄薛业，还不止一个。

薛业的长相实在没话说，就是直播的时候估计又要打瞌睡，认识一个星期，就没见他眼睛亮起来过。

薛业不说话，盯着十几米外四十米长的直线助跑道。

短暂沉默后，薛业拿下书包扔给成超，走到助跑道的标志物前，慢慢弯腰挽起裤脚，露出一双结实的脚踝。

从前是抓地力最强的短钉跳远专用鞋，高中换成缓冲性能最强的跑鞋，这刻他踩着的是假帆布鞋。

最后一跳，是对田径场的告别。起跑姿势很不标准，薛业凝视着落地区自言自语："你懂什么？"

一跳单足，起跳腿落地。

二跳跨步，摆动腿落地。

三跳飞跃，空中高抬腿抬膝，由下至上冲击式落地。

助跑要快，保持平衡要用腰，作为告别式的最后一跳，每个动作薛业都做得格外认真，最后腾空的瞬间，他看向了天空。

练习跳跃技术的运动员对天空总有向往。

成超揉了揉眼睛，没看错吧？睡神睁眼了！

落地动作完美了一瞬，剧烈的钝痛将薛业的身体往后拉倒，他双手触了沙坑，犯规。薛业已经不在意了，料到自己扛不住落地的缓冲。他忍痛斜着身子站直，仔细丈量沙坑一侧的脚印。

啧，他把别人的印子给踩了。不过这人的成绩也不怎么样。

"跳得可以啊，同学是哪个系的？"远处有人鼓掌。

薛业跳出沙坑磕鞋，没打算回答，余光里有三个人走近，一个相当熟悉的声音落到耳边："薛业？"

他抬头寻找，眼里稍稍有了些暖意。

陶文昌，高三与薛业同班，市级比赛有名的跳高界明星选手，厉害且帅，不像个优秀运动员，像个文艺青年。

"陶文昌？你怎么在……"薛业被自己呛了一口，十几秒里快把肺咳出来。

"叫昌哥就罩你。"阳光垂直打在陶文昌的脸上，他笑得很干净。

薛业见到熟人声音才有了些波澜："你干吗呢？"

"训练，结果就看见你了。"陶文昌稍一偏头，看向右边比他高的人，"白洋，大二学长，现任田赛队长，刚才是白队在鼓掌。"再看向左边，"孙健，三级跳史上最弱选手，坑里的印子就是他的。"

"是还得练练。"薛业趁清醒打量两个人。

白洋和陶文昌是同一个类型，长得帅，发型清爽，一看就是经常收情书的那类。孙健小平头，长得就很一般，看完就忘。薛业只记住了白洋。

"好歹我也十五米多呢。"孙健不服气，看了沙坑直接愣住，"朋友，你是砸场子来的吗？"

薛业没搭理他。

白洋走近沙坑："昌子，你俩认识？"

"嗯，高中的同班同学。"陶文昌有些不好意思。高一、高二他天天撑薛业，高三才对薛业改观。

"同班？"白洋计算这一跳若是成功的总距离，"你们和区一中盛产体育特长生，人也英俊。"

陶文昌假谦虚："一般吧，啦啦队队长的微信号能给我不？"

"一会儿给。"白洋注视着左前方，意味深长地问："同学，你三级跳是跟哪个教练学的？"

"瞎跳，没学过。我打个小报告，陶文昌高中挺坏的。"薛业撂下一句话，向陶文昌点了点头当作告别，打算回宿舍趴着。

陶文昌恨恨地磨牙："阴我。"

孙健笑掉了下巴，鼓掌庆祝白队和昌子吃瘪："跳得完美！好践一个男的！"

"你同学不爱说话啊。"白洋回想方才那一幕场景，跳得真漂亮，"你跟他熟吗？"

"还行。"陶文昌回想了一下，"他高一来的，高一之前练什么、跟谁练，不太清楚。这个人比较独来独往。"

"是体育特长生？"白洋瞥了一眼孙健，正在起跳，没眼看了。

"嗯，跑一千五百米的，三级跳这件事瞒得死死的，我也是高考后听兄弟说才知道。"

"这双腿跑一千五百米……有点儿意思。"白洋惊叹。

刚才那三步起跳，薛业藏了锋芒，还不是全力以赴。

"昌子。"白洋看向西校区，"问问你同学是哪个系的，给我挖到咱们队里。"

"挖他？白队你可真会挑人。"陶文昌真情实感地苦笑了，"这我可能真办不到，除非……"

话音未落，二人的身后响起了脚步声，随即来人开动了嘲讽技能地笑道："这么早就开练，白队很勤奋啊。"

白洋冷冷的眼风扫过去："队员成绩差就得勤奋练，没你清闲。"

陶文昌回头，在心里感慨冤家路窄。说话的是径赛现任队长兼学生会主席，大三学长孙康，后面那个就更熟了，高三的同班同学，这一刻的室友，祝杰。

"陶文昌，这么巧。"祝杰朝陶文昌看过来。他一身全黑，发型是露着发际线的圆寸，鼻梁高挺，五官轮廓立体。

"倒霉呗。"陶文昌不咸不淡地调侃，只想走。

体院田赛和径赛关系微妙，队长退位之前会提前培养接班人。不出意外陶文昌会是下一任田赛队长。有什么样的领队就会有什么样的队员，看样子孙康看上的接班人是祝杰。

而孙健就是两边都尴尬的那个角色，孙康是他哥，白洋是他队长，两边他都惹不起。

"跳得怎么样了？不训练光聊天，白队不负责，是吧？"孙康汗湿的队服贴着后背。

"一般，还需努力。"孙健游离在两边都不讨好的边缘，"刚才来了个男的，还不是咱们体院的，直接秒杀我，这聊了几句？"

"不是体院的能直接秒杀你？"孙康不信。三级跳国家一级运动员标准是 15.35 米，孙健起码也有 15.10 米了。

陶文昌不接话，想把这个话题浑水摸鱼混过去。白洋也不接话，怕隐藏潜力股被径赛挖过去。只有孙健真傻："不信你问昌子，和区一中出来的，和他同班，好踆一个男的！"

陶文昌和白洋同时看向孙健，这人确实不能要，太傻了。

"同班？"孙康看向祝杰，"你和昌子不也是同班，认不认识？拎出来先给我过过眼。"

祝杰皱了皱眉，面向陶文昌，一脸疑惑："谁？"

陶文昌偏着头，一副我不知道的表情。

祝杰接着又看向沙坑，像用锐利的眼刀给沙面抹了一遍，再转过来的时候眼睛里有了东西。陶文昌继续保持沉默，他就不信祝杰凭感觉能猜到。

"他来报到了？"祝杰盯着陶文昌。

陶文昌和他对视："不知道。"

新闻学专业在西校区，下午的课薛业上到一半就开始睡，下课迅速回宿舍接着闷头睡，一直昏睡到被成超晃醒。他烦躁地皱了皱眉，点头示意虽然眼睛没睁但已经醒了。成超继续晃，一直晃到薛业开始腰疼。

"别睡了，大哥们到了，起来换衣服。"成超态度积极。

"换什么？"薛业裹着被子坐了起来。腰伤主要靠养，躺下就不想起，久坐是二次伤害。

"给，我从公司拿的。"成超扔给薛业几件衣服，"兄弟力推你，你也得给力啊！"

薛业睡下铺，床上挂了一圈雪白的床帘，闻言拉上帘子换衣服。洗脸时他正视镜面，发现镜子里的这人特别招人烦。

V领打底T恤不是纯白的，线里掺了银葱，一丝一丝闪着，外套是皮衣，他穿不惯，胳膊舒展不开，没运动衣穿着舒服。他常年在膝盖上绑绷带和护膝，破洞牛仔裤的安全系数为零。

"不能不穿这套吗？"薛业挺烦这种风格。

"就吃顿饭，走，走！"成超把他推出宿舍。

紧挨校园西门处有条食品街，薛业进了餐厅还在醒神，随时都能睡。

"来，介绍一下！这位是陈果，公司大股东。"成超费好大劲才挤进椅子，"叫陈哥。"

薛业睡眼惺忪地看过去，看到一个和成超一个风格的人："哦。"

成超尴尬又不失礼貌地假笑："陈哥，别气啊，他是不太伶俐，熟了就行。这位是张权，开拳馆的，叫拳哥。"

"嗯。"薛业抬眼点了点头，这人有一张很有威严的脸，眉峰剃了一道，黑黑的头发向后扎，箍着头皮。

两个人中薛业记住了张权。

"小子有点儿意思。"陈果笑成弥勒佛，"点菜吧，胖成你做东。"

"我做东，我做东。"成超拿着菜单叫了几个菜，最后问薛业："睡神，你想吃哪个？"

"一碗馄饨，不放辣。"

成超的尴尬指数再创新高，眼神一转："拳哥，你看他行吗？咱们平台女主播快有一百个了，男主播还没有一个。"

张权是纯烟嗓："叫什么？"

薛业犯困反应慢，被成超撞了下腿，声音和要碗馄饨的起伏一模一样地说："薛业。"

成超尴尬到汗直流。

"薛……业……"张权笑着咬字，"主播得有一技之长，你会什么？解说游戏、竞技娱乐、八卦新闻或者口才好，总得会一个吧？"

会什么？薛业困得犯迷糊，轻易露了青涩的破绽："这些我都不懂，我从小练体育，会跑步。"

张权长长地"哦"了一声，豪迈地打量他。肩平、背直、腿很长，肩颈线条很漂亮，锁骨清晰，喉结凸出来，毫无赘余的斜方肌显得肩膀轻盈却结实。

"快有 1 米 85 了吧？确实像个练体育的。现在不练了？"

"练够了。"薛业喉咙里干得厉害，想喝一口温水润一润，拿起杯子刚喝了一口直接扭脸吐了。

"怎么是白酒？"薛业擦了擦嘴。

"哎，注意形象……"成超不停地擦着汗，"两位大哥别生气啊，他就是性子缺磨炼。要不咱再添几个菜？"

"馄饨是哪位的？"系围裙的服务生问。

"我的，谢了。"薛业偏头躲开，看见了什么人，愣怔一瞬霍然起身，往洗手间标志的门里钻，留下满桌子的尴尬气氛和一碗没动过的小馄饨。

洗手间有六扇门，薛业往最里面那扇钻，放下马桶盖一屁股坐上去，把门也锁了。

不会这么巧吧？薛业习惯性地抻衣领擦汗，才反应过来这天穿的不是运动外套，没领子。

手机振动，是成超的微信："你给我出来，别磨蹭！"

薛业低血糖的手指发颤，回复："我拉肚子了。"

薛业静了片刻，洗手间的门被人推开，随后响起坚定不移的脚步声。

脚步声劈开空气，不轻不重，不紧不慢，目的性极强地从外往里找，然后是推门声，再是推门声，又是推门声，还是推门声……一直推到薛业右边的隔间。

薛业集中所有注意力听，脚步声往左又近了一步。

声音停了。

薛业屏住呼吸，盯住门与地砖的空隙，看到一个颀长的影子。空气逐渐稀薄，像等待一场无期徒刑。薛业不出声，影子也不动，用耐力的对峙消磨耐性。

"开门。"对峙结束，祝杰双手插兜正对着门。

薛业欲言又止，扶着墙慢慢站直，轻轻地拧开门锁，门被外力从外向内直接推成全开。

门外的人穿着黑色的高领运动外衣，留着圆寸，剃到发青的鬓角显得下颌线格外清晰。

祝杰先是眉头一皱。薛业的 T 恤很薄，闪着银光，很招人烦。

"薛业，为什么没来军训？"

薛业盯着祝杰，前胸后背湿透，一股熟悉的香水味充盈在两个人之间，是名为冥府之路的香水。

薛业逼自己清醒："这么……这么巧啊。"

"巧？"祝杰反问他，"你来这里干什么？"

"和室友吃饭。"

几分钟的沉默后，祝杰打破固体一般的紧张气氛："去和你室友说你有事不吃了，直接回宿舍。"

店里的客人比刚才多了些，薛业听话地从洗手间出来后，开门见山地说："我有事先走了。"

成超忍无可忍，肥厚手掌砸响桌面："薛业，你别来劲！"

然而他只骂到一个背影。

天已全黑，食品街亮起各色霓虹灯，成群结队的大学生出来觅食。薛业逆着人流走着，晃了下手机，亮起的屏幕显示21:45。

　　下午他睡了六个多小时？可这一刻回去，他仍旧可以闷头睡到明天上午，除了五点多的时候醒一次。

　　走出食品街是西校门，学生一下少了很多，环境很安静。薛业沿着路边走直线，直到被一个走路很慢的人挡了路，看背影对方和自己差不多高。

　　薛业往左迈一步想超过他，灵敏的听力捕捉到左后方急速接近的声音。运动员的反应速度，令他瞬间察觉到危险，他猛拽前面的衣领将人捞过来，左手背霎时疼了一下。

　　一辆急速飞驰的公路赛车擦身而过，车把打到了薛业的手。穿橙色领骑衫的车手戴着增强无氧运动效率的封闭面罩，头也不回地向后比了个"多谢"的手势。

　　他在突破极限提速。

　　以前祝杰也有一辆公路赛车，飞轮和塔轮咬合就是这个声音。

　　危机解除了，薛业松开手，甩着拳头抽身而退，身后的人追上来，很怪异地说了一声"谢谢你"。

　　薛业表情淡淡地回过头去，不出所料在他的耳朵上找到一个助听器。

　　"没开啊？"薛业问，干净的手伸到耳边，手指微微分开瞬间打圆，血泡磨成茧的指尖弯曲再相对。

　　对面的人显然愣住了，立马转动手腕，用手语回了个"嫌吵"，紧接着又比了一句：没想到你会打手语。

　　薛业不想和陌生人多说，两只手打出节奏分明的一句"晚上记得开"，再转身离去。

　　路上越走越安静，薛业想起了母亲，她也是经常嫌吵就把助听器关了。

薛业正出神，突然就被震耳欲聋的轰鸣声振至肺腑。发动机跳动着，猛兽心脏搏动般的声音停在左侧，变成低频的金属声，像在等人。

薛业眯眼一瞥。

纯金属的黑色车身体积硕大，是重型哈雷。祝杰左手顶住沉重的车把，右手有力地掀起鲜红色全盔的透明护目，露出一双黑眼睛，眼神精准地锁定薛业。

"上车。"

薛业芒刺在背："不了吧，我宿舍不远，杰哥你……"

"少废话。"

"哦。"薛业迎着雪白的车灯走过去，不尴不尬地站在旁边。

"杰哥，我还是自己走回去吧，就一个头盔，带我的话算不安全驾驶。"

祝杰只露出眼睛，换右手顶车把，左手钩着一个款式相同的鲜红色全盔，直接甩到薛业胸前："戴好。"

"哦。"薛业掂了掂重量，不压手，制作精良，勉强戴好却掀不开护目，更不敢用蛮力。

头盔内部异常舒适，全包围的挤压感令人安全感倍足。

薛业扶着座椅抬腿，哈雷座的宽度瞩目，坐起来不是很舒服，对牛仔裤更不友好。

"锁扣勒紧下巴。"祝杰看穿薛业想开护目的念头，长腿蹬直，"坐稳了？"

"稳了……等等！"薛业突然想起什么，赶忙问道，"杰哥，你有驾照吗？"

"你能别问废话吗？"祝杰拧动车把，冲了出去。

拐弯就是西校区男生宿舍楼，薛业强忍腰疼翻身下车，马达声又变为低频，祝杰没有要走的意思。

薛业把头盔还回去，顶着一头乱糟糟的头发说："谢谢杰哥，你这车真牛……"

"上楼换自己的衣服，再下来。"

"啊？"薛业这晚一直是蒙的，怀疑是幻听，或者耳膜被马达干扰了。

祝杰也摘了头盔，露出一张爱憎分明的脸孔："吃饭没有？"

薛业揉着自己的一头乱发："吃过了。"

祝杰磨了磨牙："我还没吃，所以你动作快点儿。"

"哦。"薛业搓着手，"好，我马上，我很快。"

薛业爬上四楼，换了衣服，还是那件纯白运动外套，到膝盖的篮球运动裤，跑下来的时候薛业的腰快疼断了。

祝杰一直在发微信，余光里出现一抹白色的身影，衣服很眼熟。

哈雷直接骑到东校门，两个人找了一家小馆子，一人拎着一个头盔进去找座位。落座之后，薛业咽了咽唾沫。

"两位要点什么？"服务员过来擦桌面，给了两双一次性竹筷和两个陶瓷茶杯。

薛业顺手划拉过来，拆开竹筷磨完推到对面，用开水烫了一圈茶杯再推过去。

"两碗馄饨，不放辣，一碗多放虾皮。多谢。"祝杰说道，抱臂端坐，"薛业，军训的时候你跑哪儿去了？"

当头一棒，打得薛业措手不及。

"陪爸妈出去了一趟。"

"去哪儿了？"

"我奶奶家。"薛业埋头擦桌面，"就没赶回来，大二再补军训。杰哥你把盘子拿起来，我没擦干净。"

"大二再补？"祝杰任薛业假模假式地乱忙一气，"你不是考上体院吗？"

薛业舔了一下干燥的嘴唇："我不想练了，放弃了。"

"不想练了？"祝杰掂量着这句话的分量，重新回归沉默。

"是，搞体育……太累，我这人怕吃苦，也跑不出成绩，不如踏踏实实地读个专业。当运动员太累了。"薛业绷住僵硬的肩颈，"我不想再练了。"

祝杰直截了当地结束对话，用湿纸巾擦手，一张张地撕开关节上的肌贴。

十分钟后服务员端上两大碗馄饨，打破一桌寂静气氛："有虾皮的是哪一位？"

"他的。"祝杰指了指薛业，"多谢。"

吃完祝杰仍旧没说话，薛业也不敢说。二人一路沉默着回到宿舍楼下，薛业把头盔还回去："杰哥，今后我能去体院那边找你吗？"

祝杰看向马路另一侧："不能。"

"哦。"薛业愣在了原地，"那我不去。"

西门食街，学生党散得七七八八了。祝杰慢慢将车骑回方才的店面，站着闲聊的一男一女打闹着走了过来。

"杰哥，你也太不仗义了，饭局半路放鸽子，微信也不回。"孔玉是祝杰的室友，同届三级跳招来的明星选手。

女生叫俞雅，大三表演系学姐，顶着略带混血的长相半开玩笑地开口道："下回咱们也别找他吃饭了，江湖再见。"

"对，江湖再见。"孔玉敛起嬉闹的调调，"杰哥，怎么了？"

祝杰有一刹那的分神："你们吃吧，我回操场训练了。"

回到宿舍另外五个人都在。

薛业利落地抄起脸盆直接去洗澡，孑然一人站在花洒底下，犹豫要不要开热水：开吧，热水贵；不开吧，腰受凉会疼。他回忆了一下水卡里的余额，决定夏天不用洗热水澡。

直到凌晨，薛业还在被窝里缩着颤抖。腰椎受凉，寒意上蹿颈椎、下至尾椎，背上贴满了膏药。他翻了个身，趴着拿手机，犹豫再三点开微信。

太久没联系的聊天记录让他陌生，他试探性地发了一句"杰哥"，结果跳出一条系统显示——消息已发出，但被对方拒收了。

他被拉黑了。

薛业偶遇陶文昌是一周之后。

新闻学课程几乎全是文科，薛业慢慢适应着没有体育的生活，偶尔去图书馆。东、西校区被田径场隔开，西校区没有运动场馆，他最熟悉的篮球场、室内馆、健身房都在东校区，每每路过操场都会忍不住驻足留恋。

一朝体育生，一世体育生。薛业望向跑道叹气，就当自己是因伤退役吧，只不过退役时间有点儿……早。

薛业每天停留最多的地方是信息墙，寻找适合自己的兼职。他想攒钱治伤，或者先把自己不择时机、不择场合的嗜睡症治好。

陶文昌拍薛业的肩膀的时候，他就在信息墙前发呆。

"这么巧？"

薛业被他拍得咳嗽："你吓我一跳，喀……"

陶文昌眉头紧皱，往他身边凑了凑："你怎么不练体育了？春哥知道不抽你。"

春哥，和区一中田径队总教练，全市闻名。能被他亲手拎进校队的人都是祖师爷赏饭吃，比如陶文昌自己、祝杰，还有田径队前队长，初一同一批入队，都被他亲手打磨得成绩傲然。每天春哥都会说薛业不是跑步的料，把他往跳高队里踢。

这一刻陶文昌懂了，教练就是教练，火眼金睛，早看出来这坏子是田赛出身。能让春哥一再费口舌，薛业肯定不是祖师爷赏饭吃，是祖师爷亲自喂饭哄着吃。

"你干吗去？"薛业反问他，打量他的一身装备，湖蓝色的背心紧贴前胸后背，短裤裹到膝盖上面的位置，帅得很招摇，让薛业羡慕，自己是穿不上了。

"室内馆田赛测试，跟昌哥走一趟？"

没辙，白队的原话是要定了，他必须把人挖进队里。

薛业皱了下眉，似乎在斟酌。

"我没时间。"

"去吧，你瞧你这脸色惨白的模样，给昌哥加油，昌哥请你吃饭。"陶文昌极尽所能地劝他。

薛业这人吧，算是一个天才。运动神经好，智商也高，随随便便学了学，高考就超出一本分数线五十分。可惜上天不会让一个人成为完美天才，天赋、脸蛋、智商都无可挑剔，情商就彻底没救。

搞体育的人本就单纯，别的体育生脑回路是直线，薛业的脑回路是一个点。

所以在高情商选手陶文昌看来，薛业其实格外好相处，一旦混熟了还是挺有意思的小哥们儿。

薛业还是摇了摇头，懒懒地说："不去，咱俩又不熟，我回宿舍睡觉。"

"一回生，二回熟，看一眼又不吃亏。"陶文昌审视着薛业的反应，"室内田赛，那谁肯定不在。"

薛业抬起眼，眼神困倦："我单纯没兴趣。"

"快跟我走，绑也得把你绑去！"陶文昌一把捞过人，笑嘻嘻地揽着薛业，"我介绍白队给你认识怎么样？"

白队，白洋？

"陶文昌你能不搂我吗？"薛业腰椎有伤，疼起来很容易被人拿住，撂倒了绝对起不来。

"我晚上给你买薯片！"陶文昌迈开长腿朝东前进，"成交？"

薛业不再拒绝，半眯着眼直视前方。

陶文昌忍不住揉了把脸，藏起偷笑的表情。

室内馆的豪华程度远超薛业想象，体育学院有两个田径场，露天跑道八百米，室内跑道四百米，球类馆单独有一栋楼。

陶文昌带薛业坐在观礼台上，给他一一介绍场馆的功能区分布："怎么样，硬件牛吗？刚才路过正在建的楼是新健身房。"

这小子要真练过三级跳，不可能不心动。

"牛。"薛业默默地坐下，将黑色棒球帽的帽檐压得很低。

"你最近成绩怎么样？"薛业问。

陶文昌看不懂薛业，长腿笔直地伸向前："往上突破了一点儿，差不多 1 米 98，高中毕竟学业重。大学想怎么练怎么练，一天十个小时练下来，帅帅的我都瘦了。"

薛业把视线移到陶文昌身上，陷入回忆之中。

"是不是瘦了？"陶文昌问。

反正薛业是瘦了，脸苍白，总是一副没睡醒的样子。

室内馆高温高湿，薛业犹豫一下把外套脱了，里面是高三的短袖校服，胸口绣着一株浅绿色的嫩芽，那是知名体育试点校和区一中的校徽。

陶文昌快笑疯了："不行，我缓缓，你是讲情怀还是没衣服了？"

"喜欢穿，不舍得脱。"薛业自嘲，笑容中的凉意稍纵即逝，他随手拍了一张室内馆的照片发到微博上留念。

突然场内有裁判吹哨，薛业下意识地紧张起来，舌尖顶住上齿，吞咽了一下唾液——运动员的条件反射。

陶文昌不动声色，往旁边贴了贴问薛业："喂，我包里有苹果，你吃吗？"

"我不爱吃苹果。"薛业打了个哈欠。

"你怎么学新闻了啊？"

"不想走体育了。"

陶文昌不信，继续套话："练这么多年舍得放弃？"

"我就练过三年跑步，你们还笑话过我速度拿不出手，有什么不舍得放弃的？"

"真的？你眼睫毛这么长，骆驼精吧？"

"什么精？"薛业失焦的瞳仁里忽然出现一种漫无目的的疲累之色，眼皮以肉眼可见的速度往下沉。

陶文昌晃了晃薛业的肩："你晚上是不是没睡够啊，你别睡啊！"

"陶文昌……"薛业和困意做徒劳的抵抗，右手抵在了陶文昌的腿上。

"干吗？"陶文昌怀疑薛业被人灌了酒，"想吃苹果？"

"别动。"薛业强撑着。场内又响起一声哨响，撑竿跳开始，随即薛业眼前突然黑了。

天道好轮回，苍天饶过谁？自己一定是高中撑薛业太狠，欠他的。陶文昌左肩整个麻痹，薛业靠着他睡了一个小时丝毫没有要醒的意思。

陶文昌无奈，不分场合说睡就睡还是深度睡眠，薛业你的天赋点是不是太过任性了，祖师爷喂药吧？又不能把人扔下，陶文昌只好保持着这个姿势等待白队救场。

祝杰出现的时候陶文昌正在看三级跳，室友孔玉，1米8的身高像个跳芭蕾的男生，第一跳跳了15.30米，不错。

所以当祝杰出现在视线范围内的瞬间，陶文昌以为他来找孔玉。

趁没被发现，陶文昌把薛业的棒球帽往下压了又压。

孔玉选手第二跳结束，好，他看见祝杰了，很好，把祝杰带走！陶文昌默默地在心里解说，等祝杰离开。

谁料祝杰没跟孔玉走，锐利的眼神和陶文昌直接撞上。对视几秒结束，祝杰迈开长腿阔步逼近。

同在一起训练六年陶文昌还真不怕祝杰："真巧。"

薛业还在睡，一呼一吸安静地喘气。短袖校服被从纯白色穿成米白色，应该是他高三那件。

白洋与报完成绩的孙健、孔玉一同过来："哟，祝杰来了，你今天没有径赛评测吧？"

"白队，你再晚来一步，啦啦队全体成员的微信号也安慰不了我。"陶文昌拍了拍薛业的后颈，"只不过你要的人睡着了。"

"你要的人？"祝杰问。

"是啊，我想把他挖进队里好好培养。怎么，你们认识？"白洋蹲下轻轻掀开薛业的棒球帽，"嚯，几天没睡觉了？睡挺香啊。"

孙健突然惊呼，震了孔玉一下。

"你认识他？"孔玉不自然地动了动肩。

孙健口若悬河，声情并茂："就是他，随便一跳就超过我了，好厉害一个男的！"

孔玉摆明了不信："这么厉害不考体院，你看清楚起跳板位置没有？"

白洋拿出学长风范："我看的，规范起跳但还没全力以赴，实力碾压孙健是有的，想让昌子叫过来问问他的意见。"

孔玉听得云里雾里："昌子，这人谁啊？"

陶文昌故意偏头看向祝杰："薛业。"

祝杰没有说话。

"要不……"孙健左看右看试图暖场，"要不咱们叫醒他问问，想不想入队？"

孔玉和祝杰同时看向孙健，两位面色都不太友善。被眼刀戳成筛子的孙健毫无知觉，看向白队说："总不能让他一直睡吧，昌子还有测试呢。"

在周围人你一言我一语的争辩中，薛业终于艰难地醒了过来，他揉着酸疼的脖子，定睛一看："杰哥，你怎么来了？"

祝杰瞥了薛业一眼："我还要问你，你来这干吗？"

薛业不说话，扭头看向陶文昌。陶文昌瞬间石化，看向薛业的眼神中写满了"你敢让我背锅今晚就没薯片吃"。

"我就想来看看室内馆，没想到能遇见。"薛业努力揉了揉惺忪的眼。

白洋笑道："既然醒了，测试结束一起吃个饭？我是学长，我请。"

体院学生多，田赛测试完毕已经很晚了。白洋带着一行人到了东食堂，找好长桌问道："大家想吃什么？"

"白队，你随便点吧。"陶文昌坐下了，"饮料都喝什么？我给端过来。"

薛业取下书包："还是我去吧，你们都喝什么？"

"等等我！"孙健突然冲过来，"咱俩一起去，我帮你！"

薛业确信自己不认识这个人："你是谁啊？"

"我啊，那天在操场，三级跳还记得吧？你踩了我的印子。"孙健身高比薛业高一点儿，皮肤是健康的古铜色，"想起来了吗？"

薛业皱了皱眉："嗯，你还得练。"

"饮料机在二层，我陪你去！"

孙健和薛业一走，沉默良久的孔玉坐不住了："杰哥，他是你的同学啊？"

"高中同学。"祝杰的注意力显然在别处。

"那他是练三级跳的吗？"孔玉揉着肘关节问。

"跟我跑一千五百米的。"

用餐时，白洋筹谋着如何开口，不经意地问："薛业，听昌子说你以前是体育特长生，有没有兴趣参加社团？"

"没有，新闻系作业多。"薛业随手把不爱吃的东西往外挑。

"其实你可以来练三级跳嘛。"孙健单刀直入，"我和孔玉都是三级跳运动员，他的教练特别有名。"

"三级跳国家级教练张海亮老师。"孔玉故意说。白队说薛业会三级跳，那薛业不可能不知道这个名字。

"张海亮？"薛业筷子一停，别人以为他震惊了，结果他只是笑了一声。

薛业的恩师退役后不教大课，只带徒弟，张海亮是罗季同的第十个徒弟，薛业是老幺小十六，两个人一个辈分。

"你看不起谁呢？！"孔玉恼羞成怒，一直以拥有明星教练为傲，不想碰壁，"有本事你跳，赢得我心服口服！"

白洋见气氛不对，赶忙出来打圆场："孔玉，说话注意分寸。要不……薛业你和孔玉试跳一次？"

"我真不会，我就是个跟杰哥跑步的，成绩也不理想。"薛业老老实实地说。

吃完饭众人散去，陶文昌陪孔玉回宿舍，孔玉喋喋不休："不就是白队力荐嘛，有什么了不起的？"

陶文昌笑而不语。

祝杰看向身穿校服的薛业，总有种自己还没毕业的不真实感。几个月之前他们还是高中生，这一刻已经是大学生了。薛业以前有这么容易困吗？

薛业不喜欢跑步，长眼睛的人都能看出来。能逃的训练他都逃，再被逮回来，没少挨罚。尽管速度上不去，可他的体能绝对合格，国家二级运动员不是随随便便谁都能考。最大训练量万米跑完他也不像这一刻这样。

祝杰站在篮球场外，再往前是西校区："你怎么突然想起来穿校服了？"

"一不小心穿错了，上午第一节课差点儿迟到。"薛业面不改色地撒谎，"文学三十年的课。"

"嗯。"祝杰的手懒懒地搭在篮球场铁丝围墙的菱形空隙间。

薛业是体育特长生中绝少的部分，专门钻研技术的类型，只适合封闭型训练和打比赛，智商很高，学什么都快，是会用脑子调动身体的优秀运动员。然而出了赛场，脑子里就只有一根筋。

"杰哥。"薛业的喉结因为紧张而上下滑动着，"体院径赛测试那天……我能去吗？"

祝杰不说话，眉心慢慢皱紧。

困意再次袭来，薛业视野的边框开始变得模糊。

"随便你。"

薛业瞬间清醒："谢谢杰哥。"

陶文昌在高三（9）班的微信群里找到薛业，申请加好友。白队坚持要挖他，这件事十分棘手。

几分钟后申请通过，陶文昌发了句"叫昌哥就罩你"等待回复。不一会儿薛业的回复来了："我的薯片呢？"

薛业的微信里的联系人很少，他通过陶文昌的好友申请纯粹是因为心情好。

薛业脸上挂笑地回到宿舍，一进门就被成超拉住，不计前嫌地叫他"睡神"。

薛业还保持着微笑的表情："有事？"

"对，就这么笑，等开了直播就保持现在这个笑容，保你要什么有什么！"成超带着一身麻辣鸭脖的味道，"大哥都觉得你不错，就说你运气多好。要不咱试试？反正试试又不吃亏。"

薛业又因为心情好答应了："行。"

"识抬举，你一定发财。"

薛业不接话，手伸向后腰撕膏药。长期贴膏药引起了轻微过敏。

"拳哥还问，你有没有兴趣去他那里赚钱？"成超又故作神秘地小声加码。

薛业摇了摇头："我就是个跑步的。"

"到时候再说，我把拳哥的名片给你。"成超将名片递过来，薛业心情太好随手接了。

洗过凉水澡，薛业又在被子里趴成虾米，整圈床帘被拉严，只留一盏微亮的床头灯。

一周后，薛业被成超拉到公司说是走个流程，薛业跟着看了看，确实是正规公司，可逛一圈下来差点儿吐了。

"怎么样，哥们儿没骗你吧？"成超倒了杯水递过来，"脸色这么差？"

"空气不好，熏的。"薛业只接不喝，只喝自己开的瓶装水。

成超习惯了："唉，害什么臊啊？她们是开玩笑，欢迎仪式才搂搂抱抱。"

"为什么她们在公司，你的女朋友在家？"薛业很抗拒整条主播房的走廊。

"你也知道那是我女朋友，特殊待遇。"成超给薛业递了根烟，"尝尝。"

薛业连接都不接："我能不能不在公司播？"

"好家伙，还没签约就讲条件。"成超悻悻地收回烟，"那我得问问，要不你先看看合同？"

合同？薛业有些许不安，沉默片刻后问："是不是像职业运动员签训练协议那样？"

"是啊。"成超点头，突然从薛业的领口往里窥探，"这是啥？你肩膀上怎么了？"

薛业瞬间坐直，将领口拉正："没什么。试用期最短是多久？我不签长期约，我也不来公司。"

"这个啊……我问问大哥吧，时间越长对你越有利，分红多。我再想想打造什么人设……"

人设？人设是什么？薛业对网络用语毫无概念，最近才开始补课，充满了戒心："什么东西？"

成超拍着多层后脑勺叹气："你啊，得找个前辈带，你自己上播没戏。"

薛业回到学校先去了图书馆还书，再去买膏药。路过田径场的时候他往东校区的方向望了望，体院那边应该还没下练吧？

以前自己也是同样的作息，早知道高三是最后的体育生涯，说什么也要好好跑步，少挨春哥骂。最后他拎着两桶方便面回宿舍，碰到了白洋。

"薛业！"白洋没穿训练服，拎着一大口袋零食。

薛业很好认，个子很高，穿着黑色上衣和白色篮球裤，背着棕色书包，一双很能跳的小腿笔直。

"有事吗？"薛业和他保持距离。

白洋坚信他绝对有碾压孙健甚至孔玉的实力，巅峰状态兴许不输体院的一队队员。

"没事，昌子说欠你一包薯片，让我替他送来，正巧路过。"白洋自动跳过半小时的等待，"给。"

薛业没有接："你找我到底想干什么？"

"哎，我想交你这个朋友，够直接了吧？"白洋简直不知道怎么和薛业沟通，"大一学业轻松，晚上我组局打篮球来不来？3对3学长局，我带你。"

打篮球？薛业舔了舔嘴唇，想到自己现在的身体状态，还是拒绝了："不了。"

"那……请你吃饭？"白洋使尽浑身解数，"或者你想干什么吧，交个朋友不吃亏。"

薛业明白白洋的真实意图，直截了当地说："那天三级跳是我瞎猫碰上死耗子，你让我跳我也跳不出什么成绩。别找我了，我只会跑步。"

白洋只好笑着摇摇头，说了"再见"。

高温蒸腾着田径场，孔玉和陶文昌提前下练，有一搭无一搭地盯着径赛那边。

俞雅拎着一袋冰矿泉水走过来："还不走啊？"

"我倒是想走呢。"陶文昌搭了俞雅的肩，"小姐姐陪我吗？恋爱选我我超甜。"

俞雅推开肩上的胳膊："我对弟弟没兴趣。"

一身全黑的祝杰刚好加速过弯过人，速度悍然。

孙康正掐表瞪着前方："3分58秒，你觉得这速度说得过去吗？闹什么呢？"

"说不过去。"祝杰深深喘气，呼吸频率急促加快，心跳快到撞得胸腔疼，汗如雨下。

"还能不能跑一队了！"孙康历来不留情面，作风令人闻风丧胆。

不远处是一队的学长们，纷纷侧目看新人的笑话。后面收拾场地的二队的学弟们也替祝杰捏了一把汗。这望尘莫及的速度还说不过去，可怕。

孔玉过来了："孙康，你急归急，谁还没有状态不好的时候？"

"运动员不允许有状态不好的时候，不好就是缺练！"孙康把计时表装好，"祝杰，我告诉你，上跑道不能被情绪左右，最近你很不正常！就你这个配速，一队测试直接刷下来，别怪我没警告你。"

"知道。"祝杰接过水往头上浇，过快的心率产生暂时眩晕的感觉。

孔玉替他不平："又不是机器，每天练这么狠谁受得了，谁还没个压力？"

按理说最难熬的极点和体力透支已经翻过，可这呼吸频率实在太急了，陶文昌纳闷，看祝杰汗如雨下，汗在他的鬓角滑出两道弧线，再挂在下巴尖上。

祝杰压力大？陶文昌猜。确实大，一队的替补正在冲国家一级运动员水准，马上面临第二次测试，十一月份省级比赛，祝杰是万众瞩目的焦点。

休息几秒后祝杰挺直了脊背："我先走了，你们吃饭去吧。"

"喂！不是说好一起吃饭的嘛！"孔玉要追祝杰，被陶文昌拉住。

"没他又不是吃不下饭，走吧，帅帅的我快把肌肉消耗光了。"陶文昌说，再回身看俞雅："小姐姐，约饭不？"

宿舍里，成超绕着圈偷拍薛业："你知道拳哥怎么说？说你长了一张花钱才给看的脸。"

薛业选择性耳聋，早早洗好澡泡了碗面，想着怎么赚钱。没事，哪怕不上场了自己也是运动员，运动员从不认输，赚钱把伤治好就行。

他刚端起碗就收到一条短信："吃饭了吗？"

薛业的手一抖洒了汤，他秒回："杰哥，我正吃呢。"

然后薛业边擦桌子边等回复，可再没动静，过了七八分钟屏幕才亮起来："我还没吃。"

薛业叼着塑料叉子考虑怎么回消息，屏幕立马又亮起来："下来，速度快点儿。"

祝杰发完短信开始喝水，全湿透的运动上衣像保鲜膜贴在人体雕塑上。他喝完半瓶水，薛业踩着低帮帆布鞋飞速跑到他面前，卡其色麻布短裤过膝，上身是松垮的纯白大T恤。

穿衣品位也就这样了。祝杰回想这身衣服是不是见过，是高二那年夏训买的。

"杰哥，我下来了。"薛业喘着气，伸手要拿祝杰的包，"我给你拎包。"

祝杰挡了一下，嗓子很哑："跟没跟你说过怎么穿鞋？"

薛业"哦"了一声，抬腿够鞋跟，他习惯踩鞋，后鞋帮已经被他踩出褶，他钩了好几下才提上，最后轻轻拽了几次鞋带，发现是死扣。

祝杰安然地看着薛业忙活。

"杰哥？"薛业捋了一把发量浓密的头发，等着拎包。

"嗯。"祝杰把包扔过去，往食堂走去。

薛业调整好挎带长短，斜背着包走一步问一句："杰哥，你怎么来了？你哪天测试？"

"路过。"祝杰没来过西食堂，转身问，"饭卡？"

薛业愣了愣，支吾着说："饭卡我丢了。"

祝杰偏了一下头，眉头紧皱，直视薛业眨动飞快的眼睛。周围充斥着压抑的沉默气氛。

薛业尴尬地笑了笑，喉结尖尖地凸着，"随手一放不知道搁哪儿了，明天我去办注销，再补一张。"

"知道去哪儿注销补办吗？"

薛业又愣了愣："不知道啊。"

祝杰的眉头皱得更紧了："你还有什么不敢丢的？"

"我以后注意，真注意。"薛业赶快保证，上一回丢的是高考准考证，班主任发下来确认信息，再收上去等考试发，结果一个课间的工夫他就丢了。

"薛业。"祝杰给他指了个方向，"坐着等去，把桌子擦干净。"

"嗯。"薛业背着包去找位置，擦好桌面又倒好几杯温开水。不一会儿祝杰端着托盘坐到对面，托盘上是素炒什锦、青椒炒鸡胸肉丝各两盘，两碗米饭和一碗鸡汤挂面。

祝杰把面推给薛业，扔过来一张新饭卡："和同学都熟了吧？"

"还行。"薛业应付着，"杰哥，你有心事？"

"没有。"祝杰夹着香菇片在水里涮了涮，"吃饭别说话。"

"哦。"薛业佩服祝杰恐怖的自控力，从没在任何方面放纵过。

学生会聚餐刚结束，白洋从二层下来直接看到了这一桌的人："哟，吃这么晚，食堂都没人了。"

低头吃饭的两个人同时抬头，皱眉头的动作整齐划一如同镜面。

"不欢迎我啊？"白洋优雅地支着桌子笑了，"刚开会说到十一月份省级比赛，聊聊？"

"聊呗。"祝杰面无表情地说。

白洋和祝杰打过几场球，团队合作能直接反馈鲜明的性格，他发觉祝杰控球不野，是个稳扎稳打到非常可怕的人。他有扎实的基本功，轻易不投，可每投必中，在不保证队友得分的情况下，能绝对保证对方不得分。

别人 3 对 3 的乐趣在得分，他的乐趣在防守。

他不耍帅，不贪多，不突进，是最难摆平的那类防守型大中锋。

和他打一场球很累，无论是精力还是时间都是一场消耗战。白洋和他打过五场，四场平手。

　　中长跑这个项目同样苛刻。短跑要爆发力和速度，长跑要耐力和心肺，中长跑要的是同等距离下以最少的时间尽可能发挥身体的爆发力和耐力。

　　后半段考验肌肉乳酸耐受力和有氧供能，每一块肌肉、每一项指标都要出类拔萃，所以这个项目练的人多，练出效果来的人少，因为它的门槛看上去简单，实则苛刻无比。

　　制衡，总而言之就是练的人不能有短板和破绽。

　　至于薛业打篮球是什么风格，白洋同样好奇。最后他单刀直入："十一月底省级比赛，有没有想跟一队队员参赛的想法？"

　　"看成绩吧，成绩不行去也是白搭。"祝杰夹起一块茄丁涮了涮，水面瞬间漂起一层油花。

第二章
互为依靠

　　回宿舍的路上薛业轻手轻脚地跟在后面偷偷打哈欠，然后一头撞上了祝杰的脊背。

　　祝杰的脸垮得很明显，眼睑微微抽动："薛业，你现在困得是不是有点儿多啊？"

　　薛业目光游移到右侧，尽量笑出轻松感可明显心不在焉："新闻学作业多，刚开学还不太适应。"

　　祝杰沉默地观察薛业几秒钟，见对方眼皮已经上下打架，睡眼迷离，他拍了拍薛业的脸："你不会又吃错什么药了吧？明天带你去体院抽个血验验。"

　　抽血？薛业脸色刷白，身体整个儿抖了一下："不了，不了，我睡一觉就好……杰哥我上楼了，你测试记得告诉我。"说完头也不回地跑进宿舍。

　　过了一周，薛业没等来祝杰的短信，等来了成超的消息。

　　由于零经验又不签约，成超决定让伍月带他直播，两个人以姐弟身份露面，既可以给伍月转型拉人气，又可以带他入门。

直播地点就在伍月家的直播间里，薛业提了三个额外要求。第一，成超必须在场。

第二，他不穿奇奇怪怪的衣服，各种发卡也不行。

第三，按次给钱，他急用钱，拖不起。

成超也提出一个要求，如果热度高，必须签约至少三个月的试用期。薛业的答复则是先试一次再说。

薛业再见伍月时，她穿着保守的学生裙，长头发被剪成清爽的短发，当着男朋友的面假装不认识薛业。

薛业坐下化妆，化完之后，心想：镜子里这人是谁？

伍月仿佛忘了那天的尴尬情况，尽职尽责地讲解着直播工作。薛业懵懵懂懂地做着笔记。

直播第一天，伍月差点儿累死。薛业什么都不懂。伍月负责聊天，她让他说"谢谢"他就说"谢谢"，两个小时下来，薛业只记得自己一直在不停地说"谢谢"。

"钱给你转微信了啊。"

"多少？"薛业看什么都是花的，眼睛被灯晃花了。

"礼物提成只给你百分之五，毕竟你没签约。要是签约，提成是百分之五十，你考虑一下？"

够用了。薛业摇摇头，再没社会经验也知道训练协议不能随便签："还是签试用期吧。"

"也行，其实我是为你考虑。"成超拿出合同和复印件，这个活是他自己接的，不算公司行为。女朋友转型嚷嚷要搭档，他才把薛业弄过来。

薛业签完字要走。成超拉住他说："刚才叫你下载的软件是咱们公司的平台，你回去找找感觉。"

"嗯。"薛业口干舌燥，只想赶紧逃离这个是非之地。

回校途中薛业先买了一瓶矿泉水。洗完脸，他躺回下铺拉好床帘，封闭的空间终于让他享受到片刻安宁。这一刻他食量很小，吃一顿够管一天，他拿出小桌板背书，没过多久又看困了。

他不能再睡了！

为了保持清醒，薛业点开了App（应用程序），第一步是注册账号绑定。想到微信里还有律师，他直接绑定了无人问津的微博，稀里糊涂地又点了一个摄像头图标，屏幕上出现了自己的样子。

他上半身穿着白色的运动速干工字背心和黑色高领运动上衣，下半身盖着一条毛巾被。

他这是……播上了？

薛业盯着屏幕里的自己发呆，才发现锁骨这么明显。伍月的锁骨好像是画的，薛业太震惊了。

不过手机直播这么方便，干吗还用电脑？

陆陆续续有人点进来，但人数始终没超过3，有的人留下一句"怎么不说话"或者一个问号就离开了。

薛业架好手机角度，半躺在床上养腰，只觉得越躺越困。他决定攒够钱暑假就去治腰，养不好坐轮椅就尴尬了。

结果下一秒他眼前又是一黑。

再睁眼，薛业才发现自己又睡着了。他缓了缓支起身才发现手机还在播。

有些丢人啊，直播睡大觉，好在没人看，薛业卸下那副运动员的精气神，只剩下一股子自暴自弃的颓废样子。

昏暗的床帘内，薛业靠着墙像在思虑。他屈起膝盖，将手搭在曾经视为骄傲的腿上，像自己和自己做游戏的孤儿。

他确实是孤儿。

离开田径场，自己什么都没有了。没事，只要不死，运动员流血不流泪，认命不认输。他先赚钱再治病。薛业打起精神，告诉自己运动员不能被情绪左右，慢吞吞地挪开腿去关手机。

Sky（天空）："醒了？"

薛业被跳出来的留言吓得手一缩，才发现 ID（名称）下面的数字是"1"不是"0"，有人一直在他的直播间里。

这人肯定不差手机流量！

薛业蒙了，屏幕里的自己也是蒙的，工字背心单薄的布料勒在他的两条锁骨上，他的第一反应是先捞毛巾被盖腿。

毕竟他底下只穿了一条运动短裤，长这么大没这么丢人过。

薛业完全不敢抬脸，这一刻看手机等于看着一个毫不知情的陌生人。他慌张无措地看看床单又看看枕头，最后悄悄用余光瞟了一眼镜头，数字还是"1"，那人还没走。怎么还不走？！

"你……"薛业的嘴张了又张。

Sky："别紧张。"

薛业确实紧张，大臂绷紧的肌肉完全证明这一点。他完全坐直，外衣裹紧身体，大脑拼命思索自己可以干点儿什么，最后还是架起小桌板看书，《新闻学概论》。

薛业完全看不下去，眉头皱了又皱，屏幕里的自己眼神深沉，捏紧书："你再不出去我关手机了。"

Sky："学新闻？"

"啊？嗯。"薛业点头。对方看得见自己，他看不见对方，交流起来很别扭。

Sky："为什么学新闻？"

这人问得有些多吧？薛业瞪着手机，四面是白色的床帘，过于狭窄的封闭空间被冥府之路的香味霸道地占满。

Sky："饿不饿？"

薛业疑惑地盯着手机，一动也不动。伍月说直播时要回答问题，但薛业不知道怎么回答。

Sky："上一顿什么时候吃的？"

直播都问这么详细？薛业皱眉，继续沉默。对过早开始全寄宿制生活的他来说，干这行太费劲了。

Sky："午饭没吃？"

薛业被连环追问逼得想关手机。

Sky："身边有吃的吗？"

薛业不冷不热地点头，起身拉开帘子拿进来一袋薯片，自顾自地吃上。他吃薯片吃得很慢，一片接着一片，表情却像听故事的人完全沉浸其中。吃完擦手，薛业发现那人还没走。

"你能出去吗？"薛业靠着墙，一副随时能接着睡的慵懒样子，"我不会直播，看我没意思。"

Sky："不会为什么还播？"

薛业看过去，睫毛下面藏了凉凉的自嘲之色，声音不大："不为什么。"

Sky："你播，我看。"

薛业不懂："不会。"

Sky："吃和睡总会吧？"

吃和睡？薛业陷入思考之中。伍月说有种直播是吃东西，有人专门喜欢看，莫非叫自己碰上了？

"怎么吃？"薛业不自在地抱了抱胳膊。

Sky："我决定吃什么，每天你吃给我看。"

薛业茫然了："你想要我吃什么？"

Sky："怎么打钱？"

薛业又茫然了，这人肯定和自己一样，对直播完全不熟悉。作为一名有一次直播经验的主播，薛业轻声提醒："送礼物。"

那人好久没再说话，薛业怀疑他要么是后悔了，要么是在研究怎么送礼物。果然那人留下一句"别走"就退出了直播间，再进来的时候 Sky 的 ID 后面多了个红色的"V"，还有进场特效。

特效非常打眼，持续了大概十秒。

薛业仓皇到又想关手机了，伍月说红 V 会员等级最尊贵，进直播间要说欢迎。他咬了咬舌头，说不出来。好在红 V 也没在意。看来这人不仅有钱，还很有内涵。

紧接着红 V 就开始不断刷礼物，满屏特效持续不断。

"不是，等等！"薛业吓得不行，"你……你到底要我吃什么啊？吃什么都花不了这么多钱。而且……我就是个大学生，不会聊天，吃得也不多，而且就干三个月。"

Sky："有私人直播间吗？就我看。"

薛业想了一下，然后去书包里翻笔记本，找伍月口述的 App 使用指南："有，我先支付会费升级……"

又是满屏礼物特效出现。

薛业瞠目结舌："我……不是要钱的意思。"

Sky："苦瓜炒鸡蛋、木须肉、红烧带鱼、乌冬面、橘子，明晚六点半吃给我看。"

"哦。"薛业一头雾水，而红 V 已经退出直播间下线。

怎么全是自己不爱吃的菜。

第二天薛业拿四百元充了饭卡，没敢动直播 App 里的钱。

恩师和教练的教诲是竞技体育十分耕耘一分收获。白来的钱同理，万一那人后悔，这钱还得还回去吧？

上大课薛业习惯找最后一排座位坐，把自己藏进三百人的大教室角落里。

"薛业，昨天班长加你的微信好友，你怎么没通过？"一个女生挨着薛业坐下。薛业带着鼻音"嗯"了一声，看着女生的脸回忆她的名字。

潘露，挺开朗的一个女生，爱笑，穿花裙子，英语特别好。

"我不怎么看手机。"薛业一语带过。

"那你现在通过，快，咱们系群就差你了。"潘露朝远处几个女生挤挤眼睛，都想要院草的微信号。

薛业话少，又高又帅，学习好，胆子还大。上周一只大蝙蝠误打误撞地飞进教室，女生尖叫着往外跑，薛业一声不吭地跳上投影仪，单手捉住蝙蝠从窗口直接扔出去，然后去楼道告诉她们没事了。

加微信？薛业明显迟疑，但还是通过了申请，几秒后他被拉进大群，手机瞬间提示音不断。他嫌烦，关闭了提示音，发现潘露还没走。

"有事？"薛业问。面对女生他垂下眼睛，很少与对方对视。

"没事。"潘露第一次近距离看薛业，耳尖通红，"你身上特香，想问问你喷什么香水？"

香吗？薛业揪起领口闻闻，熏过三年，他已然闻习惯了。

"像一座移动的寺庙。"潘露突然词穷，什么前调、中调、后调通通不懂了，"烧香的味道。"

薛业又闻，是挺香的，于是笑了一下："冥府之路。"

"冥府之路……"潘露只觉得薛业品位奇特，"周末南校区表演系有动漫展，班里好多人去，你来不来？"

动漫展？薛业摇了摇头，有那个工夫他想睡觉。

"那真可惜……行吧，有……有事发微信啊。"潘露磕巴了一下，跑回原座位。几个闺密凑上来围住她问，潘露心跳如擂鼓，"那个香水是冥府之路。"

下午，薛业拎着餐盒回宿舍，打开直播间等开饭。时间刚好六点，他来早了。

就在薛业昏昏沉沉地点头打瞌睡的时候，至尊会员进场特效把他吓醒了，特效持续大概十秒。薛业眯着眼看时间，六点半整，这人踩点进场。

薛业立马端坐思考着开场白，安静得没有一丝声响，最后舔了舔嘴角："你……"

Sky："校服？"

薛业低头一看，迷迷糊糊地又把高三校服穿上了："嗯。"

Sky："喜欢穿？"

薛业垂着眼小幅度点头，想起和区一中老旧的橡胶操场、炙热的夏天、热闹的田径队、骂人的春哥："嗯。"

Sky："为什么？"

这人的问题是不是有些多啊？薛业不安地咽了咽唾沫，眼里多了几分困扰之色，最后无奈一笑。

"不是我的。"薛业第一次在直播里笑，短齐的上牙咬住下嘴唇。

Sky："吃吧。"

"嗯。"薛业擦了擦手，面对一桌最不爱吃的菜开动。

红 V 会员话不多，安静到薛业一度认为 Sky 已经离线，可在线人数的"1"提醒他这人没走。没吃几口薛业便开始挑苦瓜丝，小心翼翼地扔到盘外的瞬间他看了看屏幕，没有留言。

可以扔，是吧？薛业又往外挑了一块木耳。

Sky："以为我看不见？"

"哦。"薛业假装面不改色内心着实尴尬，什么人，挑食也管？

Sky："心里骂我呢？"

"啊？"薛业端起比脸还大的面碗试图隐瞒，什么人，别人想什么也管？

Sky："还骂？"

薛业不情不愿地啃带鱼："没有。"

Sky："骂也没用，吃光。"

"知道了。"薛业"咕嘟咕嘟"地喝汤，什么人，有本事再提要求。

Sky："吃太快，每口嚼三十下。"

薛业愣了愣，这人是把自己当鹰熬吗？算了，吃人嘴软。

当晚，薛业吃撑了。

薛业太久没吃这么多东西，胃不太舒服。吃完最后一口橘子，薛业怀疑自己变成了一只填鸭。十点了他还在宿舍楼下溜达，时不时地揉揉肚子，时不时地揉揉腰。

自从离开了训练场，时间慢得似停下来，薛业每晚无所事事。这时候体院的训练刚结束吧？

"等我呢？"陶文昌一身汗地扑上来，他奉白队之命来勾搭人。

薛业后腰疼得冷汗直冒："陶文昌，你是不是和我有仇？"

"仇？我对你多好啊，走，走，走，一起吃饭。"陶文昌拉薛业的衣袖，不小心扯大了他的领口，"你的肩膀怎么了？"

薛业瞬间拉正衣领，声音像冷了几十摄氏度："你自己吃去吧，我撑死了。"

陶文昌不松口："来嘛，撑死了就当陪我，我一个人吃饭孤单寂寞冷！"

"你冷着吧。"后腰锥心刺骨的酸疼感令薛业脱不开身，"你浑身是汗，少碰我。"

"别闹，高中我对你不好，往后昌哥疼你。"陶文昌拖着薛业往食堂方向推搡，突然怀里的人不动了。

陶文昌突然有种不好的预感。

"陶文昌。"祝杰迎面走近，他光着上身，露出结实的肌肉线条和窄瘦的腰，全湿的黑色训练服搭在肩上。

薛业诧异的视线落在正前方，反应过来后他立马跑过去拎包："杰哥。你怎么打护膝了？"

"你俩关系什么时候这么好了？"祝杰扫视陶文昌，然后意味不明地笑了笑。

"你笑什么，别在校园内耍流氓啊，大晚上的光什么膀子，就你有腹肌和人鱼线是吧？"陶文昌掏出手机，"得了，白队组局3对3，你俩去不去？"

祝杰抬了抬下巴："心情好就去，心情不好就算了。你还不走？"

"那行，一会儿见啊。薛业，白队等你。"陶文昌说完直接开溜。

薛业凑近问道："杰哥，你的腿伤是不是复发了？我看你打护膝了。"

祝杰没说话。

薛业放下运动包上楼，很快又下来："杰哥，送你这个。"

他手里的是一只戴竹蜻蜓头盔的塑胶小黄鸭。

祝杰冷冷地看着并没有接，神色有些复杂："干吗用的？"

"我班里骑小摩托的女生都有，拴车把上说是破风鸭，学校西门地摊上买的。虽然你那车已经够牛了，可是……"

祝杰根本不接鸭子，偏头细细打量薛业穿的校服 T 恤。

"可是什么？接着说。"

"可是……挺便宜的。"

"不要。"祝杰撑开训练服的领子开始穿。

这在薛业的意料之中，趁祝杰穿衣服，薛业拉开运动包拉链，把鸭子丢了进去。

祝杰穿好上衣挑起眉头瞧他："晚饭吃了？"

"吃了。"

祝杰缓慢地问："吃的什么？"

"苦瓜、乌冬面、带鱼、木须肉，还有一个橘子。"

"橘子甜吗？"

甜吗？薛业细想，钱是和伍月直播赚的，不算吃别人的东西："甜，杰哥，你吃吗？我宿舍里还有呢，现在上楼给你拿。"

"不吃。"祝杰动了动脖子，迈开长腿，"走了。"

"啊？"薛业张着嘴看着祝杰。

祝杰停下来等："陪我打球去。"

薛业轻轻闭上嘴，笑着两步追上来，忍着疼说："谢谢杰哥。"

主篮球场最热闹，已经聚集了不少人，每一个篮架下都是三五成群的人。

白洋没料到祝杰会来，更没料到他会把薛业带来："这边！这个篮！"

陶文昌正在休息区吃盒饭，仔细回忆，高中三年貌似没见过薛业打篮球。

"哟，这谁啊？"学长局的几个男生停止运球，饶有兴味地问。

薛业安静得像不存在，和祝杰差不多高的身体，高中校服和篮球短裤引人夺目，跟在祝杰身后替他斜挎着黑色的运动包。

"同学。"祝杰的脸微微偏着，"叫学长。"

薛业看向说话那人："学长。"

另一个男生朝薛业扔了个球："来，陪学长打两把。"

篮球飞到薛业面前半米处，被祝杰一手挡下。

篮下几个学长都是校篮球队的人，身高皆在 1 米 95 以上，其中一个好事地问："怎么？小兄弟不会玩儿啊？"

祝杰转身，反手从运动包里捞出一个篮球递给薛业："试试。"

薛业将球放在左手食指上旋转，右手指尖不断拨动球体，细细的银链被篮球场夜间照明灯灯光打得雪亮。转十几秒之后他停下来认真地说："气不太足了，但是能打。"

白洋绷着下巴，眼尾有一丝微不可察的笑意。有意思，真有意思，他对薛业越来越好奇。

3 对 3，陶文昌后卫站在中间正对球篮，祝杰中锋站三秒区，薛业前锋站零度角。发球时祝杰直接将球给到前锋，闪了陶文昌一个傻眼。

白洋仔细观察，暗自留心。第一眼看下去就知道薛业的运球基本功不差，但也不扎实，祝杰是稳扎稳打控分，薛业只是半吊子，玩球的心态更重，很贪玩，但控球不错。

学长切球，薛业直接半转身停顿，再切直接急停，将球从胯下拉回，换手突破。他不防守、不卡位、不抢篮板，不打大前锋而是小前锋，属于球队中的得分者，而且是较远距离得分。

薛业是纯进攻型打法，球风和祝杰完全相反，只攻不守，不计代价。球在他手里只为得分，不外传。

两个学长切他，薛业当机立断地在三秒区边缘起跳，展现出惊人的弹跳力。

漂亮！直腕跳投！白洋万万没想到薛业是尖锐的路数，直腕跳投堪称防守噩梦，不拖泥带水，又凶又狠。

"好球！"白洋叫好。

薛业的腰疼得不行，直腕跳投需要强大的手腕掌控力和腰腹核心，落地时他微微屈膝，还是没能缓冲痛感。

但除了直腕跳投他就只会瞎投了，他只学了这一招得分技巧，连续闪人他都不会。

"不太稳。"祝杰跑回零度角，狐疑地问，"晚上没吃饱？"

"饱了，可能太久没练。"薛业忍痛跑着位置。

几个人没打多久，围上来的人越来越多。祝杰正运着球突然把球一收朝篮下走去："不打了，你们玩儿吧。"

另外三个球员包括陶文昌一起愣了，这闹哪出呢？

"祝杰！"对方前锋忍无可忍，"都开球了，你说不打就不打了？不把我们放在眼里是吧？"

祝杰已经收了球："又不是正式比赛，没意思就不打了，有什么问题？"

大前锋很高，有身高压制，"早看你不顺眼了，装什么啊？"

陶文昌突然又有一种不好的预感，很不好。

孔玉和俞雅赶到的时候先看到陶文昌。

"这是闹哪出呢？"俞雅还没卸妆，本不想来。

"唉，男生打篮球不是经常热血上头嘛。"

陶文昌进了换药室，祝杰面无表情地靠着药橱，女校医正给薛业清理伤口，后者一言不发地看着地砖。

"处理好了，伤口先不能碰水，注意忌口以免化脓。"校医摘下一次性灭菌手套叮嘱，收好医用托盘转身要走。

"谢谢校医，您辛苦了。"薛业条件反射式地朝校医道谢，小心翼翼地等着挨骂。

等四周稍静，祝杰动身一步步走过来，有力的食指富有节奏感地敲了一下薛业的椅背："站起来。"

薛业老老实实地起立站好，并直了双腿不留缝隙，认怂："杰哥，我错了。"

"错哪儿了？"祝杰语速极慢，没有情绪起伏，"自己说。"

薛业忍着浑身的疼，像被人蹂躏用过扔了的纸："没保护好自己。"

"就记住这个？"祝杰一动不动，只问问题。

"啊？"薛业糊里糊涂地抬头，眼里一片茫然和不服之色，慢慢看向门口的陶文昌。祝杰也跟着看过去。

"你看我干吗？"陶文昌急忙撇清关系，"我脸上又没有提词器，你杰哥让你记住什么你就记住什么，忘了就好好想，想起来之后好好改造，重新做人。别拉无辜的帅帅的我下水，好吗？"

祝杰明显压着火："还有什么，自己想。"

"哦。"薛业深吸气。他确实记得还有什么特别重要的，怎么也想不起来。

祝杰沉默了几秒，问："想不起来？"

"好像是……忘了。"薛业惊惶地往墙上靠。

"我让你靠墙了吗？"

薛业立马站好，像被墙面烫了一下。确实是还有什么但想不起来，他睡多了记性也不好了。

祝杰声音很轻但分量莫名其妙地足够："不服气，对吧？"

"服。"薛业确实不服，慢悠悠地别开脸。

"薛业。"祝杰没有一点儿开玩笑的意思，"再给你一次重新组织语言的机会。"

换药室霎时安静如同无人，薛业艰难地点了点头，浑身像烧了起来，声音像呢喃："记住了，以后不动手，不受伤。"

"忘了的那句想起来没有？"

薛业不说话了，随即摇了摇头，真的没想起来。他再看陶文昌，陶文昌躲瘟神一样避了避嫌。

陶文昌你个屃货，能不能帮我分担一半火力？

陶文昌淡漠地看向天花板，心说自己进来就多余。

"下周一，上午十点整测试，想不起来就别来。"祝杰漫不经心地走了。薛业僵硬地张着嘴，最后还是艰难地追了上去。

祝杰真动气了，不让自己看他比赛。

两个人回到宿舍，孔玉不依不饶地追问，祝杰不答复，最后孔玉自讨没趣地转身去洗澡。等人走干净了陶文昌从上铺一跃而下，拦住祝杰。

"有事？"祝杰盯了他一眼。

陶文昌拳心有些痒："你今天怎么对薛业发这么大火？"

祝杰的视线落在陶文昌的脸上："你俩不熟吧？"

陶文昌笑了，确实，自己和薛业真算不上熟。为什么要问？大概觉得薛业不至于受这么大气。

"因为他跟你顶嘴？"

"顶嘴？"祝杰匪夷所思地瞥他一眼，"我有那么变态吗？"

"你还不变态吗？"陶文昌咂舌。

"你突然这么关心他？"

陶文昌退后一步："我就想知道他到底怎么惹你了。"

祝杰目光越过他，一言不发，沉默足够久之后才说："他是 RH 阴性 AB 型血。"

回到宿舍，薛业换好衣服刷了牙，再睁眼已是隔天中午。

忘了的那句是什么来着？薛业支棱着鸡窝头去洗脸，还是想不起来。

红 V 仍旧每天踩点进场，满屏特效。起初薛业担心脸上的伤会影响 Sky 的观吃体验，结果人家一句都没问。

这人不仅有钱，还有内涵，还有礼貌。

除了点的菜全是自己最不爱吃的。

周五，薛业带着校服 T 恤和针线盒躲在最后一排上大课，老师在上面讲，他在下面缝领子。潘露过来称赞针脚细腻，薛业笑着说瞎缝的，实则落针游刃有余。

他早早离开父母，十五岁之前一年回家一次，高中三年补了几十件训练服和护膝，这点儿本事不在话下。

薛业犯困了，刚要收针旁边坐下个人，他警觉地看过去，是孔玉。

白衬衫、蓝领带，温莎结用领针顶得高高隆起，发型一丝不苟，薛业猜他刚拍完省级比赛的证件照。

"有事？"薛业收了中指骨节上的顶针。在师侄面前他不能太贤惠，得摆摆架子。

孔玉用复杂的神色打量薛业，薛业是很高挺的男生，宽阔的领口里戴着一条锁骨链，刘海遮住眉骨，眼里尽是困意。

"知道你惹了多大的祸吗？"孔玉用伸张正义的语气说，"王茂说要把事闹大，让杰哥被禁赛。"

薛业慢慢地睁开眼睛。

"干吗？"孔玉被薛业的眼神盯得发毛。

薛业把针线盒放回书包："王茂在哪儿？"

"计算机系，宿舍在北校区。"

薛业对东、南、北校区都不熟，找半天才摸到宿舍楼，校篮球队总部也在这边。北篮球场新建成，休息区坐着大二的球员，大一新生在擦球。

王茂看到薛业先是笑了笑，跟着兄弟们站起来："哟，还没找你呢，自己来了。你还想怎么着？"

"不怎么着。"薛业被校篮球队的人围成铁桶，自己把书包摘了，"我道歉，先动手的人是我。"

"道歉？"王茂看到薛业很来气，他揪起薛业的衣领，"哟，伤好得挺快啊。"

王茂很高，薛业一下被拉到很不舒服的高度，勉强踮着脚才站住。

王茂揪着他的领口晃了几下："是认真道歉吗？"

"认真的，医药费多少我赔你，多赔也行。"薛业话音刚落，就听到有人反驳。

"茂哥差那点儿医药费啊？"后面的人笑了，又来了几个人歪着身子靠在篮球架上。

领口越收越紧，薛业的脖子被勒出一道赤红痕迹，他重重吞了一口唾液。

王茂朝兄弟使眼色："看看他有没有带其他东西。"

"没有，他身上就一部手机。"

王茂满意地点了点头："行，是道歉的态度。你叫什么？"

"薛业。"

"薛业，有点儿意思。"王茂突然找到了乐趣。

薛业抿了抿干燥的嘴唇："学长要怎么才能消气？"

"五百个拳锋俯卧撑，做一个报一个数。"王茂开出条件，篮球场外开始围了人。

五百个？薛业一瞬间有些犹豫，倒不是不敢，高二挨罚也做过这么多，王茂这么做摆明了是要做给别人看。

王茂捕捉到薛业这一瞬间的犹豫之色："怕了？喊一声'茂哥我错了'，给你减二百个。"

薛业不屑一顾地笑："没叫哥的习惯。"

薛业慢慢弯腰，双手触地，左右手握成拳，再换拳锋撑地。他将腿打直，吸气，收腹，开始报数："1，2，3，4，5……"

他身体上挺、身体下伏，大臂的肌肉受到刺激迅速充血，动作到位，姿势标准，腰笔直，腿也笔直。

薛业做了快一个小时，王茂到后半段一声没吭，出于对同类的认同，王茂大大咧咧地鼓了鼓掌："是个硬骨头，哥们儿小看你了。"

薛业大口呼吸保持清醒，心跳快得难受："你说话，算话。"

"绝对算话，哥们儿不难为你。"王茂站起来大声宣布，"之前的事我王茂认了！"

行了。薛业躺在地上笑了。

薛业忘了自己怎么走回食堂的，只记得打包荠菜馄饨的时候汤足足抖出去半碗。

回宿舍拉床帘开直播，薛业躲在封闭空间里，手指抖得他都想笑。

怕影响 Sky 的观吃体验，薛业没敢开床头灯，屏幕里只有一个人物轮廓的剪影。

红 V 准时踩点入场，时间观念准得苛刻。

"那什么……是我。"薛业一反常态地率先开口，"灯坏了，是我，不是别人。"

Sky 没有回应。

薛业不想多事，浑身难受，只想吃完馄饨洗澡睡觉。

"我开始吃了啊。"薛业咳了一下拆起筷子，速战速决。

Sky："出这么多汗？"

"下午运动，出汗比较多，没来得及洗澡。"薛业轻轻地解释。

Sky："什么运动？"

薛业想都不想地说："跑步。"

Sky："跑了多少？"

这天红 V 有些话多啊。薛业想 Sky 未必懂体育，开口就答："一千五百米中长跑。"

Sky："一千五百米能出这么多汗？"

薛业敷衍地点了点头，把馄饨端上小桌板，心想：瞎问什么啊，你自己跑一次一千五百米不就知道了？

Sky："在大学操场跑？"

"嗯。"薛业闷闷地说，"我大学……体院最牛，操场气派。"

Sky："行，吃吧。"

对方终于不问了。薛业拿起筷子夹馄饨，夹一个掉一个，最后撂下筷子双手捧碗，准备把整碗馄饨喝进去。

Sky："放下。"

薛业的碗沿刚碰到嘴唇，他连口汤都没喝到，顿时眉头皱成一个疙瘩。

Sky："筷子，一个个地吃。"

这人绝对和自己有仇！薛业只好放下碗去拿筷子，挑了一个最好夹的馄饨，直接戳穿了挑起来。

吃完之后薛业觉得自己刚才的进食如同一场华丽的行为艺术。

"对不住，运动过量了吃得不好看。"薛业总得解释，即便他从不认为自己吃相好看。

薛业是寄宿制管理出来的孩子，吃饭安静又快。高一和祝杰拼桌，祝杰的菜还没涮完自己已经空盘了。

Sky："跑步手会抖？"

薛业尴尬地笑了笑："跑多了，会。"

Sky许久没有回应，薛业也不好意思再吃。谁知道红V尊贵会员想看哪一种进食姿势？

Sky："端着吃，吃完睡觉。"

"多谢。"薛业如蒙大赦，捧起快餐碗尽量不洒汤，等他狼吞虎咽地吃完最后一颗馄饨，Sky离开了直播间。

这人还挺……善解人意的。

洗好澡薛业给拳锋上了药，再用被子把自己裹紧。

养几天就好，薛业，你可是运动员，这点儿量都是小意思。

祝杰出现在主篮球场上的时候，白洋正在和校队经纪人部署3对3球赛，余光瞥到祝杰，便和他打招呼："哟，祝杰啊，刚下练就来打球？"

薛业的事闹得很大，白洋只希望祝杰不是为这事来的。

"不打球，找王茂。"祝杰越过白洋往里走。

白洋一个跨步再挡住他，小声劝道："知道你想干吗，但我劝你想清楚，别闹得被禁赛。"

"别多管闲事。"祝杰再一次绕过白洋，看到最靠底的球架下的校篮球队队员。

"哎哟，这不是明星祝杰嘛。"王茂站起来，"来给你那小跟班讨说法？"

祝杰放下运动包开始扒上衣，被汗湿透的训练服直接拧出一把水。

"下午就你们七个整他？还有没有别人？"祝杰从包里捞出自己的球，用左手食指尖旋转起来。

"是我们几个，但是他上门求整。"王茂活动着腕骨，"打一架？"

"不打，跟你们七个赌一场。"祝杰面无表情地运球，找着手感，"敢吗？"

"怕你啊？"王茂带着兄弟围过来，都是校篮球队的怕什么，"单挑还是怎么着？你说！"

"我挑七。"祝杰往中圈位置走去，篮球打着水泥声音响亮，"开计时器，五秒之内我不进分算输。"

王茂贼笑，几个平均身高1米95的校队现役队员还防不过祝杰一个跑步的人？

"输了怎么办吧？！"这种时候就是防三分，王茂几个跑着位置。球筐上的计时器亮了，起点时间05.00秒。

"谁输了活该认罚。"祝杰扫了一眼防守阵容。

"行，白队你给我们做个证！"王茂屈膝半蹲，身体侧向前，"那咱还等什么呢？开始呗！"

"白洋，给个手势。"祝杰一只手抓球，有力的膝盖也微微弯曲，重心靠后凝视前方。

中圈之外的人虎视眈眈，比赛一触即发。

白洋真不愿意接手烂摊子，但无奈箭在弦上："那好，两边愿赌服输，注意我的手势，准备！开始！"

王茂先一步张开双臂进行包抄，五秒祝杰肯定是打三分了。谁料祝杰双腿未动只猛然发力，身体无声地高高弹起，结实的手臂直接将球向上推，滞空，直腕跳投。

那一瞬间比赛还没开始，就结束了。

白洋不禁眼睛一眯，果然，祝杰这家伙是专业的。

蓝白相间的全明星赛斯伯丁七号球划出弧形，又因高度足够导致防守人员抢不到篮板，篮球空心入篮，篮筐都没碰着。计时器在篮球入篮的瞬间暂停，还剩00.29秒。

时间没归零。祝杰中线投篮，得分。

"愿赌服输，是吧？"祝杰甩着手，盯着他们几个，缓缓地说。

不一会儿，主篮球场成了全校最热闹的场地，四个校区的学生将铁丝外墙围了满满一圈。

祝杰拉了一张凳子坐着，心不在焉地换着手指上的肌贴，面前七个校队球员排成一列："87。"

"薛业！对不起！"七个人齐吼，同时下伏做拳锋俯卧撑。

"88。"祝杰点着数。

"薛业！对不起！"声音洪亮，整齐划一。

"89。"

陶文昌在球场外欣赏并拍摄着这场好戏，偏头提醒孔玉："喂，祝杰知道是你去找的薛业吗？"

"不知道吧，杰哥没问我啊。"孔玉侥幸地说，"这事闹这么大……况且我也没想到薛业真敢去找王茂他们啊。"

"他肯定敢。"

孔玉出了一手冷汗："为什么啊？好啦，我真不是故意的，我是好心办坏事。我就想提醒他别给杰哥惹麻烦。"

陶文昌顺手把视频发到了每个群里嘲讽："因为薛业脑袋里就一根筋。"

第二天周六，薛业起床时已经中午。

薛业翻身下床之后和室友打了个照面。

室友跟他打了个招呼，走了。

肚子"咕噜"一声，薛业饿了。

薛业摸着平坦的腹肌，震惊。他已经好久没在中午饿过了，连续十几顿的晚饭彻底唤醒了食欲。可比起吃饭还有一件更重要的事，他要去洗澡，刮汗毛。

部分男运动员有这个习惯，怕上场比赛皮肤不够清爽干净，薛业也是，久而久之成了习惯。

洗完澡浑身舒爽，午饭后薛业找伍月做直播，又是连续三个小时说"谢谢"。

"手怎么破了？"伍月关掉直播间，耳后一枚珍珠发卡，转型成功对薛业也客气不少，好像真多了个弟弟。

"不小心磕的。"薛业仍旧揉着眼睛，不适应圆形的灯也不适应伍月的香水。

伍月晃着玲珑身段递了一瓶没开过的矿泉水给他："以后小心，你现在可是有粉丝群的人了。"

"粉丝群？"

薛业虽然排斥伍月过分的亲密举动，但这段时间以来也对她有所改观。她工作认真努力，直播这一行辛苦，自己基本上只负责笑和说"谢谢"，几个小时全靠伍月辛苦陪聊，晚上她还有四个小时的单独直播。

薛业出来时成超在打电话，见了薛业一把挂断："提成一会儿微信转你。我跟你说，哥们儿最近又谈着几个男主播呢，你想签约的话赶紧，咱俩这交情我给你最大利润，抽你三成。"

薛业困得有些失神了，脚底下发飘："再想想……我有话跟你说。"

"什么话？"成超问道。

薛业吸气太急呛了一口："胖成，你让我赚钱，我谢谢你。"

成超看着薛业，等着他说下去。

"我听见你和月姐吵架。"薛业眼神逐渐怠惰，如果不是没钱他根本不想蹚浑水，"因为我俩一起直播。"

成超哼着瞥了他一眼："没辙，活该我没长成你这样啊。公司那几个主播天天问我签没签你呢，要我把你的手机号给她们。"

薛业特别反感："不是……我给你一句准话，我不能和女人太近，你放心。"

"什么？"成超惊了，反应出乎意料地热烈，"哥们儿为了你这句话绝对不吵架了，我跟你月姐好好的！"

薛业一犯困眼神更冷，五官盖上层冷光滤镜，保持着一定的疏离感："嗯。"

下周径赛一队测试，十一月又要比赛，操场上热闹非凡。薛业扎进食堂，才发现这天要吃的菜售罄。

"男神！"身后传来一声高吼，来人犀牛似的撞过来直接搂住薛业的腰甩，"男神超牛，男神大发！"

薛业霎时疼到发麻："孙健你能不抱我吗？！"

"什么人跟什么人，脾气挺冲。"孙康从后面走过来，平头黑脸下巴方正，"你就是薛业？"

"啊？"薛业一脸茫然。

孙康，学生会会长，上下打量薛业："行，算你有本事。"

"什么？"薛业感到意外。

"男神，你太勇了。"孙健用甩的方式抱住他，"你简直……"

"你别晃了，真的。"薛业只觉头晕目眩，"真的，我想吐。"

孙健箍住人不放："别啊，给我签个名吧，教我跳远，你……"

薛业咬牙："孙康，我要打小报告，你弟经常来西校区食堂偷吃五花肉……"

孙健动作一停："男神，你怎么还打小报告呢？不应该啊。"

"五花肉，小子不想练了是吧？"孙康一巴掌拍在弟弟的后背上，"下来跟队里的人训练去！"

薛业是真的想吐。他缓了缓再看手机时已经到了吃播时间。

算了，这天赚钱了不差流量，薛业找了个角落用筷子筒架好手机，红V踩点入场，特效持续十秒。

"你点的饭，学校食堂卖光了。"换地方直播薛业有些不安，"我在……食堂。"

Sky："脸？"

"脸？"薛业摸了一把才想起来和伍月直播化过妆，"这个是……粉底。"

Sky："粉底？"

薛业猜对面的人肯定不懂，没做直播之前他也不懂："接了个兼职，化妆，平时我不这样。"

Sky："缺钱？"

薛业心里"咯噔"一下赶快摇头："不是，体验生活。"

Sky："我没体验过生活，以后给我讲兼职的事。"

"好。"薛业点点头，有钱人的世界真奇怪。

Sky："我也没上过大学，给我看食堂。"

"啊？"薛业半信半疑地缓缓把嘴闭上，拿着手机带Sky参观一通，最后在Sky的要求下买了一碗黄鱼面和一屉灌汤包。

这一顿算是薛业吃得最顺口的，除了小馄饨，黄鱼面是他的最爱。

"那我开吃了啊。"薛业攥着不锈钢勺子，打过粉底又擦掉唇彩的脸没有血色。

Sky："等。"

薛业正纳闷要等什么，直接被灌汤包烫到挤眼睛，心情难以形容。他吃过那么多次还没长记性。

"偷吃什么呢？"陶文昌陪白队来找他，直接坐旁边，白洋坐对面，"直播啊。"

"怎么了？"陶文昌盯着屏幕看不停，"还想问你呢，你是不是不看微信啊？"

"不看。"薛业表情回归落寞。

陶文昌和白洋对了一下眼神，果真他不看手机，昨晚的事情他压根不知道："为什么不看？帅帅的我给你发微信你也不回。"

薛业不会挑鱼刺，嚼到刺直接一口吐出来，深深耷拉着脑袋："我不爱看微信。"

陶文昌偏着脸靠过来："祝杰这两天没来找你？"

什么？薛业抬起头，困倦的双眼精疲力竭："没有。"

陶文昌更是费解。祝杰闹哪样呢？又要为薛业出头，明明两个人都在校区，又形同陌路。

"那你也不去找他？"不应该。

薛业挤出一个苦笑："杰哥说不让我去东校区找他。"

"挨罚了？"陶文昌看薛业的拳头，伤不严重。依稀记得高中他和祝杰都被罚过，祝杰下练带他在学校旁边的炒面馆吃东西，正好春哥买水将两个人逮个现形，直接踹回一中每人做五百个俯卧撑，杀鸡儆猴。

薛业不回答，桌上谈话氛围静得瘆人。

"王茂他们的行为……"白洋和他对视，声音尽量放低，"如果有需要，我可以通过篮球联盟协会制裁他们，让他们禁赛三个月。毕竟我在学生会和篮联部那边还算说得上话。"

陶文昌惊讶地咽下米饭。白队你这又是闹哪样呢？

"如果你想要他们当面给你道歉，我为你想办法，尽量办到。"白洋收起笑，严肃的样子很认真。

"用不上。"薛业淡淡地回绝，仿佛置身事外，迷迷蒙蒙的睡眼突然睁了一瞬，"杰哥他会是下一任径赛领队吧？"

"估计是吧。"陶文昌觉出气氛微妙，"孙康挺看重他的。"

白洋看得很透彻："不一定。没有板上钉钉的事情谁也说不准。"

薛业握勺的手攥得紧了又紧。

"我觉得……"薛业缓缓开口，目光直视白洋，后半句没说。

陶文昌一边扒饭一边叹气。

剎那间手机屏幕炸满特效，薛业从目光僵直变为一脸疑惑，看向屏幕。

Sky："手滑。"

"这干吗呢？送礼物啊！"陶文昌好奇，揽住薛业的肩朝屏幕招手，"Hello（你好），你看我这张脸怎么样？要不我也进行吃播，你随便送个礼物就行。"

Sky："一边去。"

杰哥就在学校里吗？

晚上薛业取了Sky给的钱，买了六罐运动员专用镇痛喷雾和一副J型护膝，又买了一瓶六神花露水想去操场，来来回回犹豫。

东校区不能去，操场也不敢去，薛业爬到主教学楼外置楼梯第八层，远远望着曾经最熟悉的田径场，等夜间照明灯一盏盏熄灭，直到半夜十二点。

有点儿失败啊，薛业。

第二天周日，薛业从伍月的住处出来后没直接返校，随便找了一间医院看骨科。

他手里有点儿钱了，该治一治腰椎。

医院很小，薛业重新照片子。医生建议做理疗，又说可以在经济条件允许的情况下考虑手术。

开刀？自己能开刀吗？连个备用血源都找不着。最后他拿了一堆花花绿绿的药和膏药回学校，睡觉前随便贴了一张，周一睁眼时麻痛感减轻大半。

药还是管用。薛业迷迷瞪瞪地看手机，10:41。

自己浑浑噩噩过的什么日子？薛业慢慢地坐起来。

手机响了，薛业一瞥，陌生号码，不接。电话响了很久恢复平静，几秒过后又响起，还是刚才那个陌生号码打来的电话。

"谁？"

"薛业，你不存我的手机号吗？"陶文昌确定自己给薛业发过，不止一次，这小白眼狼，"你怎么没来啊？"

薛业叹气："杰哥……不让去。"

"去他的！"陶文昌心里叫嚣着，"我问你，祝杰是不是有心脏病啊？他刚才……喂？喂？喂！"

电话被挂断了。

运动员有疾病陶文昌不稀奇，自己都是一身伤……可祝杰的反应太奇特了。

3分55秒50，祝杰提速了，进步稳定到可怕。测试结束心率减慢，呼吸频率不降反升，不是心脏病，但症状离奇古怪。

更衣室里孔玉和他那帮径赛队友一筹莫展，陶文昌只能把最后一线希望寄托在薛业身上，看他有没有办法了。

薛业来得出乎意料地快，还是那身高领黑色运动上衣、白色篮球短裤、高三的棕色书包。陶文昌先注意到他穿鞋的方式，踩着帆布鞋后鞋帮跑过来的。

"杰哥呢？"薛业奔到陶文昌面前。

陶文昌猜薛业刚醒："更衣室里呢。"

"更衣室？"薛业停下脚步往室内馆的入口望，"我可以进吗？"

陶文昌简直无语："还记得春哥怎么把你俩踹回操场的吗？我现在就是那种心情，进去，立刻，马上，少废话。"

径赛测试还未结束，室内馆各处吵吵闹闹的。陶文昌也不知道自己找薛业对不对，唉，死马当活马医吧。

更衣室里聚了一圈人却静得吓人，孔玉回身，眉头慢慢地皱紧："你怎么把他带来了？他又不是咱们体院的人。"

祝杰坐在联排衣柜的甬道木椅上，一层一层缠护膝，喉咙里传出非正常的换气声。

孙康负手劈头盖脸地质问："你是不是有事瞒着我？"

几个队员想劝，其中一个憋不住话："孙队，祝杰他训练量最大，也提速了，你……"

"他训练量多大我能不知道？"孙康声音粗犷，死盯着面前的人："你跟我老实交代，是不是？"

陶文昌心头狠狠一跳。

"杰哥。"薛业轻轻叫了一声，僵着脸往前走去。

孔玉横跨一步："杰哥不舒服，你又不是校医。"

"别碍事。"薛业直接绕过孔玉，越过层层队员挤到中心。

"没有。"祝杰不屑于解释，"不信你查。"

薛业终于挤到祝杰面前，在密密麻麻地交织的视线下从书包里掏出早准备好的牛皮纸袋。

过度呼吸综合征，幸亏薛业知道。

病人发作时身体骗过大脑，误以为严重缺氧，呼吸频率急速加快，远远超出正常承受范围，直至吸入过量氧气导致血液碱中毒，最后死亡。

缓解方法却很简单，病人对着密封口袋调整呼吸，吸入二氧化碳调节便可。诱因多种多样，病理性、生理性都有。

薛业心里紧张得不行，祝杰这个老毛病高一发作得很厉害，高三终于好转，怎么这一刻反而加重了？

"你来干吗？"祝杰看了薛业一眼，继续调试护膝，任凭身体负荷加快。

"杰哥。"薛业转过来向他靠近，地上的黑色运动包拉链敞开，里面好几罐镇痛喷雾，"杰哥，我……睡过头了。"

祝杰冷着脸开口，声音沙哑："那就回去接着睡。"

孙康的脸扭曲地抽了几下，最后他甩手出去收拾残局。孔玉吊着眼看，不服气地拽陶文昌："杰哥生气了吧，这是干吗呢？"

"我哪儿懂他干吗呢？"陶文昌挑起不动声色的笑，自言自语似的说，"我又不是薛业。"

薛业张开全是汗的掌心："杰哥，我错了，那句话我没想起来，没敢来。"

祝杰霍然起身，表情不辨喜怒，抓起纸袋往淋浴间走去。

剩下的人面面相觑，越强悍的运动员越是有脆弱的一面，谁能想到祝杰居然有隐疾？

陶文昌开始清场："好了，好了，都是你们队孙康太没人性，提速提速，整天逼提速，人压力一大可不就紧张了？都出去测试。"

过度呼吸综合征？陶文昌想起其中一个主要诱因，急性焦虑。

祝杰的呼吸声仍旧沉重但逐渐规律，薛业小心翼翼地问："杰哥？杰哥你好些没有？我真是没想起来那句话才不敢来。"

祝杰喉咙里"嗯"了一声没再说话，过度呼吸导致大量出汗，流进眼里十分疼。

"杰哥。"薛业继续问，"测试怎么样？"

"还行。"

杰哥说话从不说死，说还行就是满意。薛业放心了，随即不满地皱紧眉头："是不是孙康练你太狠了？在一队压力大吧？你好久没这样了。"

"嗯。"祝杰不清不楚地应了，呼吸恢复正常。

他说完转身朝外走，薛业小步跟上："杰哥，你的腿伤疼不疼？"

"还行。"祝杰开始换衣服，将汗湿的训练服换成新的。

"杰哥，我以后能来体院找你吗？"

"不能。"祝杰拍了一下薛业的肩，专业跑鞋的鞋头踢了一下他裸露的脚后跟，"你不会穿鞋，是吧？"

薛业赶忙抬腿钩后鞋帮。

"那就是薛业啊？"

"嗯，就是他。"

薛业耳尖听见了，回身看了看。奇怪，难道自己不是吗？

祝杰推他一把："别管，走你的路。"

薛业跟着祝杰走过分数登记区，被盯得不太自在。跑得太急没顾得上洗脸梳头，但也不至于被体院的人集体围观吧？

"看路。"祝杰头也不抬地提醒薛业，捏破无名指根处新磨的血泡，"再不会穿鞋以后不用穿了。"

"杰哥，纸。"薛业拉开黑色运动包侧兜拿消毒纸巾，"我是太着急了才没穿上。"

薛业趁祝杰擦手，从侧兜的内兜里摸出心率测试专业手环偷窥，同时不放心地打量四周，很不习惯成为焦点。

黑色手环记录瞬间最高心率为204，薛业放心了，赶快将手环塞回原处，测试没超过极限心率。

"能耐啊，会顶嘴了。"祝杰的声音不轻不重，刚刚好。

"没顶，我解释一下。"薛业追上来，"我刚睡醒。"

"刚睡醒？"祝杰脚步停下来。

高中三年，薛业的生活习惯懒散可异常规律，半军事化作息，祝杰没有问过，但猜他以前上的是全住宿制学校。

缝纫、洗衣服样样精通，被子叠成漂亮的豆腐块，吃饭迅速，从小吃食堂大锅饭的缘故。

"昨晚十一点你在哪儿？"祝杰问。

问话来势汹汹，薛业甚至来不及过脑子："宿舍，昨晚背书背太晚了，我文化课基础差。"

"是吗？"祝杰不动声色，"高考572分，在我面前装了三年差生，现在告诉我基础差了？"

薛业瞬间石化："杰哥，你……知道了啊？"

"废话，你的身份证、准考证都是我给你找回来的。"祝杰毫不留情地推翻薛业方才的借口，可是没有追问。

薛业不想说的事，他问不出来，包括曾经练过三级跳。祝杰正欲转身又被一个女生拦住了。

"你好，祝杰是吧？"女生很高，将近1米8。

祝杰草草扫过她佩戴的志愿者挂件，篮联部的干事："什么事？"

女生一副公事公办的态度："想向你了解一下当天晚上的经过，留一份档案笔录，中午可以吧？"

"可以，等一下。"祝杰回身要自己的包，包上不知什么时候被薛业糊里糊涂地蹭了一层白色的碳酸镁粉，薛业正拼命擦呢，"给我，中午你和陶文昌吃，或者找我队里的人，我有事。"

"哦。"包被拿走了，薛业一下空落落的，看着杰哥和女生离开。

陶文昌确定祝杰和小姐姐走出去才来搭肩："哟。"

薛业本能地闪避："你干吗？"

"不干吗啊，你不去吃饭？"

"那桌吃饭的那个，就是薛业吧？"

"是吧？"二三十个体育特长生朝这边张望，其中一个大声喊，"喂，你是薛业吧？"

难道自己不是吗？薛业夹着阳春面的筷子一抖，面掉进汤里，小幅度地点了点头。

"挺高冷啊，哈哈！"旁边那桌的人全体哄笑，薛业皱紧眉头，这时陶文昌打回了饮料，后面跟着孔玉。

"去你们的，他腼腆，再不吃等着孙康骂人吧。"陶文昌用腿拉出一把椅子，头疼。

主要是薛业太难伺候，绕一圈也没说出来想吃什么，最后陶文昌急了直接打电话问祝杰，再挂了电话吼薛业："你杰哥说让你吃阳春面和西红柿牛腩。"

孔玉还非要跟着，头疼，真头疼，陶文昌无语望苍天，莫非真是天道好轮回了？梦想中的大学生活是多彩斑斓的比赛和长腿小姐姐，谁要当保姆？

孔玉边吃边看薛业："杰哥中午和谁走了啊？"

"不认识。"薛业的声音毫无起伏。

"什么？你不认识？"孔玉猜薛业只是不想说，"你和杰哥当时在一起呢，怎么不问清楚？"

薛业正专注地往外挑西红柿："杰哥的事……我没资格说他。"

中午薛业回宿舍拿书，下午上完课去伍月家。不知道是不是和成超说清楚了的原因，他居然没来，吓得薛业直接没敢进屋，还是伍月特意给成超打电话通报过薛业才进。

好在伍月摆正身份，三个小时相安无事。下播后薛业在伍月家洗完脸才走，赶回食堂进行吃播。

这一行还挺累人的，薛业身体不累，心累。幸亏 Sky 话不多，万一是个话痨那他们只能大眼瞪小眼。

吃完饭薛业无所事事，不训练了空闲时间一大把，转来转去又走到外置楼梯八层，在老地方坐下看操场。

体育大学的操场确实外设硬件过硬，夜间照明灯全开着。没了白天的喧嚣气氛，运动场上每一种声音听来都格外清晰。

跑步的人很多，薛业看着那堆蚂蚁大小的小点绕着操场移动，不知道哪一个是祝杰。

薛业再醒来是被冻醒的，早晚温差变大，八层高楼风也大。薛业再看向操场已经一片黑，晚间开放时间已过。

通往西区男生宿舍的路寂静无声，薛业听着风声，突然好想念一中热腾腾的校田径队。

"还知道回来？"祝杰看着薛业从远到近，恨得牙根痒。

杰哥？薛业站定不敢动，先看到宿舍楼下一个高高的黑影。祝杰逆着光，薛业看不清祝杰的表情，但是听这个不耐烦的语气，知道他肯定生气了。

一愣神的工夫，一阵大风把薛业吹得打了个激灵。

"杰哥，你怎么来了？"薛业搓了搓被吹起鸡皮疙瘩的手臂，"你下练了？"

"下练？"祝杰语气压迫地反问，"薛业，你知道现在几点了吗？"

薛业无声摇头，掏出手机发现电量不足已关机："我……杰哥……我不小心睡着了，不知道你会来。"

"又睡了？"祝杰知道薛业关机了，把手机晃给他看，"还有十分钟就两点了，你在哪儿睡的？"

薛业的手指开始互相较劲，指尖抠着手心。说自己在楼梯上睡的？他一睡五个多小时？别说杰哥，他自己都不信。

"杰哥，你找我有事？"薛业不想解释或者解释不开的时候会直接跳过问题，暂时逃避现实。

"这件衣服脏了，给我洗干净。"祝杰把身上正穿着的那件衣服扔给他，百年不变的款式，高领、长袖、黑色、两个兜。

杰哥这就走了？不发脾气？薛业诧异，赶快拿好衣服。

只是这个厚度需要送出去干洗吧？杰哥的衣服都挺贵的，洗不好就坏了。

第二天下午体育新闻没课，薛业回家收拾出一包厚衣服直接去找伍月直播，进屋发现又只有伍月一个人。

"胖成呢？"薛业放下衣服浑身紧绷。化妆师也没在。

"忙去了，说今天签几个男主播。坐。"伍月穿一条按扣牛仔连衣裙，"我给你简单上个妆。"

薛业犹豫几秒，还是坐下了。

伍月化妆下手很轻，轻得像羽毛扫过皮肤，害得薛业一直打喷嚏。两个人能聊的话题不多，于是全程无言。

开播前的尴尬气氛让薛业坐立不安，面对伍月还不如和 Sky 聊，最起码 Sky 话不多但是好像很懂他。

可一旦进入直播间伍月会立即化身为姐姐，对弟弟格外照顾，笑容纯净。薛业现在知道要回答红 V 会员的问题，想要收礼物提成就要多笑一笑。

三个小时的直播不仅耗费脑力也挑战体力，薛业不停地喝水，接近下播时间突然出现一条带特效的留言。这个红 V 的 ID 有些熟，薛业记得这个女生经常砸礼物，有时还开玩笑问小哥哥交女朋友吗？人要有梦想。

每次被问薛业都想说实话。

公司不让透露真实的私人情况，伍月替薛业挡了："我弟弟刚上大一，没有女朋友，怎么知道理想型？"薛业跟着点头，无奈红 V 砸礼物追问，他只好看伍月的脸色，伍月捏了他的膝盖一把，意思是：随便瞎说。

"高的，腿很长，最好喜欢运动。"

眨眼工夫屏幕被礼物特效刷屏。留言刷起一片"是不是喜欢御姐"，薛业直皱眉头，不得已悄悄地问伍月："姐，谁是御姐？"

又是一片砸礼物的动静，留言纷纷大喊弟弟"太天然了"。伍月再三道谢，准时关闭了直播间。

可算播完了，薛业一身的汗，只吃过早点，这一刻站起来直晕。他扶住电脑桌按揉睛明穴，刺激犯困的双眼，顺便等伍月结算。

"你刚才那话是什么意思？"伍月在薛业身后问，香水味扑鼻。

"啊？"薛业茫然，困得眼前发虚。

高、腿长……前天她直播说最喜欢跑步，不小心透露自己是花式游泳退役运动员。伍月用男人的思路去理解薛业。以前他为什么不说，偏偏等成超不在的时候说？

她搭着薛业的肩膀，想到他刚才刻意闪避的眼神："你刚才是不是在暗示我什么？"

薛业只愣了一秒就猛地甩开了伍月的胳膊："你干吗？"

"这还用问吗？"

薛业终于忍不住吐了。伍月尖叫一声摔了下去。薛业趁机狼狈地夺门而逃。

孔玉在西校区宿舍楼下犹豫，想叫薛业出来，可又不知道薛业住哪个宿舍，怎么找？

远远过来一个男生，脸色惨白六神无主，孔玉觉得眼熟多看了几眼："薛业？"

薛业困顿地回头找人，体力不支地靠住树干："有事？"

孔玉看着他一步三晃的样子也问不出什么："喝多了吧？"

薛业懒得解释要进宿舍，猛然想到成超和自己是一个屋的，脚下一停突然又想吐了。

"你……"他转身问孔玉，用仅剩的意志力对抗困意，"你晚上训练吧？我借你的宿舍睡几个小时，明天买全套床铺用品给你换。"

"行吧，不过你别睡太久啊。"孔玉思索半晌答应了，薛业点点头像个木偶似的跟着他走。进了东校区一栋宿舍楼，孔玉带他上了二层推开一间六人宿舍的门，指着下铺的位置。

"这是我的床，你别睡太久啊。"

薛业神情困倦，捂住嘴还是想吐，吃力地说了声"谢谢"。

白洋接到电话的时候快晚上七点了，正和学生会干部游刃有余地周旋着。十一月份比赛二队的人他也想争取一把。

　　"喂，怎么了？"

　　"白队，你快回来吧。"同宿舍的男生说道，"你床上有个人，我们谁都不认识，入室盗窃吧？是直接报警还是找宿管？"

　　"什么？"白洋捂着电话出了多功能厅，"我床上？"

　　"是啊，睡得死沉。晃了一下没醒，他们说先别叫了问问你。"

　　这事太蹊跷，白洋想了想说："你们先别和宿管说，我回去看看。"

　　等赶回宿舍白洋拨开围着下铺的十几个人，心里骤然一惊。怎么会是薛业？他怎么跑自己这儿来了？

　　"白队，你认识啊？"上铺的同班同学问道。体院大二学生住老宿舍楼，是上下铺。

　　"认识，这届大一的新生。你们该干吗干吗去，出去训练。"白洋开始轰人，"我约他来宿舍谈学生会的工作，估计他等我等太久直接睡了。"

　　白队声望高形象好，他这么说了其他人只能点头，拿起装备去田径场训练，其实谁都不信这话。

　　宿舍安静了，白洋聚拢心神琢磨这件事。薛业和自己不熟，他怎么来的？怎么知道这张床是自己的？难道是昌子干的恶作剧？

　　不会，昌子爱开玩笑但办事有轻重。

　　床上的男生睡得很沉很稳，黑色运动外套的高领遮住下半张脸，整个人侧躺在被子上，脚悬空，鞋也没有脱。

　　能看出来他在尽量减少和床的接触面。这么不舒服的姿势他也能睡得这么香，真有本事。

　　白洋正想着，思路被桌上手机的振动声打断，仅剩一点儿电，电量活活被振没了。

白洋先用充电宝接上手机，左思右想接了来电人叫"杰哥"的电话。

"喂，我是白洋。你先别冲动。"

电话那端的人沉默了将近半分钟。白洋看看通话状态，没断啊。

"薛业呢？"祝杰的声音响起。

白洋看了一眼薛业，在对面下铺坐下："这件事我也奇怪，他现在在我的宿舍呢。"

"在什么？"

"宿舍，在睡觉。"白洋尽量轻声，怕把人吵醒，"我在开会，室友说我的床上睡了个陌生人，问我要不要找宿管。我把他们按住了，回来一看居然是薛业。现在我也是一头雾水，比你更想知道是怎么回事。"

电话那端的人又是沉默，规律的呼吸声异常清晰还能听到哨声，对面的人应该是在操场上。

"白洋。"

"你说。"白洋顺手搬了一张凳子帮薛业垫脚。

"等他醒了让他赶紧走。"通话瞬间结束。

白洋退出页面看着手机屏幕无奈一笑。

薛业睡醒时眼睛还红着。他重新找回视野焦距，先看见对面下铺不认识的男生，对面上铺的男生光着膀子。

"醒了？"白洋坐在桌边削苹果。

清醒过程很慢，薛业歪着身子坐直，找回力气："你怎么在？"

"我？"白洋把苹果递过来，"饿不饿？你睡了我的床，这是我的宿舍，这屋里的人是我的同班同学，你说我怎么在？"

头顶上铺的男生倒垂着脑袋："学弟怎么跑大二宿舍来了？我们差点儿报警。"

"大二宿舍……你的床！"薛业开始回忆，急躁地舔了舔嘴，"不是孔玉的床吗？"

白洋眯起眼睛，笑了笑："孔玉说这是他的床？"

"我走了。"薛业弹坐起身晃了几下，站稳后直接往外冲，"我的手机呢？"

"帮你充好电了。"白洋将手机递给薛业。

薛业接过手机看时间，心都凉了。一觉睡到晚上十一点……还有 Sky 的吃播没法解释。

一想到吃播，薛业又猛然记起下午直播后发生的一切事情，恶心得要命。

薛业回到宿舍还在神游，短短一天发生太多的事。伍月、孔玉、白洋、杰哥……令他不善于处理人际关系的大脑直接停机。

室友还没睡，薛业泡了一碗方便面吃，趁成超没回来洗漱躺好。明天他怎么和祝杰解释？这一解释就会牵扯出很多事，也不知道祝杰会不会信。

祝杰赶在门禁前回到宿舍，陶文昌和赵明已经躺了，孔玉在看年初省队比赛的视频回放。

为了十一月的大赛他们现在训练量猛增，中长跑往上提耐力速度，短跑在逼绝对速度。陶文昌是背越式跳高选手，上背磕青两大片，巴不得在床上装死尸。

孔玉看得心不在焉，没法忽视背后一道冷冰冰的视线："杰哥，你回来了？"

"你带他去的白洋的宿舍？"祝杰朝孔玉逼近。

"谁？"孔玉惊讶地转过头，"哦，薛业啊，我今天刚好在西校区碰见他。他喝多了整个人醉醺醺的，说不想回宿舍借我的床睡一下。咱们楼有门禁，我怕他一时半会儿酒醒不完，又想着白队一直想挖他，就……"

"喝多了？"祝杰又近一步，"你怎么知道？"

孔玉快速眨了眨眼："看出来的啊，他一直扶着树走，说不定刚喝完。他要是不承认我也没办法，我是真怕他睡过了门禁时间。再说……白队不也没怪他嘛。杰哥，我不是故意的，你别火。"

祝杰很少笑，突然笑了："薛业是迟发型酒精过敏体质，喝完酒会起两天半的红疹。"

室内的人沉寂了。

安静片刻后孔玉站了起来："杰哥，我真不是故意的。"

"你不是故意的？怂恿他找王茂的是不是你？"祝杰问。

孔玉赶紧摇了摇头："不是，我没怂恿他，我就想提醒他，他主动问王茂在哪个系。我要知道王茂会那样做，我肯定不说。"

"你会不说？"祝杰转过身，"孔玉，我再郑重警告你，不要去招惹他。"

五点薛业准时醒了，先看成超的床，空的，继续倒头睡。

上午主楼四层的阶梯大教室有两节九十分钟大课，薛业不敢迟到，买好几个包子就往楼上狂奔。第一节大课的前六十分钟他还在犯困，趴在最后一排靠窗的桌面上晒太阳。

医生说可以多晒晒太阳，很暖。

晒到快下课薛业出汗了，脱了外套叠好，里面是一件白色运动背心。

晚上怎么和祝杰解释？薛业开始发愁，反正必须把伍月这个人瞒过去。

一个女生趁老师写黑板的工夫往后跑，一屁股蹲在薛业的座椅后面："醒醒，醒醒。"

薛业迷迷蒙蒙地回头一瞧，潘露。

"什么事？"

"薛业你怎么回事？！"潘露急了，"快上微信，赶紧解释清楚啊！"

微信？薛业慢悠悠地翻书包拿手机，点开收到无数通知，全是不认识的人邀请他加入群，群名是：薛业揭底群1。

揭底？薛业点同意加入，群公告是：新闻系体育新闻专业薛业骗人大揭底。

薛业继续看，系统先提醒他和大部分群友不是好友。他再看一眼群人数，489，大概还有群2345吧。

正在发图的头像他认识，成超。

图片都是长图，薛业浪费流量点开了一张，无非就是他和伍月直播截下来的，有对视微笑，有伍月帮他弄头发，有他低头看伍月。

然后全是一张张的大图，图片清晰度不高像偷拍，角度都是侧面，其中不少姿势暧昧。

成超继续发图，全是微信转账记录，薛业不为所动，这不是日结的工钱吗？我签合同是按次结算的啊。

开始有人好奇了，问薛业是谁。成超甩完图片甩个人信息：新闻系体育新闻专业薛业，证件照，手机号150×××××××。停了一会儿他又开始发一大段一大段的文字。

薛业皱眉，一个字一个字地认真阅读。

大概意思是薛业很穷，求着要在成超的直播平台当男主播赚生活费。截图记录是为了证明成超有良心，从不拖欠工资，可薛业这个白眼狼不仅没说过一句谢谢，还对成超的女朋友图谋不轨。

还不知道是谁对谁图谋不轨。薛业晒着太阳继续往下看。

成超又开始发照片了，是薛业落在伍月家的衣服。成超直截了当地发了一长串脏话，说薛业趁他这几天不在，和他女朋友同居。

成超挺能编啊。薛业自嘲地笑了，百口莫辩。黑料不一定全真，但只要有一件是真他就翻不了身，那确实也是自己的衣物。

这时他抬头喘气，三百人的大教室里有一多半人在回头看自己，指指点点，交头接耳，手里都举着手机。潘露被她的好闺密们拉回座位。

下课铃响起，成超发了一张体育新闻系课程表："薛业正在主楼四层阶梯教室上大课，想去围观的朋友尽早行动。"

铃声响完，薛业四周成了一片无人区。前后门倒是有看热闹的人，老师则一头雾水。

薛业一个人坐窗边抱着外套。这些事完全伤不了他。

薛业没那个口才也没那个精力，不想解释，不想反驳。他曾经也锋芒毕露，后来才发现世界不是非黑即白。

白洋从前门进来的时候薛业还在座位上发呆，白洋身后跟着孙康和陶文昌。

"你还好吗？"白洋下课后直接赶来，阶梯教室外有不少人，薛业像一尊不会说话的雕塑。

薛业冷冷地抬了下头："好啊，怎么不好了？"

"白队，你离他远点儿！"前门有个男生喊，引起一片哄笑声。

"远你个头！"陶文昌开骂，"看什么看，找打吧。"

"昌子！"白洋喊住他。

"这件事你能信？"陶文昌问，"照片可以作假啊！"

"真的，照片都是真的，你们也别信我，说不准这些事真是我干的。"薛业靠向椅背，眼神失去生机。

白洋一向克制，懂进退："你放心，给我一天时间，这件事我来处理。我保证还你清白。"

陶文昌看向白队，学生会标准干部的作风。即便他相信薛业被诬陷，可在铺天盖地所谓真实的证据面前白队绝不会冒险。

白洋衡量得失，公事公办，真相水落石出之前他不会偏向谁。

可薛业能自己解释清楚吗？陶文昌觉得他做不到。他根本不想解释。

薛业懒懒地看群聊天，读那些无中生有的恶意中伤文字，好像每个人都特别了解自己，随随便便口诛笔伐。

他觉得累，没意思。

"说够了吗？"

薛业愕然恍惚了，说话的人头像是和区一中的操场跑道，祝杰？

还真是！薛业不可能认错。

"薛业可是国家二级运动员，诽谤诬蔑国家的人，胆子挺大。"

杰哥？薛业怔怔地看着手机，突然眼眶通红地转脸看向窗外。原来祝杰一直把自己当二级运动员。

陶文昌的表情云淡风轻，稳了。

可是不对啊，陶文昌放下手机，祝杰昨晚没练，这天六点上场被罚了五千米，他已经练完了？

中长跑运动员和他这种跳高跳远出身的运动员完全是两个路数，身体处理氧气的速度越快跑得越快，静息心率维持在六十左右，心脏每一次收缩都能向肌肉推送超出常人水平的大量血氧。

所以祝杰过度呼吸比一般人危险。极限体能状态下的最大摄氧量靠遗传因素，长跑牛的人只能是老天爷赏饭吃，比如张钊，田径队前队长，真跑一千五百米铁定赢不了祝杰，可优势全在后头，越跑越欢腾。

一千五百米这些就靠生往上拔，歇下来众人全瘫在地上喘气。他肯定过不来，陶文昌想着悄悄往前门溜达。

白洋也看手机，转手直接给了孙康："你队里的人，想培养他就让他学会闭嘴。"

孙康草草瞥过一眼手机，盯着薛业。

薛业很不自在地往墙边靠。自己又给杰哥找麻烦，干脆都承认算了。他抓起手机刚要打字，晚了一秒。

"我祝杰以人格担保，薛业为人正直，品学兼优。"

成超火了，又是一段长话。薛业扫过几眼大概是他手里还有更多证据，有本事别跑等着打脸这些话。

"不跑，12个微信群别解散，我全截图留了证据。造谣是吧？有一个算一个，这事没完。不想受牵连的人就立马退群。"

截图留证据？杰哥好聪明，不愧是他。

成超又发照片，伍月的手搭在薛业肩膀上。

薛业突然想到成超有随手偷拍和录视频的习惯，早该防他。

祝杰继续发消息："律师中午联系你，最快下午立案。证据你别删，我找鉴定科复原。包括他和你女朋友每一次直播的完整视频。"

群人数开始减少。

"以暴力或其他方法公然侮辱，捏造事实诽谤，情节严重者处三年以下有期徒刑。"

"我也实名支持我男神！我是孙健，群主快道歉。"

白洋这才发现陶文昌不见了，估计在教室外面发微信拉人头呢。他掐了掐眉心，唉，这帮大一新生还是沉不住气，没经验，把事闹大对薛业的名声更不好。

"我是体育新闻专业的潘露，支持薛业，我和他同班，薛业不善言辞可绝对不是这种好色之徒。几张照片不足为真，有本事放完整视频啊。"

"群主就是忌妒我男神英俊，没准就是你女朋友对我男神爱而不得，玷污我男神的清白。"

白洋笑了，昌子这个人……聪明啊，可以培养。

"成超，我给你几个选择，全校当面道歉并赔偿精神损失费。天黑之前没有答复，我会直接走法律程序。"

"你明年卸任，想培养祝杰就让他学会少说话。他的弱点永远是情绪。你弟也需要磨炼，这都发十几条了，容易被当枪使。"白洋对孙康说道。

"你管好你的人就行。"孙康转身离开。

白洋看看时间准备起身："需要我留手机号吗？有事可以直接联系我。"

薛业摇头。

白洋不多问了，薛业不会要高姿态，他是真的不需要、不在乎别人的信任："你放心，我不是不相信你。只是我有我的方法，成超我会处理。"

等人走光，薛业慢慢地站起来。教室里的人仍旧躲瘟疫似的，潘露小跑着靠近放了一瓶可乐在他桌上。

"加油，我们都支持你，只是她们不敢说话。"她小小声地说。

薛业无力地笑了笑。

还差几分钟上课，薛业想出去透口气，低着头往后门走去。眼前突然出现一双黑色定制专业跑鞋，右腿打着运动型十字护踝。他再往上看，是一身全黑的祝杰。

"杰哥？"薛业瞪大眼睛。

他怎么解释？从哪里开始解释？为什么做主播、为什么会吐、为什么睡了白洋的床？……一瞬间，无数翻滚的情绪搅动起他的胃。

"杰哥，别替我说话。"薛业尽量平静地说，还笑了，"不值。"

祝杰与他四目相对："吃饭没有？"

"啊？"薛业心慌到听不懂祝杰的意思，"吃了。"

祝杰磨牙："我还没吃呢。"

"哦……我买包子了，你吃吗？"薛业跑回座位翻书包，身后的人"咣当"一声坐下，挨着他的桌椅。

"坐下。"祝杰猜薛业没吃。

"啊？"薛业已经做好被罚站的准备了，"杰哥，你不生气啊？"

祝杰扔了两个打包盒上桌，靠后倚向椅背："先吃饭。"

"哦，谢谢杰哥。"薛业怔怔地看向右边的侧脸。上课铃声打响，祝杰没有要走的意思，薛业紧张了。

虾仁馄饨，撒了一层蛋皮丝和虾米，生煎包还烫着。

第二节大课老师照常点名："薛业。"课堂安静得诡异。

薛业嘴里还咬着半口生煎，他刚准备吐掉喊"到"，后脑勺就被祝杰按了一把。

"到。"祝杰漫不经心地喊完又转过脸命令："吃你的饭。"

"哦。"薛业咕哝着，眼睛管不住地偷瞄右边，"谢谢杰哥。"

"你看我干吗？"祝杰冷着脸问。

薛业放弃徒劳的挣扎，慢慢开口："没和你坐过同桌，我不适应。"

"手机给我。"祝杰拿手机不客气，直接删掉微信 App，"微信以后不用看了。"

薛业心口抽搐般紧张："杰哥，这事要不然算了吧，你别管我，孙康明年就卸任，我想你当径赛领队。"

祝杰爱搭不理的："少说废话吧，我睡会儿。"

"哦。"薛业把头一低。

时至正午薛业想拉窗帘，刚抬手祝杰睁了一只眼睛。

"你能老实会儿吗？"

"能。"把祝杰吵醒了，薛业后悔不已，他思绪飘浮，鼓起勇气，"杰哥？"

祝杰刚闭的左眼眯着睁开："说。"

薛业使劲咬了一下嘴，没有资格问，事实照片摊在面前他一句都没解释。别人泼脏水无所谓，本身自己也不在意。

"杰哥。"薛业抱有一丝绝望的希望，"你信我。"

祝杰先皱眉再闭眼："嗯。"

剩下的时间薛业像在做梦，祝杰时不时闭眼休息，时不时翻他的书包看新闻系的教材，更多的时候在发微信，像和什么人联系。

他不会是在和成超对骂吧？

正午十二点准时下课，薛业直接被送回宿舍。

"杰哥，你不吃饭啊？我带饭卡了。"

"我说话不管用了，是吧？"

"管用。"太管用了，薛业刚转身又转回来，"要不我先解释吧，你别气狠了。"

"薛业，我现在已经气狠了，不着急听你打着哈欠解释。上楼睡觉。"

薛业困得几乎要晕："我解释一句，我和伍月真的没发生什么事，杰哥，我……"

"还敢提她？上楼睡觉，谁找你都不用理，听懂了吗？"

薛业定了定神，点头。

"听懂了就说话。"

"听懂了，杰哥。"

薛业揉着脖子回去，两个室友看见他的瞬间交换眼色后一起离开了。

无所谓，别人的信任一文不值，薛业咬了几口包子，上好闹钟倒下昏睡。

薛业被闹钟吵醒时宿舍昏暗，只有他一个人。他洗了把脸准时开播，等红 V 踩点入场。这天的尊贵会员晚了十几分钟，特效仍旧炫酷。

"抱歉，昨天……出了些事。今天也先停一天行吗？这顿欠着，回头我补上。"薛业盯着屏幕里一脸困意的自己，气氛尴尬。

"要不……我陪你聊半小时？"薛业不反感 Sky，除了这人总和自己过不去的点菜天赋。

Sky：“行。”

这人真答应啊。薛业随口问的，从没有和陌生人聊过。他努力适应着，深呼吸：“我……”

Sky：“关灯。”

薛业不解，伸手拧灭床头灯，屏幕里的人消失了，一片黑暗。

Sky：“昨天怎么了？”

原来他是不让自己露脸，薛业笑了笑，算是接受这份善意："谢了……昨天，唉……反正就是……算了，不提了。今天的事才傻呢。”

Sky：“听不明白。”

薛业组织了一下语言："有人说我对他的女朋友图谋不轨，够傻了吧？”

屏幕里没有人，Sky 却能听到有人呼吸不稳。

Sky：“慢慢说。”

薛业的眼尾抽了几下，他狠狠地搓了一把脸："我……不能和女孩子接触。我从小读体校，除了体育什么都不懂。”

空气凝固了。黑暗中薛业的瞳仁慢慢缩聚，皮肤出汗变得潮湿。

“和女的太亲密我就吐。昨天一个女主播非跟我靠近……我直接吐了，吐完爬起来跑了。”

Sky：“有个问题。”

“啊？”薛业努力放松。

Sky：“女朋友也不行？”

薛业喉结猛缩："我……没女朋友。我特怕女人。”

“我也不知道这个直播还能做多久，送礼物的钱大部分还没动，我花了一些，剩下的提出来还你。平台扣二分之一还有手续费。”

Sky：“女主播也在这个平台？”

“嗯，她男朋友弄的公司。”

Sky：“现在把钱提现，平台封了你就没钱拿了。”

Sky 直接离开直播间，留下反应慢了半拍的薛业。薛业突然打了个激灵，这人聪明啊，自己怎么没想到？

大额提现要绑定银行卡，要身份证确认，薛业看着提现成功的短信揉眼睛，多出来的数字让人觉得像在做梦。

可薛业从小受的教育就是田径场那一套，十分耕耘一分收获，比别人付出一百倍的努力才会提升一个名次，他也不敢乱花啊。这钱先别动，全留着治腰吧。

薛业心里有底了，翻出没吃完的包子，吃完又躺下了，再睁眼是被电话铃声吵醒的。薛业为了养腰都是趴着睡，撑起胳膊肘看来电人，杰哥？

"喂。"他一秒接听电话。

"睡醒了没有？"

"醒了，醒了，我没睡。"薛业撑起身子下床顺便看时间，快晚上十点了。

祝杰低沉地"嗯"一声："下来。"

薛业满地找鞋："嗯，我马上，我很快。"

挂断电话薛业发现四个室友都在房间里，脸上都是一副欲言又止的表情。

"有事？"薛业艰难地穿着裤子。

最近的那个人先开口："我们几个下午开了一个宿舍临时会议，虽然成超已经通过学校单方面道歉了，也愿意接受处分和经济赔偿，但是这些乱七八糟的事毕竟因你而起，完全超出我们的接受范围。"

薛业慢慢套上 T 恤，拿出黑色六边体棱柱形的香水瓶喷喉结："所以呢？"

"我们来学校是为了学习，不懂也不想懂你和成超之间复杂的利益关系。"旁边一个人也站起来，"一个巴掌拍不响，成超过几天还要回来上课，我们不想在乌烟瘴气的宿舍里睡觉。"

薛业光脚踩上帆布鞋，很明白地点了点头："懂了。"

祝杰正对着大门看薛业一边往下蹦台阶一边提鞋："不怕摔啊？"

"杰哥。"薛业拎着书包飞奔过去。

"过来。"祝杰说。

薛业在两米外一动不动，假装若无其事："杰哥，你吃饭了没？我还有几个包子。"

祝杰点头，眼神投在薛业脸上没换地方。

"怎么了？"薛业赶紧揉脸，"我的脸脏了？"

"没有。大晚上背书包干吗？"

薛业立马皱眉头，杰哥问这么突然。

"编理由呢？"祝杰认真地看着薛业。

"没有。"薛业又一次把问题成功跳过，"听室友说成超道歉了，杰哥你真牛。"

祝杰的眉头从紧皱到迟缓舒展。

"摄像头是他安的，为了防你，他教训了女朋友一顿不解气再诬陷你泄愤。现在那女的一口咬定是你勾引她。"

薛业心里狠狠一紧："不可能。杰哥，你相信我，我根本不可能勾引她，我……"

"明天再说。上楼收拾一下，给你换宿舍。"

"换宿舍？"薛业谨慎地问，"杰哥，你知道了？"

知道了？又怎么了？祝杰心里打问号面上不露痕迹："嗯，你怎么想的？"

薛业动了一下僵硬的肩出神："没怎么想，反正我也住不惯集体宿舍。没空床位更好，我就在学校附近找个合租的……"

"薛业，就你这几斤几两还想和别人合租？"祝杰教训人似的说，"上楼收拾东西，有床位。"

第三章
破釜沉舟

★★★　　★★★

陶文昌看着赵明空出来的床位沉默不语。

不知道祝杰想了什么办法，中午成超明显怂了，开始有道歉抽身而退的意思。白队通过学生会施压要求公开道歉，双管齐下，成超直接被"啪啪"打脸。

薛业算是彻底红了，再道歉也补不回他的名誉。

祝杰想一出是一出，陶文昌从高中开始就明白地球人已经没法阻止他了。

晚饭时还好好的，晚饭后祝杰又从操场上消失，给薛业换宿舍。

东校区，体院新宿舍楼，薛业第一次靠近很紧张："杰哥，我是新闻系的，住你们体院行吗？"

祝杰没回答，而是拎着薛业可怜的小塑料盆往前走。薛业闭上嘴，正好撞上一群赤膊的体育特长生在楼道里比撑墙俯卧撑，不免多看了两眼。吵闹，嘈杂，这才是他从小习惯的环境。

"看路。"

"哦。"薛业继续跟上顺便思考如何与祝杰的室友相处。爬上四层楼，迈进412室的门后薛业直接傻了。

宿舍非常新，每人都有衣橱，下铺是书桌。体育生运动量大排队洗澡来不及，配独立浴室。环境是真的好，只是……全是上铺，自己爬上去挺费劲吧？

陶文昌正在负重提踵，放下了杠铃："哟，东西够少的，两个袋子就拎过来了。怎么，高兴傻了？"

"你怎么也在？"薛业脱口而出。

"我和祝杰一个宿舍我当然在了。"体育生毛手毛脚，陶文昌直接把薛业按墙面上挠痒痒制裁，"你到现在才知道我是你杰哥的室友？太不仗义了。"

薛业顿时慌了。运动员不怕饿、不怕累、不怕疼，但他怕痒，以前两个师兄就是知道他怕痒痒经常按着闹他。

"你……陶文昌我跟你急了啊！"薛业翻身失败，只能不痛不痒地威胁他。

"哥们儿今天顶着雷支援你，发微信也不回也不说声谢谢！"陶文昌终于找到欺负薛业的乐趣，闹着闹着薛业的运动背心的领口位移露出一块异常明显的疤，"来，来，来，昌哥看看你身上有什么，让狗咬了是吧？"

"陶文昌。"祝杰面色冷硬，"别闹腾。"

陶文昌退后一步，举起双手以示清白："没闹腾，我还想在花花世界里追逐自我勇敢爱呢。不过咱俩出去聊聊？"

聊聊？祝杰先让薛业收拾床铺再跟着陶文昌去了楼道里："说。"

"都这么多年同学了，别跟我整惜字如金这套。"陶文昌直截了当地说，"祝杰，你还嫌咱们宿舍不够乱吗？"

"你弧度跑把脑子跑傻了？"祝杰冷下脸来。

"你摆动速度练习练傻了吧？！"陶文昌瞄着往柜子里小心放香水瓶的薛业，"你把薛业弄进来我没意见。问题是咱们屋里还有个孔玉呢。"

祝杰一脸漠然的表情："孔玉？他不敢对薛业怎么着。"

"我是怕孔玉对薛业怎么着吗？"陶文昌惊得嗓子劈了，"我怕薛业脑子一抽把孔玉怎么着！你应该把孔玉弄出去啊，赵明和薛业又没过节。"

"我第一个找的就是孔玉。"祝杰的表情显然鄙视陶文昌的智商，"是他自己坚决不搬我才找了赵明。赵明要是再不搬，我今晚只能找你了。"

陶文昌感到意外："孔玉不搬？你怎么和赵明说的？"

"直接说。我要把薛业弄进来，必须空出一张床。新宿舍在三层，大学住宿费用我全包。"

"呵呵。"陶文昌转身进了412室，"你还是直接找我吧，我搬，真闹起来你别哭。"

薛业收拾好东西了。他从小住宿但没有存生活用品的习惯，柜子只装满四分之一角，衣橱里五件衣服不能再多。唯一值钱的就是香水、一台笔记本和手机。

桌上除了书还有塑料针线盒、几块枣红色的布料和一袋红小豆。

想起花花绿绿的药和膏药薛业心痛不已，不敢让祝杰知道，收拾行李时干脆直接扔了。

"衣服这么少啊？"陶文昌好奇地扒拉着看。

薛业站在新床边几秒开始摸手机："本来带了好几件，结果……"落在伍月家了。薛业没敢说。

听见脚步声的瞬间陶文昌陡然一惊，孔玉回来了。薛业只僵了一瞬，陶文昌没拦住，薛业凶悍准确地杀到了孔玉前面。动作和反应是真的快，陶文昌扭脸给祝杰打眼色：你不是能管他吗？拦啊！

薛业看着孔玉的脸："你……"

"对不起啊。"

"啊？"薛业一下又僵了。

"我说对不起，向你道歉。那天是我错了。"孔玉的语速慢了下来，他目不转睛地盯着薛业，好像在扫描他的五官，"那天我误以为你喝多了，没敢留你，又想着白队一直想挖你才带你去他的宿舍。没想闹出这么大的事。"

"我没喝多。"薛业有些不爽，"我是迟发型酒精过敏。"

"嗯，记住了。往后大家一个宿舍，互相体谅吧。"孔玉与他错身而过。

孔玉道歉了薛业也不好再说什么，老老实实地回到桌前开始收拾东西。

孔玉去洗澡了，祝杰在换衣服，薛业戴上顶针开始缝沙包，头都不敢抬。

体校生活无比枯燥且大部分时间被训练比赛占满，唯一参与过的游戏就是集体丢沙包，薛业没事的时候就缝这个。

沙包缝好两个面，孔玉洗完了，陶文昌打完热水爽朗地邀请薛业一起入浴。薛业宁愿他保留高中时代的偏见，太热情自己不懂应对。

"有两个莲蓬头呢，不一起洗多浪费。"陶文昌已经脱掉上衣，教科书标准的腹肌，后背摔出来的大片瘀青很对称。

薛业被陶文昌推着站起来拿浴巾，浴室不大有洗手台，为了方便体育生安装了两个莲蓬头。他飞速脱光占靠里的那个，面向墙角拧开了花洒。

热水打到身上薛业已经不适应了，但是，热水舒服。

"喂，高中训练没见你跟队里一起洗过，害羞啊？"陶文昌"唰唰"地冲，往头上挤海飞丝顺带给薛业头上也挤了一坨。

"嗯。"薛业挪动身子，快速搓洗泡沫。

"别害羞，大家都是男人，以前说话不好听对不起了啊，抱歉抱歉。"陶文昌很大方地靠近。从前的行为黑不提白不提过去他心里始终存个疙瘩。

"用不着。"薛业对这个正式道歉很意外，捋着湿头发冲泡沫，再使劲甩甩，水进眼睛里了。

祝杰去找宿管要备用钥匙，回412室时只看见孔玉。浴室里有水声，他在门口喊薛业："出来。"

薛业立马匆匆冲洗一下就穿上衣服出了浴室。

"你不是要解释吗？"祝杰缓缓开口，两只手原本戳在墙上，说完转了过来和薛业面对面。

"现在啊？"薛业立马看向别处。

"就现在。"祝杰靠向身后的墙面，"视频我还没取到，先从昨天说起。"

薛业试图想些别的事分散注意力："别了吧，杰哥，你不是说不着急嘛……要不晚点儿再说？"

"白天不着急，现在着急了。"

"杰哥，你别生气，我说，我就想赚生活费，成超说做男主播来钱快。"

"来钱快就敢上别人家里，能耐。"

"哦……我一开始跟成超说好了，他不来我不播……"

"然后呢？"

"跟成超说，我和他女朋友直播的时候他必须在场。因为伍月有一次想拉我的手，所以我挺怕她的。没想到我跟他说我不能亲近女人……那什么，成超直接不来了。"

"那你还敢去？"

薛业扭着肩解释："那天……我吐了，吐完就跑了，衣服也没顾得上拿。"

祝杰的语气突然变得很奇怪："为什么吐了？"

薛业犹豫不决，内心矛盾交战。

"说。"

"因为我怕……亲密接触不行，恶心，是真的恶心。杰哥，你信我。我从小读体校，除了体育什么都不懂……"

停了几秒，祝杰才开口："我什么时候不信你了？"

薛业瞬间神志清明。还真是，高中三年祝杰没冤过自己。早知道自己不说了。

"哦……谢谢杰哥。"薛业怀疑自己被洞察了。

祝杰没给他机会解释："以前哪个体校的？"

"那个……杰哥我先去睡觉了啊……"

"以前练什么的？"祝杰做样子似的拦了薛业一把，没下狠手逼他。

"跑步，我跑步的。"薛业从祝杰臂下钻出去。

祝杰不追问了。能耐，从小上体校练跑步还那个破成绩，这种谎话也就薛业敢说。

薛业七手八脚地挣扎着爬上床，床帘和被褥都是新的。一沾上枕头眼皮便不受控制地闭上了。

薛业是瞬间入睡，手机没有静音半夜铃声大作，吓得他立马把未接来电接了。

"喂……嗯，是我……现在吗？哦，我尽量。"挂断电话薛业看时间，凌晨三点，但愿没把别人吵醒。

然后他回忆起来自己换宿舍了，看到另外三张上铺的床帘里纷纷亮起手机灯。

——入住第一天就找麻烦，薛业，你是不想住了，对吧？

"对不起……对不起啊。"薛业摸黑下床，"对不起，对不起，今晚我买盒饭赔罪。"

孔玉问他："你干吗去啊？"

薛业对孔玉零好感，可碍于室友面子在："出去一趟。"

"去哪儿？"祝杰揉着酸涩的上眼皮，被吵醒心情不佳，声音压着愤怒情绪，低得沙哑。

"杰哥，我去医院一趟。"薛业开口，声音也很低哑，"血液中心来的电话。"

两个人心照不宣，稀有血液中心，俗称熊猫血库。

"嗯，我妈帮我登记的，说以防万一。"薛业恍如隔世。

从小教练就警告自己，"你是熊猫血"，可薛业不当回事，因为家里还有一位 RH 阴性 AB 型血的人。

祝杰眉头紧皱，说不好是起床气还是别的："十八岁才能献血，你这刚成年没多久就抽上了，怎么不找你妈啊？"

薛业拖着困倦的步伐："大概是她每年都献血吧，我这个血型……少，能救一个是一个。指不定哪天自己就用上了。"

目的地是国际紧急急救中心，薛业睡了一路，下车看到稀有血库的人举着手牌等在急诊门口。他自报家门后，接待人员带着他一路小跑着往里冲。

祝杰大步流星地跟着，听了个大概。一个男孩，五岁半左右，从自家别墅二层坠到一层，骨折，内出血。

薛业半睡半醒，时不时地点点头。

核实身份之后护士递过来两份同样的协议书，薛业打着哈欠准备签字。

"我让你随便签过名字吗？"祝杰拿过协议书去研究。

护士有些急："先生，请问有什么问题吗？"

"有。"祝杰逐字逐句地阅读。

祝杰看完确定无误才说："签。"

"谢谢杰哥。"薛业像醉了，困得几乎要人扶一把，怎么喝水、量血压、抽血检查、打印血液条形码都不知道。不一会儿血检结果出来，他可以捐。

这一捐就是四百毫升，薛业握拳、放松、握拳、放松，目睹带有体温的鲜血流进血袋，内手肘微酸。

　　拔掉针头后，薛业困得软绵绵的，快要从椅子上滑下去，用棉花球按着针眼等血凝固。稀有血库负责人到场和祝杰谈话，送来一大包吃的东西，薛业顾不上听也顾不上吃，对方无非就是表示感谢、叮嘱多休息、颁发荣誉证书。

　　"醒醒。"祝杰把薛业喊起来，"要不是你血检正常我真怀疑你吃安眠药了。"

　　薛业迷迷糊糊地跟着祝杰往外走："杰哥，对不起啊，让你跟着跑一趟，回学校我请你吃饭吧。"

　　祝杰只想带人赶紧走，一是不喜欢医院，二是不喜欢那些人的视线。

　　祝杰又回头看薛业，乱糟糟的刘海，低着头，微微收着的下巴藏进高领。

　　"杰哥？"薛业夹着左臂，以为祝杰嫌慢了追上几步。

　　"没事。"祝杰利落地转过脸，刚要迈出急救中心大门听到身后有人喊留步。

　　"别回头，走你的路。"祝杰一把推着薛业把人往外赶。

　　两个人还没来得及出门，刚刚喊着留步的人已经加快脚步挡在了薛业前面："您好，我是您刚刚救助的孩子的家属。"

　　祝杰的视线扫过去："你还有什么事吗？"

　　"您好，乔佚。"男人不冷不热地自我介绍，穿衬衫，半长的头发懒懒地往脑后扎着，掉在额头前两缕。

　　"什么事？"祝杰重复问了一次。

　　"孩子还小有危险，想再让你献一百五十毫升的血。我给你营养费。"乔佚的目光直接落在薛业压着针孔的胳膊上。

　　祝杰简直不想理他："自己儿子不看好，现在知道着急了？"

说完他推着薛业往外赶。

薛业冷冷地绕过他。

乔佚神色比薛业还半梦半醒，他蛮横地挡住出口："帮帮忙行吗？联系不上备用捐血人。"

薛业问："他妈妈呢？"

乔佚定住了："你什么意思？"

薛业对他的反应很疑惑。家里有稀有血型的孩子居然不懂他问什么？母亲阴性血遗传给下一代的可能性最大，这人不是阴性血，他老婆也不是吗？

"孩子的妈妈去世了。"乔佚不太自然地说，"一百毫升也行，五十毫升也行，实在不行给半袋血液成分也行。你们这个血……太难配了。"

"走。"祝杰继续推薛业。

"杰哥。"薛业绷直了腰，回身低着头问，好像这血是要从祝杰身上抽，"要不我再抽一袋？"

祝杰明显生气了："薛业，你已经抽这么多了，还抽，不要命了？"

"杰哥你别生气。"薛业转身问护士长："我再抽一百五十毫升会死吗？"

护士长左右为难："按理说成年男人一次性抽五百五十毫升血液没问题，可是……"

"里面躺着的那个人，少这袋血会死吗？"

护士长惴惴不安地说："有这个危险。"

祝杰直盯着走廊尽头的抢救室灯。

薛业再次从抽血室里出来时完全清醒，除了脸色略微苍白没太大感觉。

两条手臂各一个大针孔，薛业跟得有些吃力，拿出一盒全脂牛奶填肚子。

天已经蒙蒙发亮，祝杰一声不吭地把薛业塞进出租车后座，自己坐了副驾驶座。

"杰哥，你喝牛奶吗？"薛业试着搭了几次话，祝杰没回应。

天色一片白茫，薛业拖着两条沉重的腿跟在祝杰后面，回到宿舍楼，体育特长生已经开始起床了。到了曾经他无比熟悉的晨练时间。

"哟，回来了！没事吧？"陶文昌穿好跑鞋，大概猜出他俩干吗去了。

孔玉正在刷牙，从浴室探出脑袋来："杰哥，你要不要再睡一会儿？帮你请假。"

祝杰一言不发地换着装备，毫无意识地制造着冷气压。

陶文昌和孔玉目光转向薛业，薛业摇摇头，把盛满营养品的口袋塞进衣柜，然后拿出一盒牛奶等着。

祝杰动作很快，利索地洗漱擦脸，拎起包要与薛业擦肩而过。

薛业赶紧伸胳膊："杰哥，你带着牛奶吧。"

祝杰停了停，脚步掉转朝薛业直面走过来，揪住他的领口。

牛奶掉了。

"杰哥？"

"薛业。"祝杰红着眼角瞪他，"你听没听见备用捐血人联系不上？！"

孔玉和陶文昌连动都不敢动。

薛业笑了笑，声音有些不像他："杰哥，我都没感觉，真的，而且不疼……"

祝杰猛地松了手："就这一次，下不为例。"

祝杰一走陶文昌就凑过来问："怎么了，谁把祝杰给惹了？"

薛业狼狈地捡起牛奶，一低头突然有点儿晕："我觉得可能是我。"

陶文昌料到了："我猜也只有你……"

薛业霎时挥过来一只胳膊，手撑在陶文昌的耳边，紧接着陶文昌感觉肩膀被狠狠往下按，生生由站姿变成单腿蹲着。再接着是一声闷响，柜顶放球、放哑铃的包从天而降，擦着薛业的肩头重重地砸向脚边。

陶文昌目瞪口呆："你可以啊，反应够快，要不咱俩就傻了。谢了啊。"

"用不着。"薛业绷住嘴角，别开脸用肩头擦鬓角的汗，方才毫无不适反应的身体瞬间给他下马威，他的脸几乎白成一个纸人。

"你没事吧？"陶文昌立马搀住他，见他两条手肘内部泛着青色，"你献血去了？"

孔玉也过来看："献血了？抽血针粗，静脉针眼没压住，皮下渗血。"

"我睡一天就行。"薛业无所谓地摆了摆手，除了头晕没太大反应，"你俩能不能赶紧走？我好睡觉。"

"你真没事？"陶文昌半信半疑，看着他费劲地往上铺爬，"有事给我打电话啊，谢你刚才英雄救帅。"

"你真不害臊。"薛业"扑通"一声趴下，被子裹住全身。

早训一般是基础体能和耐力训练，陶文昌看向径赛那边，压肩压腿拉韧带，祝杰完成度很高，已经在进行六十秒原地高抬腿跑。

白洋直接从后面踹陶文昌："专心，这回还想放你出去比赛呢。"

"知道。"陶文昌收回注意力全速原地换步跳，"欸，白队。"

"说。"白洋是领队，起得更早，已热身完毕。

"你不是说体育新闻那边会派一个人跟比赛吗？学生会安排还是新闻学院自己安排啊？"陶文昌的表情像明知故问。他又看向径赛那边，祝杰已经进入三坑连跳加速跑了。

这人半宿没睡，打鸡血了吧？

白洋绕到前面，悠闲地看着他："你觉得呢？"

"我觉得你会安排。"陶文昌挑起眉头，"带着薛业呗，本来他就是体育特长生，干这行信手拈来。"

"如果他想去我就安排。"白洋突然一下笑开，"你还挺关心他啊。"

"不是吧……"陶文昌纯粹是早上薛业替自己扛了一下砸，帮他的忙而已。

体育这一行是双刃剑，赛场代表热血、拼搏、荣耀，真正年复一年的训练极为枯燥且辛苦异常，能熬下来的人除了真心热爱这一行，还需要吃得下苦中苦，耐得住春夏秋冬的寂寞。

别人用来休息和娱乐的时间，运动员必须全砸在训练上，还不一定有成绩。

等陶文昌上完文化课去食堂打饭，径赛那边还在测计时五千米，晨练是有氧十二公里，看来在拉耐力。

祝杰到了食堂给薛业打电话，意料之中没人接。他吃到一半时径赛大批人马杀到，像从笼子里放出一群没吃过肉的狼。

陶文昌打量邻桌一脸冷漠地涮菜的祝杰，故意和孙健胡侃："你真慢，我先走了啊，替我收一下盘子。"

孙健再也不敢去西食堂偷吃东西，囫囵地问："你等等我，急什么？"

"累了，回宿舍睡觉。"陶文昌伸了个懒腰，"宿舍换室友了，一起睡呗。"

祝杰那边坐得笔直，有条不紊地继续给蔬菜过油。

"谁啊？"孙健吃得头也不抬。

陶文昌直盯住那边："你男神。"

"妈啊,男神在你们屋?"孙健抬起迷弟的头颅,"晚上我去串宿舍啊。"

"空手来给你踹出去,给你男神拎点儿好吃的东西。我走了啊,有人想托我带午饭回去赶紧说,过这村没这店了。"陶文昌慢慢起身。

陶文昌回到 412 室,床帘紧闭弥漫着烧过香的气味,拉开封闭的床帘香味更浓,某人睡得天昏地暗。

陶文昌喊他:"喂,醒醒。"

薛业趴着一动不动,手肘内侧压着床面,左臂探出床栏。陶文昌拎起一只看,巴掌大的瘀青也是挺牛的。

"你给我醒醒。"陶文昌踩上床梯晃人。

薛业晕得不行,睁眼痛苦且缓慢。眼前亮成一片朦胧,身体却不由自主地往下沉,他一动就不舒服,像被人揉成一团。

"你干吗?"薛业认出陶文昌,再次闭眼。

"起来吃饭。"陶文昌愣是将人拽起来,"睁眼,吃完饭你爱怎么睡怎么睡。"

薛业用毛巾被将自己整个包住:"谢谢,不饿。"

"不饿你也给我下来吃饭!"

"不吃。"

"为什么不吃?难受啊?"

薛业屈膝又躺平了:"不难受,想睡觉,你别烦我。"

接下来的一刻钟里陶文昌使出浑身解数、全力奋战、软硬兼施、威逼利诱,可算把薛业弄下了床。

"快吃,吃完我还训练呢。"陶文昌擦汗,心真累。

薛业裹着毛巾被晃着坐下,困得下巴尖差点儿磕桌子。

"我的胳膊……发霉了?"

"你再不吃饭浑身都发霉了。"陶文昌将饭盒推过去。

薛业开了饭盒，扫一眼又给合上了："不吃。"

陶文昌沉了一口气："薛业，你信不信我直接倒你嘴里？"

薛业保持着疲惫的坐姿笑了笑："试试？"

莫生气，莫生气。陶文昌勉力克制："我好言好语再劝一次，吃饭。"

"这都是什么菜啊？"薛业虚到冷汗直流，喘息之余还不忘加上一句，"献血又不是坐月子。"

"那你吃什么？"陶文昌怀疑自己都听见薛业不堪重负的心跳声了。还挑食呢，这人也是拎不清。

薛业想了想，自己掰开一次性筷子："米饭吧。"

"你这臭脾气和高中时一模一样。"陶文昌把餐盒又推过去，看着他一小口一小口地夹米饭再哆哆嗦嗦地往嘴里塞，陶文昌看着都替他费劲。

"哎，你到底怎么把祝杰给惹了啊？"陶文昌实在好奇。

"大概是抽血抽的吧……"

陶文昌"啧"了一声："抽血也能惹着他？抽了多少？"

薛业挠了挠锁骨："五百五十毫升。"

陶文昌匪夷所思地皱起眉头，几欲爆发，静默中简直想把薛业拎回医院。这换谁谁不生气？

"不过杰哥是周期性不爱搭理我，习惯了。"

"周期性不爱搭理你？"陶文昌"呵呵"了，"你也不问问？"

薛业摇头，手背上一片薄汗，看得很通透："问什么？等杰哥不那么嫌弃我，就搭理我了。我就……先别去惹他。"

"他还整得跟正弦曲线似的，以你为 x 轴，波浪形周期性来回搭理。"陶文昌又"呵呵"了。

薛业象征性地吃了几口饭就爬床了，这时门口又响起脚步声。

"我能进？"白洋敲了敲 412 室的门框。

陶文昌站起来让座："白队你怎么来了？"

"来看看薛业。"白洋脚步很轻，目光温和，手里拎着一个果篮，"昌子说你凌晨献血去了，吃饭没有？"

薛业不动声色地趴着，小臂搭着床栏。针孔没按住就松开了，皮下渗血，手掌心苍白。

"劝不动。"陶文昌看着满桌餐盒，"你让我打的这些菜，能补血的，他一口没动。"

白洋皱起眉头："为什么？"

陶文昌说出来都觉得丢人："傻孩子挑食。"

"唉，这么大还挑食。"白洋在果篮被陶文昌接过去后，慢慢走到薛业床前，"好歹吃一口，不要闹情绪了。"

薛业静了足足半分钟，开口声音沙哑，困到不行："能让我安安静静地睡觉吗？"

"菜凉了，吃完也不好消化，我给你削个苹果吧。"白洋让陶文昌找水果刀，削皮的气质如同艺术家对待艺术品，很快，"给，吃完再睡，你吃了它我告诉你一个好消息。"

薛业刚要睡着，将毛巾被往上拉了拉，没睁眼："谢谢，不吃。"

空气中充斥着尴尬气氛。

白洋极为耐心地一劝再劝："吃一口，我就告诉你。"

薛业观察着这个完美的去皮苹果，一字形的肩膀支起来："谢谢好意，能让我睡了吗？"

"你就不想为听好消息吃一口？"白洋始终笑得温和，"可以提前告诉你，十一月份比赛，体育新闻专业和体育教育专业各派一人随行，我想安排你去。"

薛业的身体明显一僵。

"当作上回没能及时替你说话的赔罪礼。"白洋伸手将苹果往前送了送，"吃一口？"

陶文昌移开视线。

"这事……杰哥知道吗？"

白洋十足地感到困惑和困扰："你就不能自己做主吗？"

"也能。"薛业双手抵住床单再一次趴下，一半脸埋在枕头里，一半脸散着凌乱的头发。

每晚临近十点都是田径场最热闹的时分。晚训即将结束，跑道上的运动员快成耀眼的追光，冲过计时器时迸发一声欢快的呐喊。

绿色的人工草坪和橙色橡胶跑道被六盏巨型照明灯照得雪亮，投掷类场地旁边是观礼台，坐着等男女朋友下练的学生，或者想找男女朋友的学生。

祝杰结束了训练，手机也在这时响起来。

"薛业一天没吃饭。"

话到，陶文昌挂断电话，转身安然地挑起水果来。

他洗水果洗到一半，门开了。

祝杰膝盖顶上门，屋里只剩下沉重的喘气声。

陶文昌慢悠悠地吃着提子："你叫吧，给什么都不吃。"

"睡多久了？"祝杰别过视线，伸出床帘的左臂挂着一条细细的链子。

"我哪儿知道他睡多久了？"陶文昌"嘎嘣"脆地嚼碎提子核。我又不是保姆。

祝杰拉开床帘，拇指摁住他内手肘瘆人的瘀青："薛业。"

趴着的人没动静，要不是还有体温简直是一具尸体。

"薛业？"祝杰用力压住下针处的血管，人还是没醒。

"薛业！"

不对劲吧？陶文昌赶忙走过来，祝杰也二话不说跨着床梯翻上了床。

"怎么了这是？"陶文昌试图晃晃薛业。

"别动他，陶文昌。"祝杰将右臂探进薛业的腹下，一边警告，一边勒紧了他的腰，直接将人翻了个面，再掰开薛业的嘴。

陶文昌瞬间明了跑去开窗通风，再回来时薛业的头已经被祝杰的左手捧起，高于平置胸口，右手在他的耳后按压。

"脉搏呢？！脉搏正常吗？"陶文昌急问。体育生或多或少懂些急救知识，薛业这个情况很像睡眠中无意识窒息，先排除口腔异物堵塞的可能，再判断心率。

不是，不是窒息，祝杰仔细数着薛业轻微的呼吸声。

不是窒息，人没事。

是睡着了，人没事。

薛业其实已经有清醒意识，只是嗜睡醒得慢，连动一下眉毛都需要攒力气。他还感觉小腹被捞起来了，身体腾空一瞬又稳稳落下了。

"薛业，薛业，醒醒。"祝杰逼薛业睁开眼，"起来了，不许睡。"

薛业积攒力气点了几下头，意思是：我已经醒了，你可以不用晃了。等他慢慢将眼睁开，吓得心口一揪。

"杰……杰哥？"

薛业傻了，半张着嘴呼吸顺便等着挨骂。

薛业刚入队的时候祝杰也是这么盯自己，问他还能不能练了。

"杰哥你……下练……吃饭了没有？"

薛业屏住呼吸，回忆自己除了抽血抽多了还有什么地方把祝杰惹了。

412 室的门再一次打开，孙健左手果篮右手烤串地冲进来："男神，我串宿舍来了！白队说你献血了，我来……哎，祝杰你干吗呢？"

祝杰掌心的汗顺着中指往下掉，他一把拉上床帘留下几个湿漉漉的指印："我同意你串宿舍了吗？"

"串串呗，联络联络感情。"孙健大咧咧地过来，"男神你晚上吃饭了吗？我买串儿了！"

薛业整个人很茫然。

"别人问你话呢。"祝杰咬着牙，汗顺着下巴往下狂掉。

"哦。"薛业答。

——薛业你完了，你肯定又把杰哥惹了。

薛业沉了一口气："晚饭没吃，谢谢孙健。"

孙健挑起床帘："祝杰，你别欺负我男神，行吗？男神你想吃什么，我买。以后有机会你指导我跳远啊。"

薛业抱着被子："给什么都吃。"

祝杰直接从高高的上铺跳下来，出了 412 室的门。

陶文昌又开始吃提子，看薛业快速起身翻衣服，刷牙洗脸梳头发然后坐等晚饭的怂样，只想骂他饿死了活该。

不一会儿孔玉回来，和孙健分串儿吃的时候祝杰回来了，拎着几个餐盒和一袋水果。陶文昌探头一看，和中午的菜一模一样。

"谢谢杰哥。"薛业往嘴里塞了一大块炒猪肝。

三菜一汤一盒米饭全部吃光，薛业打了个饱嗝："杰哥，我吃完了。"

"嗯。"祝杰不紧不慢地拿了个苹果放桌上。薛业起来拿水果刀，再坐回去安安静静地开始削皮。

你会削苹果啊！陶文昌暗骂，削得比白队还熟练，苹果皮都不带断的。

水果里薛业只爱吃石榴，夏训每天喝二升水也不吃一口西瓜。削完他把苹果切成对称的两半，一边啃一边把另一半给了旁边。

不一会儿薛业啃到苹果核，拿冰袋冰敷瘀青的地方，祝杰弯腰从袋子里拿了个石榴出来。

陶文昌惊叹，这两个人干吗呢？以物换物啊？

"谢谢杰哥。"薛业是真不爱吃苹果，可祝杰规定每吃完半个有奖励。

"明天早上的，现在别动。"祝杰飞快地发着微信，"明天周六，和你爸妈说先不回家，要跟我出去。"

双休日不用晨练，陶文昌睁眼时过了八点。孔玉一早收拾完回家了，祝杰也不在，只有薛业在看专业课的书，桌上一大碗红石榴。

"甜不甜哪？"陶文昌顺手抓了一把石榴籽。

薛业满是敌意地看了他一眼，抬手将碗收到胸前："甜。"

"小白眼狼还护食。"陶文昌抻抻筋，"你不睡了？"

薛业声音沉闷地回："困，杰哥把我拎起来的。"

"行，你困你的吧，帅帅的我就不打扰了。"陶文昌说，临走又抓了一大把石榴籽。

祝杰究竟要带自己干吗去？薛业完全没有思路。等到中午才收到短信，他直接去东食堂找，看见一身黑色便装的杰哥已经找好了座位，仍旧在发微信。

桌上还是三菜一汤，主食居然是汤圆。薛业咬开一尝，黑芝麻馅。

"上午没偷着睡吧？"

"没睡啊。"薛业偷瞄，看见祝杰戴着一顶棒球帽，帽檐压到眉骨上方，眼神多了种难以言说的犀利，"杰哥，我想剪短头发了，像你这样剪短些。"

"你不适合。"

"哦。"薛业端起碗喝汤，眼馋地看杰哥的短发茬。

吃完饭，薛业跟在祝杰身后往东校门走着。

相隔一条马路的地方是 A 体大的停车场，然后他就知道祝杰上午干什么去了。

"上车。"祝杰用拇指指节压了压睛明穴，给薛业指了一辆车。

"哦。"薛业把斜挎的黑色运动包往身前转了转，面前是一辆纯黑色的奔驰大 G。他不太认车但是认识这辆，高考前祝杰给他看过照片，还说考完就买。

封闭空间让气氛多了一丝紧张感。

祝杰把副驾驶座的窗降下来，侧窗车膜接近全黑，光线闯入，右手搭在副驾驶座上，微微偏头单手倒车。

薛业紧张，盯着视野宽阔的倒车影像看，试图开始找话："杰哥，你上午……取车去了？"

"嗯，那辆骑回去再开回来。"祝杰又偏头，"安全带。"

"哦。"薛业赶紧扣上安全带，车内饰极致简洁一体纯黑，车挂件是一块长条状的石头，"杰哥，你喜欢石头啊？"

"一般，西藏天眼石。"祝杰专注地看向前方。

"哦。"薛业立马静音。祝杰不喜欢别人多话，吃饭的时候更是。天眼石是个什么东西？不知道，薛业看着它左摇右晃，突然开始整理怀抱里的包。

前面红灯，祝杰一只手搭着方向盘准备绿灯转向："我妈弄的，反正我也不懂。"

祝杰的妈妈？从没听祝杰提过家里人，薛业手指放松些，祝杰不懂那自己懂不懂无所谓了。他假装无意地问："杰哥，你是暑假考的驾照？"

"嗯。你能老实会儿吗？"

"我收拾收拾，有点乱。"薛业看着毫无章法乱塞一气的运动包，水杯、喷雾、护膝、绷带……全部用湿纸巾擦过再放好，最后拿起心率手环瞄了一眼。

212，这么快。薛业看向左侧的人忍不住问："杰哥，你昨晚超心率了？"

"超了。"又是一个红灯，祝杰随意地侧过身，缓慢又平静地看过薛业几秒后突然笑了，"你有药啊？"

薛业摇了摇头："没有，杰哥，你带我干吗去啊？"

"现在才问，我卖了你信吗？"祝杰利索地换了个挡位，"老实坐着，到了我叫你。"

车直接上了机场高速，再出辅路是一片住宅。祝杰将车开进小区找联排别墅，一把轮倒车入库，副驾驶座上坐的人垂着脸任刘海扫来扫去，身子挂在安全带上，睡得七荤八素。

他果然又睡着了。祝杰拍他："薛业。"

人没醒。

薛业完全不知道自己什么时候睡着的，再睁眼就是祝杰喊他下车，他遵从命令下车，一起往前走，进了什么地方也不知道。

联排别墅第一栋，祝杰忽视门铃直接敲门，很快有人来开门。中年女人有着和祝杰同样的身高，很瘦，穿衣风格简洁脱俗。

"小杰啊，开车这么快。"

"祝杰。"祝杰态度强硬地矫正，一只手推着薛业往前带，"醒了吗？"

薛业懒洋洋地点点头，跟着进了屋："嗯，杰哥咱们来干吗啊？"

中年女人去沏茶，高颧骨，头发随意用筷子盘住，眼里兴趣浓厚："不认识我了吧？比上次见高不少啊，叫什么来着？"

"薛业。"祝杰把人摁进沙发，"人来了吗？"

"在书房。"她端了一杯茶给薛业，明明是个女人却自带儒商气质，声音洪亮，"小业喝茶，当自己家里。"

祝杰眉心一紧："薛业。"

薛业怔怔地坐着，听两个人你一言我一语地对话思绪如飞，不得已才问："杰哥，这位是……"

祝杰沉默，喝完茶不带感情地开口："你可以直接叫她张蓉。"

薛业窘迫地摸了摸鼻梁，这人明显是长辈："张蓉……您好。"

张蓉一脸和煦，和煦里藏着祝杰没有的老辣："没事，你杰哥可是从小叫我的名字叫到大，半点儿礼貌都没有。现在主播的工作不做了吧？"

这事怎么也知道？

"我带他先进去，咱俩的事私下说。"祝杰起身，薛业如影随形，一直走到客厅最靠里的门，"进去，办完事我接你。"

薛业喉咙一紧："我进去干什么啊？"

"进去就知道了。"祝杰一把将人推进去，转身陷入沙发上喝茶。

张蓉则是边看边摇头："你和你妈脾气一样急，多解释几句不好吗？"

祝杰放下茶杯："你找的什么人？"

张蓉有一双不太像女人的手，粗糙多茧，证明这双手并不养尊处优："你昨晚说得太突然，约心理医生可以，但我找了更专业的，是精神科医生。现在知道学乖了，不带着人进医院了？"

"你有完没完？"两个人对上视线，一个悍勇一个老练。

"我是想提醒你。你姥爷桃李满天下，随便一个大医院就有他的学生，逮你还不容易？"张蓉扫了一眼沙发上的男孩，一身全黑，将近 1 米 88 的身高，圆寸，五官犀利态度冷硬，没法和小时候抱着篮球学投篮的样子对上号。

张蓉活动着腕关节站起来："开车了吧？带我去趟超市买东西。"

祝杰抄起车钥匙，活动了一下颈部。

薛业不知道面前的男人是什么人，八成是心理医生。但是对方又不急着问东问西，好像就是……纯聊天。

既然是祝杰安排的人那就聊呗，不知不觉两个小时过去，男人说："你可以走了，做得很好。"

做得很好？自己做什么了？薛业很不习惯陌生的环境，轻手轻脚地带上门，走回客厅看到祝杰和张蓉在落地窗外的家庭篮球场上打球。

张蓉换上了一身女子篮球队服，盘起来的头发扎得又紧又高，运球速度不输给体院校队队员，正在破防，干脆利落地使出一个直腕跳投。

得分。

杰哥拦不住她。

祝杰看见薛业直接把球扔给张蓉："都说完了？"

"嗯。"薛业在外人家里拘束，放不开。

"那走吧。"祝杰捡起地上的 T 恤边擦汗边往门的方向迈步。张蓉进屋，薛业犹豫了一下，轻声说了个"打扰了"。

"其实你见过我。"张蓉高挑蛾眉，"高一，那时候你俩都没现在高，小杰刚蹿过 1 米 8，想起来了吗？"

沉默了将近一分钟，薛业深喘一口气："你……不是，您带我去的医院？"

张蓉点头："是，是我。我是你杰哥从小的篮球教练，他那两把刷子也就在你面前展示。"

篮球教练？薛业又震惊了。怪不得杰哥打球像专业的，他不是自学的，打不过张蓉大概因为大把时间放在跑步上。

上车之前祝杰去后备厢拿了一件完全相同的黑 T 恤换上，上车问："我送你回家？"

"不用，我回学校收拾一下，自己回。"薛业焦躁地舔了一下嘴角，祝杰去过自己家，房子都卖了。

很快车开回学校，临下车前薛业鼓起勇气说："杰哥，十一月份比赛体育新闻能出一个人随行。"

祝杰看着薛业肘内侧的大块瘀青："白洋找过你了？"

"嗯，找了。"薛业调整呼吸继续说，"我肯定不给你添麻烦。"

"薛业。"祝杰的左手点着方向盘，"别去，你也不要为这件事去找白洋，明白吗？"

明白吗？薛业当然明白。

等薛业下车，祝杰将车停在东校门停车场一直没动，不一会儿手机响，他接起电话："医生怎么说，用不用心理干预？"

"不是抑郁症，放心。"张蓉的声音传来，"小业他……"

"薛业。"

"嗯，薛业他只是不能和异性接触，太亲密会吐，比较害怕女人。"张蓉突然停顿，声音冷了几度，"你猜得没错，是嗜睡症。薛业自己说他患嗜睡症已经有一阵子了，八月份开始，高考之后的事。"

"高考之后？"祝杰问。

"是。这个病麻烦。"张蓉心口一阵酸，"医生目前可以排除大多病因，他的精神状态不是脑部受损也没吃过抗组胺那类药，要是脑部炎症现在已经卧床了。他没有家族病史，甲状腺检查正常，最有可能的就是发作性睡病，这个病……"

"会不会醒不过来？"祝杰打断她的话。

"会。"张蓉说，"初期只是犯困，再不控制会猝倒入睡和睡眠幻觉，最严重呼吸暂停。"

"接着说。"祝杰轻轻踩了踩油门。

"睡醒后短暂失忆。八月份症状出现到十月底，两个多月了。"

"怎么治？"

"治疗方法很多，不难，只是很麻烦。医生会整理一份治疗方案，我发给你。只是你要有个心理准备，嗜睡症很难彻底根除，一旦出现极有可能伴随终生，只能缓解。"

薛业周日一早才回家，屋里有些潮气。全屋最珍贵的是那几箱训练装备，其中还有一半全新，他连穿都没穿过。

搞体育很费钱，体育生都有囤消耗品的意识。薛业从所剩不多的便装里找了长衣长裤。

下午出门薛业坐地铁先去商场，返校途中路过一所初中，从校门跑出来的可能也是体育生，斜挎着鼓鼓囊囊的运动包互相骂同学，披着一身夕阳，蓬勃朝气。

薛业坐公交车靠窗多看了几眼，想起十四岁的自己。

没事，薛业安慰自己，只要活着自己还是运动员，这是谁也没法从他身上夺走的骄傲。流血不流泪，他认命不认输。

回到宿舍只有自己，薛业按时直播。

红V再一次踩点失准，薛业也没准备吃，解释前几天事情太多，还有周末要回家所以只在周一到周五播。

薛业不是爱解释的人，可毕竟Sky给钱了，还给了不少。自己聊天不行，吃相一般，三天两头消极怠工，真不知道这人图什么。

Sky没有多聊的意思，答应之后直接退出直播间。薛业拿上手机准备去东食堂打饭。

他回到宿舍时全员已到齐，体育生返校早。陶文昌拿着一沓子纸在看，顺手将薛业一把搂住。

"看见没有，没进一队照样比赛。"陶文昌指的是十一月份那一场比赛，"跳高队八个名额，白队说放我出去磨炼，主要是昌哥预赛成绩达标了。"

"恭喜啊。"薛业顺着纸往后翻，一直找到跑步项目二十八个名额里祝杰这个名字。祝杰在衣柜前整理东西，薛业过去祝贺。

"杰哥，恭喜啊。"

祝杰收拾的动作停了下来，表情沉静："薛业，你知不知道自己有嗜睡症？"

正看名单的陶文昌和看手机的孔玉登时全傻了。

薛业偏了偏头。他有心理准备，心理医生反复问过这方面的细节，肯定会告诉祝杰。再看向祝杰，薛业轻轻点头："知道，想着寒假去看病的。"

"为什么不说？"祝杰双手抵住柜门，"8月份不看，9月份不看，都10月了还不知道看，等着自己睡死呢？"

薛业嘴角抽动一下，无话可说。孔玉看气氛不对，赶紧远离和陶文昌站在一旁。

杰哥要发火了。薛业强迫自己笑了一下："睡不死，我尽量控制。"

"控制？你知不知道这病治不好？"

治不好？薛业的表情一半困惑一半惊愕。他一辈子就这样了？这算惊天噩耗了。

片刻后，薛业调整好表情，深呼吸："那医生怎么说啊？"

祝杰没发话，从柜里取出一枚金属手环，不容置疑地掰开再锁住了薛业的手腕。

很凉，薛业不知道这干吗用的，大概有篮球护腕那么宽，很显眼。

"这是医用的。"祝杰原本想告诉薛业这是六院用的，声音忽地轻下来，"别摘。"

这话纯粹多余，薛业没钥匙，除非用切割刀才能摘下来。

"嗯。"薛业收回手观察，磨砂银面烙着凹进去的字。

——如果我睡着了请叫醒我，如果叫不醒我请立即拨打电话，重谢。

底下是一行手机号码，这排数字薛业很熟悉："杰哥？"

"从明天开始你有时刻表，只能在宿舍里睡，在我知道的地方睡。"祝杰同样拿出一沓纸来，停顿了一刻，"好好治就能缓解，也不是什么特严重的病。我同意你睡你才能睡，我叫你你就必须醒，每隔一小时发短信告诉我你的位置，懂了吗？"

病能缓解，薛业好受许多："懂，谢谢杰哥。"

"最重要的是……你现在的状况必须吃药。晚饭吃了吗？"祝杰从包里拿出白色药瓶，在拳心里攥得紧紧的，恨不得捏碎似的，"饭前四十五分钟吃，一天三次，要是没吃饭先把药吃了。"

"行。"薛业点头，点完头又问，"什么药啊？"

祝杰拧开药瓶又拧开一瓶矿泉，全给了薛业。薛业想都没想先接了，含住药片再吞几口水全部咽进肚子里。

"杰哥，要不你把药给我吧，我每天按时吃。"薛业纯粹不想给祝杰找麻烦。

祝杰的表情明显在犹豫，在思索，宿舍内如同布满诡异的疑云，只剩下粗重的呼吸声。

最后祝杰把药瓶给了薛业，薛业先说了声"谢谢杰哥"，下一秒拿药的手猛烈一抖像被针穿透指尖。药瓶经过自由落体运动掉在地上，薛业不带犹豫地掉头往浴室跑去。

祝杰抬腿追了进去。

薛业趴在水台上抠嗓子眼，颤抖的幅度与其说恐惧不如说愤怒。

"不许吐。"祝杰捞起薛业的肩膀往后扳。

薛业耳边全是陶文昌的喊声和砸门声。

"祝杰，你是人吗？！"陶文昌连续踹门，"你有本事别出来！祝杰，你把门开了！"

孔玉的脸唰白，陶文昌看过药瓶之后就发火了，他也捡起药瓶来看，顿时四肢冰凉。

盐酸哌甲酯片。

"薛业是运动员，你骗他吃这个！你还是人吗？！"陶文昌踹门，门纹丝不动。

"杰哥……杰哥？"薛业微微张开嘴，错愕地盯着祝杰看，什么都骂不出来。

"你听我说完。"祝杰低语，"别吐，你得吃药。"

"不吃行吗？"薛业屏住呼吸，"杰哥，你让我干什么都行，不吃行吗？"

"不行。"

薛业开始摇头，一会儿狠狠地瞪祝杰，一会儿又可怜巴巴地看着他，坚强、颓废、不认命。

端门声停下，陶文昌去找宿管要备用钥匙。

"半年。"祝杰犹豫着开口，"吃半年，以后我带着你参加比赛。"

薛业闭着的眼睛睁开："真的？"

"嗯。"

"每一场？"

"嗯。"

"我不睡了。"薛业坚定地点了点头，"杰哥，药我吃。"

陶文昌拿回全宿舍楼的环形钥匙打开了门，看见满地碎玻璃。

第四章

难舍难分

★★★   ★★★

喂薛业吃一粒药跟熬鹰似的，也只有祝杰能胜任。

祝杰放开薛业，没事人似的往外走去。陶文昌的怒火"腾"地冲上脑袋顶："祝杰，你是人吗？！"

"杰哥是为我好。"祝杰还没说什么，薛业先替他解释上了。

运动员的意志力比玻璃坚固，碎一地不怕，自己捡起来迅速拼好。

陶文昌怒视薛业，眉梢狠狠抽动着，最后把412室的宿舍门狠狠地关上。

"看什么看，没见过室友闹矛盾啊？"陶文昌朝门外聚集的男生喊完再转身离去。

祝杰给薛业的手机定闹钟："每个小时发短信。"

薛业磕磕绊绊地走过去："谢谢杰哥。"

"浴室收拾一下。"祝杰弯腰捡起药瓶递给薛业，"按时吃饭。"

"哦。"薛业的舌头沿着牙齿舔了半圈，"杰哥，你……没骗我吧，十一月份比赛也带我去？"

祝杰拿出酒精往手背上泼："我骗过你吗？"

薛业摇头："没有，谢谢杰哥。"

"嗯。"祝杰随便处理了伤口赶去田径场集合。

陶文昌等火降了过来撞薛业一下："没事吧？其实我想了想，吃那个药如果有用的话……你就先吃，主要矛盾和次要矛盾得分清是吧？"

薛业难得一次没回骂。

"况且……祝杰说话也太夸张了，什么治不好，抑郁症、精神病都能治好，你不就容易犯困嘛，放心，肯定能好。"陶文昌自诩会哄姑娘，可对薛业无从下手。

薛业直直地看着他："谢谢。"

收拾完浴室薛业去了食堂，治疗方案列有菜谱，食疗也是治疗的一部分。他找了张最角落的桌子嗦面条，手机振了一下。

闹钟？快给祝杰发短信说自己在东食堂。薛业克制自己打出一篇小作文的冲动，只发了一句话。

晚饭吃完肯定会犯困，薛业赶回宿舍缝沙包。结果他将沙包六面全部缝合丝毫困意都没有。

意料之外地狂喜，薛业心里"咯噔"了一下，药管用！

虽然那是运动员禁忌药物，可长时间保持清醒的大脑格外精神。将近五个小时没有犯困，这感觉太陌生了，薛业在宿舍里兴奋地溜达。

不一会儿楼道开始吵闹，晚上十点体育生下练了。仨人回来全像从水里捞出来的，累得不想说话。这是赛前集训第一天。

"薛业。"祝杰扒下拧出水的贴体田径训练服，"过来。"

薛业捏着沙包过去。

陶文昌拉着孔玉去冲澡。

"干吗啊你？！"孔玉相当恼怒，屋里藏着一个靠吃药才能保持清醒的人，天知道有多危险。药被查出来谁也脱不开身。

"赶紧洗吧。"陶文昌迅速脱掉贴着肌肉的训练服，"我给你搓背怎么样？手法特专业。"

"不要！"孔玉立马拒绝，"自己洗自己的！"

衣橱一旁，薛业很警觉："杰哥，你是不是上药了？"

"你下午睡过没有？"祝杰用湿纸巾擦手，手掌接近指根的位置一排茧子。

薛业看自己的掌心，相同位置也是一排茧子，这是体育生的荣耀勋章。

"下午没睡，药有用。杰哥，我今天真是没控制住，是不是伤着你了？"

"这笔账先记着。"祝杰从柜子里拿出浴巾，面前挂着的白衬衫是明天拍证件照用的。

薛业洗完澡，感觉快缺氧了，他晕乎乎地爬上上铺，正好祝杰也爬上自己的床。

祝杰背对着薛业，支起腿给膝盖喷药。

薛业手脚无力地搬着枕头，轰然趴下："杰哥，你手疼吗？"

"疼。"祝杰简短回答，"你有药？"

"没药，我明天给你买早饭。"薛业动了动胳膊，戴着金属腕带睡觉十分硌得慌。

"不用。"祝杰整理好喷剂，没有继续聊天的意思，"睡觉吧。"

"嗯。"

唉，吃药就吃药吧，只要他能把病治好。

薛业再睁眼时，天还没亮，才五点多，还是曾经早训的点。

药管用了！薛业睁眼没几秒完全清醒，摆脱了迟钝的缓慢苏醒过程，就是下巴有些酸。他兴奋得睡不着，一直等到另外三个人的手机闹钟齐响，六点整。

薛业不是体院的人，不用晨练可还是跟着坐了起来。

"醒了？"祝杰刚睡醒，声音沉闷。薛业在对面傻坐着，不言不语地看着祝杰。

"薛业？"祝杰瞬间警觉。睡醒后短暂失忆，张蓉说过。

"啊？"薛业是在考虑给祝杰买早点，醒都醒了。

"我是谁？"

"啊？"薛业昂着脸，"杰哥。"

人没事，虚惊一场。祝杰从一声不吭到如释重负，从床梯上跳了下去。

体育生动作飞快，没一会儿全部走光，薛业想去买祝杰的早点，手里攥着时刻表给自己治病。他尝到了治疗的甜头，过几天就拿钱去治腰。

时刻表规定早上有一个半小时的运动时间，自己怎么运动？薛业冥思苦想，干脆把运动定为散步。

散完步晨练结束，薛业看着浩浩荡荡进食堂的体院学生，后悔早点没买上。

但是早起的太阳仍旧美好，薛业第一次这个时间逛校园，承认自己的大学校园其实很漂亮，特别是体院。清晨不冷不热，其他学院的人还没醒，声音只属于晨练的体育生。

前面几个男生围着一个女生，女生好像在抹眼泪。

怎么了？这些人欺负女生？

被围在中间的毕芙对上薛业的注视，那几个男生就过来了。

薛业不想惹麻烦掉头就走，但没溜开，看着他们围过来先点了个数，五个人。

"你就是薛业？"最高的男生语气不善，显然他知道薛业。

薛业打量着他，比自己高一点儿，左耳戴黑色耳钉："怎么了？"

"黑耳钉"和兄弟们对视一笑，很挑事地扳他的肩膀："没怎么，你杰哥呢？"

薛业偏头躲开他。

"你们找杰哥干吗？"薛业警觉起来。

"不干吗，让你提醒他别太放肆。""黑耳钉"用少见多怪的调调说完，撞开薛业的肩带着人离开。

闹钟不合时机地振起来，薛业一边发信息一边往主楼走，隐隐有些担心。

中午必须回宿舍午睡，薛业一进412室眼神完全挪不开。

除了自己的，其余三架床梯上都挂了一套崭新的白色运动衣，包在塑封透明袋里没拆。长袖、长裤，高领带拉锁，白色裤身外侧两道笔直的红色，高领和两袖也是红色，里面配一件短袖——A体大参加比赛的统一队服。

看来他们回来过一趟，薛业走过去摸摸看看，后背正中是A体大的校徽和英文全称，底下是中文名的汉语拼音：Zhu Jie。

薛业冰冷的脸变柔和，很怀念大家一起参加比赛的感觉。他爱惜地放下了衣服，自己看看就行。

他拉过一把椅子，先睡觉吧。

祝杰最不喜欢穿衬衫，天然排斥，要不是上午办参赛证件大概打死也不会穿，他夹着手机："喂？爸。"

"你妈妈说周六你回家一趟又跑了，不跟家里人吃饭啊？"一个男中音响起。

"有事。"腕口很勒，祝杰扯掉了袖扣，"学校的事。"

"你们学校有什么事？"

祝杰迈进宿舍楼走上楼梯："比赛，我跟一队了。"

"嗯，抽空去看看你姥爷，别老在学校住着。"男中音声音一顿，"小杰。"

祝杰脚下一停："怎么了？"

"没怎么，你妈妈说你屋里太乱，那堆破玩意儿该收拾就收拾了，今早找家政帮你扔了一堆。不重要吧？"

祝杰指节紧了紧更用力地抠住手机，迅速闭了一下眼睛又抬头看向天花板："不重要，随便扔，别动我的训练装备就行。"

"嗯，下周回家提前给爸爸妈妈打电话，你妈妈总担心你吃不惯食堂的饭菜，不行就别住宿了，来回跑也不远。"

"看吧，最近赛前集训，我先挂了。"祝杰关闭通话在412室外静了静，进屋发现薛业也在。

中午、下午各有两个小时的睡眠时间。祝杰将门关紧，直接上锁。

薛业倒坐在椅上睡，两肘交叉搭住椅背，脸埋进瘀青的肘内侧。白色的工字背心勒出他整条后背的轮廓，颈骨生动地凸着，随均匀呼吸一起起伏。

他这样坐是怕睡得太沉。

闹钟铃声响得刺耳又突兀，薛业醒得不慢，大脑再没有云里雾里的昏涨感，只是这个姿势睡两个小时胳膊麻了。

薛业向后调整姿势，惊然发现身后有人。

祝杰问他："我是谁？"

"杰哥？"

一个星期后进入十一月份，天气彻底转凉。薛业周末去看腰伤，做了第一次针灸理疗。下针时很疼，可疼完之后腰椎反而轻松许多。

下午薛业在宿舍直播，花了 Sky 的钱，话也多了些。

"真不好意思，我这个病……"薛业积极治疗按照菜谱打饭，白色帽衫洗得泛黄，"只能吃这些。"

Sky："身体重要。"

薛业连续服药病情算稳定，只是不懂祝杰干吗总问自己他是谁。

"你要是觉得没意思……就换个人看？"薛业这话憋挺久了，

"剩下的钱我还给你。"

手里有欧元和美金，薛业心里有底。

Sky："不用。"

不用？有钱人的世界真难懂，找机会约这人出来吃饭算了，薛业满眼疑惑："有件事，你可以不说，你是男的女的？"

Sky："女的。"

薛业差点儿没拿住筷子："哦，女的啊，女的……挺好。"

Sky："上次的事解释清楚了？"

薛业点头，这是 Sky 第一次主动问那件事，她又是个女的，这真的尴尬。这一刻收不了场。

"嗯，解释了，我有个同学……他说信我。他帮我处理的，还帮我换了宿舍。他……特别厉害，我给他拎包的。"薛业数着粒吃米饭，不想吃这个，想吃小馄饨。

吃完饭薛业去超市买东西，再回来时另外三个人都在，在集体试穿队服。

"干吗去了？"祝杰抬头给了一个眼神，"过来。"

"杰哥，我买洗衣粉去了，我看你存了好多没洗的衣服。"薛业压了压落寞的情绪，"杰哥，咱们什么时候动身啊？"

祝杰换上短袖队服试肩宽："下下周，打完 3 对 3 就动身。"

薛业有些发愣。

"想什么呢？傻了？"祝杰在薛业眼前打了个响指。

"没傻，谢谢杰哥，我是看你现在的队服……比以前的队服帅多了。"薛业的思绪在祝杰身上聚焦。

"薛业，你能有点儿出息吗？"祝杰把队服扔向上铺，拿起一旁的浴巾大步进了浴室。

"我帅不帅？"陶文昌蹬上裤腿，帅气精神的一个小伙子，"先打预防针哪，可能碰见老同学。"

孔玉穿什么都像个跳芭蕾的,漂亮地转身:"谁啊?带我认识认识。我以前的同学都在外地省队呢,见不着。"

"还能谁啊?我们仨可是和区一中毕业的,肯定能遇上老同学,比如和某人比了6年的田径队前队长之类的。"陶文昌知道薛业想穿,把上衣披给他,"来,试试,主办方大手笔,六星酒店双人房,跟昌哥睡一屋。"

"我才不穿呢。"薛业躲开了,是真的想穿,可穿上又不是自己的,后面的名字是"Tao Wenchang"。

"唉,到时候昌哥带你们串酒店,找老同学叙旧。"陶文昌对自己的社交能力信心十足。

一整晚祝杰都闷闷不乐,薛业知道这时候必须少说话,悻悻地爬上了床。再睁眼快凌晨两点了,他连续两天这时候醒的。

是不是药量多了?薛业不知道,翻来覆去,折腾半天实在不困,便轻轻爬下床,把这几天没来得及洗的脏衣服收拾出一包。

薛业拿好脸盆准备就绪,站到陶文昌床边把人晃醒。除了怕痒他还胆小,小时候被体校学长吓过太多次。他得拉个人。

陶文昌睁眼,简直崩溃。

"我睡不着,你陪我洗衣服去。"薛业用手机灯晃他。

陶文昌狠狠地盯着他:"你洗衣服,把我拎起来?"

陶文昌有气无力地翻白眼,报应,都是报应。

"哎,你是不是特爱洗衣服啊?"两个人都光着膀子,陶文昌讲义气可困得毁天灭地。

薛业不答,手指泡在冰冷的水里搓洗衣物。

"那个……"洗着洗着薛业装作无心地问,"最近有没有人找杰哥的麻烦?"

陶文昌气若游丝:"不是我说,每天有人找他的麻烦我都不奇怪。"

"有大三的人吗？"

"啊？"陶文昌用凉水激了激脸，"他什么时候惹大三的人了？"

"没惹，我瞎问。"薛业搪塞过去，手里拎起两件黑色的田径背心陷入沉思。

"陶文昌。"想了几秒薛业脸色不爽，"你把自己的衣服混进去了吧？"

"哎，你这话说得多见外啊，我大夜里陪你，多无私，给我洗洗呗。"

薛业认真地纠结了片刻最后还是将衣服扔回盆里，抓起来搓了两下。陶文昌看他洗了也不打岔，默默帮他一起拧衣服。

最后两个人一起合作端着脸盆同时起立，薛业那边突然脱力了。

陶文昌立马维持平衡："没事吧？"

"没事。"薛业手上有洗衣粉，滑得没拿住，半盆凉水全泼身上了。

"端不住你早说啊。"陶文昌把盆放下，揪住他宽松的篮球裤一角使劲拧，"脱了，反正楼里的人都睡觉呢，你赶紧跑回去。"

"陶文昌。"

薛业和陶文昌同时扭头，祝杰靠着门框。

"你俩干吗呢？"祝杰来回打量他俩。

陶文昌无语："薛业夜里睡不着非要洗衣服，又不敢一个人来，有啥事你冲他去，我困得要升天了。"

薛业打了个哆嗦也不知道是冷的还是吓的："你出卖我！"

"我不卖你我卖谁？"陶文昌直接往门内走去。

陶文昌刚走两步身后的门重重地关上，楼道顿时陷入漆黑之中，连个灯都不给留。

——你够狠。

"洗衣机不会用，是不是？"

薛业凉出一身鸡皮疙瘩，瞥向左侧闲置的十台双层滚筒洗衣机："半夜用洗衣机就把别人全吵起来了。"

薛业试图转移话题："杰哥，你不开心啊？"

"怎么夜里醒了？"祝杰跳过问题反问。

薛业说："昨天也是这个点醒的。"

"嗯。以后夜里有事叫我，明天我问问医生，看你的药是不是需要减量。"

薛业赶紧把掉出盆的裤腿捡起来拧："谢谢杰哥，对了，往后我能不能去操场……看大家训练啊？"

"不能。"祝杰伸出手来帮他一起拧。

"哦。"薛业瞬间失落，湿透的布料贴在皮肤上有些阴冷，"那下周 3 对 3 我能去看吗？"

"不能。"

隔了一天，薛业遵医嘱将下午的药量减半，夜里再没有醒过。又过了一周半，体院和篮联部组织的 3 对 3 球赛拉开序幕。

每晚七点半主篮球场被围得水泄不通，薛业不能去，只能通过陶文昌口述得知他们打进了决赛圈，抽签对上了大二白洋那班，再打赢一轮直接要对大三队。

决赛当晚薛业还是没忍住，溜到主篮球场的外栏听战况。好些人认出他来纷纷敬而远之，也有人交头接耳。好在薛业根本不在乎，竖起耳朵听战况。

薛业不希望祝杰赢白洋那队的人，可啦啦队上场的时候他还是听见广播解说了，祝杰他们赢了。

啦啦队的女生被男生抛上半空，侧身转半圈稳稳接住，球场进入白热化的沸腾气氛。

人很多，休息时段结束，毕芙带领粉色啦啦队队员在欢呼声中骄傲退场，经过铁丝网墙时认出了这张面孔："薛业？"

"啊？"薛业正发呆，"有事？"

毕芙没回答，带着全队人绕开走。

这干吗呢？薛业想不明白也没工夫想，更注意不到毕芙的一个举动将男啦啦队员的目光全引了过来。

被他们的目光盯烦了，薛业戴上卫衣帽子只露出下半张脸。

二十分钟后决赛开场，场内呼声如潮。薛业的手指紧紧抠在铁丝网的菱形格子里，耳朵听着战况。

祝杰还是中锋，陶文昌后卫，前锋他不认识。可能是体力消耗过大最后一场打得格外猛，力求速战速决，祝杰他们分数一直压着大三队。比赛还剩下三十二秒的时候场内起了嘘声，大三一记三分反超比分十六比十四，但好像有人犯规了。

声音太吵薛业听不清楚，解说报了祝杰这个名字，在罚球。

又是欢呼声响起，薛业算准罚球得分，祝杰投篮绝稳。结果没几秒又是嘘声，大三又进球了，同时一直有人在犯规。

这时解说员提示比赛进入最后十秒，大三队以两分优势领先。

又是罚球。

薛业真的听不清了，只好往里走，朝最热闹的人堆里挤。绝命三秒时陶文昌利用赛制机制将比分追平，成功拖入加时赛。

有两下子啊。薛业一跳一跳地往里偷看，在缝隙里晃见一个人，"黑耳钉"，专门负责盯祝杰。

大三这天只打决赛一场，大一已经打过一场，体力消耗完全没有公平可言。"黑耳钉"掩护过后瞬间移动到祝杰前进的路线上阻拦他防守，裁判吹哨，掩护犯规。祝杰传球给零度角的人，"黑耳钉"不经意地将球弹回，砸中了对方中锋的鼻梁。

人潮又发出嘘声。裁判又吹暂停，可能是在问祝杰的情况，祝杰左手运球，强硬果断地伸手示意比赛继续。

薛业严密地注意着场上的人的一举一动。

祝杰这行云流水的运球动作啊，对方完全断不了只能被遛着走。薛业都看呆了。

最后读秒阶段，祝杰和前锋跑位，无球挡拆，余光里总有一个人一跳一跳的。

最后祝杰遛人遛够了，放弃防守，直接强突抛投绝杀，赢了！

场内有欢呼声有嘘声，薛业紧盯"黑耳钉"，他拿右拳极其挑衅地撞了一下祝杰的肩。

但祝杰转身收球下场。人群逐渐散开，薛业怕被逮朝反方向移动，遛了遛了，看不见我，看不见我。

"黑耳钉"在骂人，距离半场都能听见，薛业在人群中抬起头来，帽子底下藏住的一双眼黑亮。

"黑耳钉"和旁边的兄弟笑骂，挑衅之意毫不遮掩。

人潮往反方向移动，薛业不得不跟着走，越听越清楚。

薛业脑袋里有什么东西炸开。

突然薛业被一股巨大的力量抓住，阻止了他接下来的行动。

是祝杰。薛业不用回头看就知道。

陶文昌累得几乎脱水，白队考虑周到，及时送来电解质饮料，祝杰扭身走了。这一刻陶文昌终于喝上了一口救命水，含在嘴里慢慢咽，跟白队以及半个班的男生亲眼见证祝杰是如何逮薛业的，佩服得五体投地。

"薛业来了啊。"白洋一身刚下比赛的运动装备，"这就是祝杰你不对了，薛业要来也不提前说。"

祝杰回头，夜间照明灯照耀下的半张脸近乎全湿，鼻梁被篮球砸得发红："来不来关你什么事？"

"下周他跟体院的人去比赛啊，随行人员当然归我管。走吧，孙康请吃饭，庆祝今年大一 3 对 3 夺冠，这个面子得给吧。"

五十多个男生分两大桌，一半人是学生会干事。学生会主席孙康在，孙健也在。

"男神！"孙健大咧咧地冲过来搞突然袭击，"我就知道体育新闻随行的人定你了，我比赛你给我加个油啊！"

薛业又被抱起来甩："你别闹了，我头晕。"

"啊？头晕啊？"孙健大嗓门，"穆队医跟没跟来啊？！有人不舒服！"

陶文昌看着已经落座的祝杰替孙健捏一把汗："你把你男神松开他就晕了，快松了，当心你哥一会儿骂人。"

薛业好歹抽出身来，找了个最靠边的座位自己坐。祝杰旁边空出来一张椅子，他想去，跃跃欲试还是没去。

毕竟自己名声不好，但孙康明年卸任祝杰很有可能当领队。

很吵，薛业不喜欢吵，怀抱黑色的运动包装隐形人。不一会儿白洋带着人拿饮料回来，一人一听啤酒，最后一瓶顺着桌面滑到了薛业面前。

"昌子他们赢球，喝点儿。"白洋笑道。

祝杰那边已经拉开银色拉环喝上了，不管这边，陶文昌赶紧起立拦下："白队，这个真不行，薛业他酒精过敏。你给他换瓶矿泉水吧。"

杰哥不理自己，薛业有些不自在，只得拧开矿泉水瓶喝水。

陶文昌感觉自己头顶的保姆光环在大放异彩，给薛业要了一碗阳春面加蛋："给你，小白眼狼。"

薛业瞪了他一眼，悄无声息地嗦面条吃。人多就是不好，场面一度混乱，薛业听出同桌的人有主席团和秘书部的，外联部、体育部和社团部的部长都在，剩下的就是这批参赛的男运动员，一队的人还没有来齐。

男生就这么多了，到时候再加上女运动员，人数不少啊。

"对了，唐誉呢，怎么还没来？"白洋问孙康。

一提这个名字对面两名部长和三名副部长同时皱眉头。孙康是领导核心，扫过一圈餐桌边的人轻轻地弹听装啤酒。

"他？你也不说他来过几次，他不愿意和咱们运动员扎堆。"孙康是组织能力优越的领导性格，气焰盛脾气硬，有集体荣誉感又肯罩新生，看人清晰不点透，"财务部部长，跟咱们运动员能一样吗？"

孙康正说着，楼梯上来了一个男生，头发有些长，半绾半梳着很随性："说曹操曹操到。"

"可算把学生会最难请的人给请出来了。"白洋站起来打招呼，人缘混得风生水起，"坐。"

"不好意思，不好意思，班里事多，来晚了。"唐誉说话慢，浓眉根根分明，和白洋差不多高却不是体育出身，"下周比赛，体育部长又要辛苦了，等你们凯旋的好消息。我先坐了啊。"

"坐，自己找位子。"白洋顺着余光看到底端，祝杰身边一个空位，薛业旁边一个空位。

唐誉和满桌熟人打招呼，顺着桌边找座位，不喜欢融入体育生的圈子。走着走着他脚步一停，众目睽睽之下拉开薛业旁边的凳子直接坐下了。

别人怎么想白洋不清楚，反正他已经震惊了。这是什么情况？

薛业正甩着酸疼的右拳喝汤，感觉有个人离自己太近了。他第一反应先往后挪一挪，再满怀抵触地看过去。

"终于找到你了。"唐誉等着薛业抬头，笑了笑。

这个声音耳熟，薛业盯着他的脸回忆可没想起来："你是谁啊？"不认识，继续吃面。

陶文昌无奈地搓了把脸，薛业什么时候认识了大二学长？

"我是那个啊。"唐誉露出久别重逢的热情表情，"这个，记得吧？"

薛业皱起眉头，从他偏过的脸侧扫到一枚半圆形的灰色耳背式助听器。妈妈也有一个，放大后的声音经过塑胶管传入耳朵。

"你是那个啊。"这下薛业认出来了。

"唐誉，教育专业的，你叫什么？"唐誉说话慢是因为发音不准，咬字用力到有种怪异的认真感。

薛业记得这个发音，和妈妈说话时的发音差不多，剩下的完全没印象了："薛业。"

薛业。唐誉记好，隐约觉得这名字不算陌生好像听过，但更让他印象深刻的是薛业无沟通障碍的手语能力。

聋哑老师都未必能达到这个水准，因为老师必须是听力正常的人，习惯性依赖耳力，使用手语时遵循口语的语序和语法。

真正的聋哑人使用自然手语，他们没有耳力先依赖视觉，词语顺序完全颠倒，和老师经常鸡同鸭讲。

他用自然手语薛业看得懂，薛业也是同一类打法。

"你读哪个专业？"

"新闻，体育新闻。"薛业轻浅地吸着鼻子。

"是大一新生吗？很少看见你。"

"嗯。你是教育专业特招的运动员？"

唐誉两只打手语的手凌厉又利落，手势清晰："不是，我不是体育特长生，我比你高一届。"

"哦。"薛业疑惑了，"那你来干吗？不会是……学生会的吧？"

大部分同桌人看向这边，除了不可思议就是不敢相信。唐誉需要戴助听器不是秘密，可他从不在公开场合打手语。

"我是学生会财务部部长，认识你很高兴。"唐誉放下双手，不经意间又笑了。

白洋从隔壁桌回来，靠住陶文昌的椅背："薛业什么时候认识唐誉的？"

"不知道啊。"陶文昌重重地长叹，低头吃饭。

学生会部长？薛业自己都震惊了。

"牛。"薛业端起面碗喝汤，挽着袖口的右腕清晰可见淡粉色的掐痕，左腕上有一个存在感异常强烈的金属腕环。

"你戴的是什么？"唐誉皱眉研究，对薛业比手语的力度印象深刻。

手语入门容易学好难，语法、断句、词汇量，与普通话完全是两套不同系统。除非家里有听障人士或自己有这方面需求，正常人要学需要强大的自制力不去依赖五感。

薛业手型干净，节奏适中，炉火纯青。

"这个？治病的。"薛业心不在焉地说着。

"什么病？"唐誉感觉薛业的注意力被全部吸引到别处，看过去，一个男生在开听装啤酒。

那人一身全黑，留着圆寸发型，唐誉认出来了——祝杰，这年体院招进来的中长跑运动员，成绩斐然。

"哟，和薛业认识啊，聊什么呢？"白洋在众目睽睽下过去，兄弟似的搭住唐誉的肩，"这回体育教育的随行志愿者定了吗？"

唐誉把问题很巧妙地抛了回来："不清楚啊，志愿者这个活儿费力不讨好，没人爱去。白队有人选了？"

"男神，你还看得懂手语啊？！秀儿！"孙健趁哥不备又遛过来，"男神，你收我给你拎包吧，教我跳远行不行？我想有点儿出息啊！"

祝杰下意识地将目光顺着桌面向左扫，扫到陶文昌的座位上，空的；再往左扫，陶文昌在和篮联部的女生搭讪。

白洋和孙健走后唐誉又问了一次治什么病，薛业支支吾吾不敢说。自己必须依赖药物，这事传出去整个 412 宿舍的人都要遭殃。

唐誉再一次看向祝杰，两个人目光毫不意外地彻底对撞，肆意妄为地相互打量。他认真地朝薛业倾了倾身，打起手语："祝杰是你的同学吗？"

薛业不自在地捏了捏鼻梁，小幅度地点点头："嗯，杰哥是我高中同学。"

祝杰收回了目光。

再后来薛业也不怎么开口了。聚餐结束，体院男生浩浩荡荡地回宿舍楼，远看像模特队，近看像拆迁大队。

途经主篮球场时女篮 3 对 3 正在抽签分组，薛业突然想起张蓉这个人来，她那卓越的球技绝对是职业退役。眼看要进宿舍楼了，薛业被唐誉一把拽住。

"跟我聊聊好吗？你得了什么病？"唐誉和白洋一个宿舍楼，特意绕远跟过来，说话咬字的吃力样子很生涩，不像他平时雷厉风行的性格。

"啊？"薛业再回身，祝杰头也不回地上楼了，"嗯。"

他不是想和唐誉聊，只是唐誉说话的吃力感让他想起了母亲。

说完跟校篮球队的过节、成超闹出来的风波还有乌七八糟的闲言碎语，薛业用好心警告的语气提醒着唐誉："离我远点儿。"

唐誉听薛业一通说完，随意地笑了笑："没事，明后天我请你吃饭吧。"

吃饭？不了，不了。薛业一步三级台阶地跑回宿舍，祝杰刚好洗完澡。雪白毛巾搭在肩上，手里拿着一听冰镇啤酒，高隆的山根除了水滴还有些微红的擦伤。

"杰哥……"薛业问他，"你鼻子疼不疼啊？"

祝杰看了看他："疼。你有药？"

"没。杰哥，你晚上没吃饭吧，我柜子里有方便面，给你泡一碗吧。"

祝杰打开衣柜："聊完了？"

薛业愣了愣，祝杰居然没提篮球场的事，没和自己生气？

"嗯，聊完了。"薛业慢慢挪过去，"杰哥，我跑去篮球场，是因为我怕那个大三的人找你麻烦……"

"知道。"祝杰压着嗓子，"你都知道的事我能不知道？"

"哦，杰哥，你都知道了啊……不愧是你。"

"下周比赛，懒得搭理他。"祝杰漫不经心地说。

薛业恍然大悟。祝杰是很能退能进的人。

"你和唐誉怎么认识的？"祝杰突然仰头向后靠，打完3对3的上臂充血未退。

他问什么薛业答什么："就有一天晚上他没开助听器，我刚好路过拉他一把，差点儿让机车撞了。"

"嗯，聊什么了？"祝杰追问。

"他说……"薛业仔细回忆，就记住最后一句话，"他说明后天有时间找我吃饭。"

薛业深呼吸，整个人晕乎乎的，小心地动了动鼻翼往前蹭了一步："杰哥，你喝了多少啊？"薛业喉咙干燥。

祝杰深皱眉头："又馋了？"

"嗯。"薛业轻笑，也挺看不起自己。迟发型酒精过敏偏偏喜欢喝啤酒，教练和家里人管得严，他从来没敢正经八百喝过。

祝杰靠着柜门一脸平静的表情，好像没什么反应，忽地冷不丁有了一点点的笑意，手抬起来，直接把易拉罐拉开，递给薛业。

"谢谢杰哥。"薛业接过易拉罐咕哝一句，像个不争气的馋猫。

陶文昌和孔玉从浴室出来，祝杰看了一眼浴室门："进去洗澡。"

"嗯，谢谢杰哥。"

清晨六点全宿舍的闹钟准时响起，薛业爬下床梯准备洗漱，睡对侧床的陶文昌表情像见了鬼。

"干吗？"薛业问。

"妈啊，你……过敏啊？"陶文昌疑惑不已。

薛业举起两条红白相间的胳膊，颤颤地点头："嗯，迟发型的，过两天就好。脸上也有了吧？"

"有了，挺瘆人的。"陶文昌往自己的喉咙指了指，"你脖子上的那个……自己抓的啊？"

"脖子？"薛业去照镜子，喉结附近被挠得惨不忍睹，大概是睡着后挠的，下手没轻重了，"嗯，夜里痒。"

"你以前也挠这么狠？"

薛业翻柜子找能穿的衣服："嗯，有过，一个星期就下去，不行……我得买个口罩。"

"买去呗，或者去医务室要几个，省得花钱了。"陶文昌赶紧转身跟着孔玉往外走。

红疹发出来倒是不痒了，薛业戴着大口罩去上课，结果把班里和他关系不错的几个女生吓坏了。她们说他像得皮肤病似的，看上去很疼。

薛业挨个儿解释迟发型过敏的原因，中午下课在教室门口遇上了唐誉。白天他头发梳得很整齐，助听器戴在左耳里。

"你怎么了？"唐誉也不禁吓呆。

"过敏。"薛业把白色口罩拉起来再压了压黑色棒球帽，只露出一双黑眼睛。

"我请你吃午饭？"唐誉陪着他往外走，薛业的存在像个灰色阴影令许多人敬而远之，"好吗？"

薛业缓慢地摇头："我脸这样就不去食堂吓人了。还有你一个学生会的部长别和我走太近。"

"人言可畏，随他们说。"唐誉看向他被口罩勒红的耳背，"那明天呢？"

　　"我这一个星期才好，见风不行还得忌口。"薛业对这种和妈妈境遇相同的人有同情心，"晚上记得开助听器。"

　　"嫌吵，习惯小时候听不见了。"

第五章
阴暗隐情
★★★　　★★★

又过几天冷空气来袭，正式降温。薛业按照疗程做理疗和针灸，下针的时候主动要求用束缚带。

针还通电，薛业被束缚带绑着手，想和医生说"问我什么都说，不用严刑逼供"。

他被电完还要贴八小时膏药，腰椎发麻的感觉明显减轻不少。

明天就要随体院动身了，中午吃完饭他回宿舍开窗换气。

412 室的门突然被人敲了敲。

谁？肯定不是那三个人。他开门一看来人在意料之外，张蓉。

"我能进屋吗？"张蓉两手拎着东西，很高很有气场，礼貌得无可挑剔。

"您……进。"薛业在衣服上干搓手，"找杰哥？他中午不回来。"

张蓉把东西放下，薛业除了身高，其余的和高一没怎么变，仍旧不会和陌生人沟通，以前也是在校服上搓手。

"不找他，找你。"

"我？"薛业不明白。

"对啊，想问问你的病怎么样了。"张蓉笑眯眯的，丝毫不是叱咤球场的做派，"哟，脖子怎么了？"

"这个？"薛业挠了挠喉结，"过敏。"

"过敏？"张蓉愣了愣，随即笑得十分无奈，"小杰是不是老欺负你？"

薛业摇摇头。

这孩子，张蓉对他拘谨的性格见怪不怪："没事，他欺负你你就跟我说，我直接修理他。"

"没，杰哥对我挺好，宿舍……帮我找的。"

"嗯，是，帮你找宿舍。"张蓉把头发往后捋了捋，跨系跨院挪宿舍找床位，真以为你杰哥有那么大本事，还不是自己张罗？国家队退役篮球队员多少还是有点儿人脉。

"没什么事，就看看你们学校环境顺便送衣服，你挑挑。"张蓉看向地上的纸袋，"明天出发，来不及回家了吧？"

"嗯。"薛业点头。

"你看合不合适，这个……在你们学校门口买了几个石榴。"张蓉把另一个袋子递过去，他却不接，"怎么了？"

薛业皱着眉头考虑自己和张蓉算不算熟，还是摇了摇头："杰哥不让我收别人的东西。"

"什么？"张蓉意外，"那这么着吧，东西我放下，你等他晚上回来问。咱俩留个微信，有什么不方便的事你找我就行。"

薛业不太明白张蓉的意思，更不习惯一下距离拉这么近："我的微信 App 删了，手机号行吗？"

"行吧，行吧。"张蓉无话可说。

晚上运动员回来很早，临近比赛晚训已经停了三天。薛业把中午张蓉来过的事说了，祝杰漫不经心地试了衣服，最后全部扔给薛业："不合适，给你。"

"给我？"薛业抱着衣服裤子看，牌子眼熟但不认识。

"不要？不要扔了。"

"要，要。谢谢杰哥。"

隔日早上七点发车，三辆豪华大巴停在东校门的停车场里等候。A体大的参赛运动员整装出发按次序上车，薛业不是体院的人，志愿者坐最后一辆，三号车。

唐誉拉着小行李箱，很远认出薛业的一身纯白衣服："又见面了啊。"

"嗯。"薛业还在摸衣服，"你也去？"

"体育教育今年也有一个名额，没人愿意去受罪，我就争取了一下。"唐誉拿出两个随行人员挂证，将其中一个交给薛业，"你的。咱俩一辆车。"

"谢谢。"薛业接过证件看了看，体育新闻系薛业，照片是高考准考证上的资料扫描件。他不再是运动员，不正式参赛，连证件照这一步都省下了。田径场和自己再也没有瓜葛。

兜里的手机这时候振动，薛业打开看短信，祝杰的："一号车，过来，我有东西给你。"

三辆豪华双层大巴，一号车最靠前，薛业不参赛连行李箱都没准备，背着高中用了三年的棕书包一路跑，途经二号车看到了二层挨窗坐的陶文昌和孙健他们。

二队成员，大一新生，首次代表大学参加比赛斗志高昂。全车红白队服所向披靡，干净帅气，女生穿上同样巾帼不让须眉。

薛业从二号车的尾部跑至车头，众目睽睽下奔着一号车跑去，老远先看见穿队服的孙康和白洋。薛业记得陶文昌说过，白洋的体育部长身份让许多人经常忽视他的实力。领队只从一队里选拔。

两个人看到薛业的瞬间表情各异。

"怎么又是你？"孙康正核实三车名单共一百九十二人，眉头深皱，对薛业谈不上反感，只是他一出现就意味着麻烦。

"薛业？你怎么来了啊，座位安排好了吗？"白洋正安排队员往大巴车中空区域抬行李箱，非常意外。

薛业莫名其妙地再一次成为焦点，车体右侧两层整面的玻璃窗内坐满了人，大二到大四的学姐学长们，同样是一车红白队服。

以前和区一中的队服是蓝白色，和校服同系列。

队服象征着一个运动员的身家性命和荣耀，自己以前也有。薛业喉咙微涩如同灵魂出窍，这就是一队，黄金年龄顶峰状态，体院夺冠希望最大的明星阵容都在这辆车里了。

他格格不入地站在一号车前门附近，胸口挂着的随行志愿者简易证件被冷风吹动。

白洋忙得顾不上薛业只是纳闷，这时祝杰从车前门台阶的最高一级直接跳下来，薛业立马迎了上去："杰哥。"

祝杰先和孙康打招呼。孙康不耐烦地看表："十分钟后发车，别磨磨叽叽。"

"嗯。"祝杰点了点头，面无表情地招呼薛业："过来。"

薛业乖乖走过去："杰哥，你叫我过来干吗？"

"唐誉来了？"祝杰双手插兜审视着三号车的方向，前门排起长队开始上车了。

"嗯，他也是志愿者。"

"嗯。"祝杰把手里拿着的自己的队服递过去，"试试。"

薛业指尖细微震颤，运动员比赛队服，给自己试试？他觊觎许久甚至想过偷穿试试，犹犹豫豫地接了过来。

其实自己和祝杰就三厘米身高差，衣码是一个号，高中校服都是185XXL，只不过裤长都要放出来一段。

祝杰自己穿着一件短袖黑T恤，左胸口有同样的圆形logo："合适吗？"

"合适啊。"薛业不假思索地回答。

"穿着。"祝杰重新打量队服的肩线。

"啊？我穿？"薛业看向那张冷静自若的脸，"杰哥，你没骗我吧？"

祝杰永远都是一副天生没表情的样子："薛业，我骗过你吗？"

薛业在极度兴奋情绪中严重走神："骗过。高二上半学期……"

"薛业，你能有点儿脑子吗？"祝杰咬牙切齿地打断他的话，"现在回去上车，坐好给我发信息。"

"好，谢谢杰哥，我肯定不弄脏。"

薛业一扫方才的低落情绪，像个真正的运动员踩着一路的云彩跑回来，途经二号车又被半车人围观。

孙健壁虎似的趴在玻璃上看傻眼，一个劲地问："昌子，昌子，祝杰是不是对我男神有意见？上次串宿舍我火眼金睛就看出来了，他欺负人！"

陶文昌烦得直扒拉他："嗯，嗯，嗯，他就是对你男神有意见，老欺负他，你能坐下吗？我正要姑娘的微信号呢！"

薛业回到三号车时只剩自己没上车，原先还想着随行人员不多为什么单独弄出一辆大巴，上去才知道，啦啦队和校篮球队整编都在。

他想起来了，比赛开幕式有啦啦队入场表演，不仅是田径赛还有球赛。校篮球队有自己的队服，女生还好，男生嘛，薛业粗粗地扫了一圈没见着王茂和他的几个兄弟。

他再往前扫，看见了一张熟悉的脸蛋。

毕芙，坐在几排男生中间拍合影。他再往毕芙旁边看，毕芙的孪生姐妹？她是双胞胎？

薛业想避开事端不想穿过啦啦队和校篮球队的座位，轻声问眼前的校友。

"不好意思，你旁边有人吗？"

"有。"男生毫不客气地用水杯占了右座。

薛业只好再问旁边另一位校友："不好意思，你旁边有人吗？"

男生干脆往后指："上去坐，底下没你的地方。"

薛业打量他旁边的空位，这就很明显了，看来自己不仅和校篮球队结梁子，还把啦啦队整编给惹了。

"哟，同学上错车了吧？"司机拿着一本名单上来点人数，红白队服不该上三号车，"叫什么啊？自己找找。"

薛业转过身翻开名单，半分钟后指着最后一页倒数第二个名字："这个。"

"哦，薛业，行，找地方坐吧。"司机画了个对钩开始点名。薛业转身往车梯走，方才还叽叽喳喳的车厢骤降几十摄氏度似的，如同静音。众人看他的眼神都有些警惕。

毕芙和她的双胞胎姐妹也不笑了，也不自拍了，脸上的狂热情绪直接降到冰点。

怎么了？薛业不解也不想理解，看见唐誉在车梯前朝自己打手势："上来，给你留位置了。"

薛业在上层倒数第二排座位坐下，先给祝杰发信息。

"谢了。"

"你和啦啦队有过节？"唐誉只是戴助听器又不是盲人，能当学生会干事的人都是人精。

"可能吧。"薛业抱好书包等发车。

车安静平稳地开动了，薛业拿出体育新闻的工作行程默默看，直到旁边递过来一只耳机。

"一起听？"唐誉的咬字过分认真，和妈妈很像，异常用力又不是特别清晰。

"谢了。"薛业接过耳机，放进右耳，听到了粤语歌。

"好听吗？"唐誉看薛业在走神。

"我听不懂粤语。"薛业实话实说也没认真听。

唐誉笑了笑："没事，随便听听，你忙你的吧。"

一个半小时之后到达主办方规定酒店，豪华大巴停在六星酒店大堂正门前，按发车次序放人。

薛业遥望一号车的前门，祝杰的黑 T 恤在一车红白里格外好认。不一会儿轮到三号车，薛业最后下还帮唐誉拿了一下行李，因为他不是运动员又戴助听器。

一队、二队的人分发房卡陆续上楼，酒店设施豪华只是电梯不够用，黑压压堆积了一大片运动员。薛业等着房卡，看唐誉围着自己转了一圈，便问："怎么了？"

"没事，走吧，我也是 2020。"唐誉再绕回前面，"志愿者都是一起住，每年都是这样。你和祝杰关系很近吗？"

"我给杰哥拎包的。"薛业站到等候电梯的队尾。

陶文昌倒在床上，看向几米之外正收拾洗漱用品的祝杰，有种天将降大任于斯人也必先令其"吃瓜"的感觉。

"昌子，我进了啊。"白洋住隔壁，象征性地敲了敲没关的门，"今年主办方大手笔，酒店环境不错。中午吃完饭去看看场地？"

陶文昌点头："行，白队你和谁一屋？"

"孙健，他哥特意安排叫我盯着他，别让他比赛前吃坏肚子。"白洋忽视祝杰的存在拉开窗帘，"哟，底下有游泳池，安排一下？"

"哪儿呢？！"陶文昌满血复活地弹跳而起，"有穿泳衣的小姐姐吗？有我就去，都是爷们儿我就算了，十一月份太冷了。"

白洋目光锐利，笑了笑："还真有。"

"让我看看！"陶文昌冲过去，十层露天伸展台有无边游泳池，"这不是花游队的嘛，咱大学供不上全国游泳锦标赛的人才，就因为校内少了一栋规模庞大的新游泳馆。但以后……"

他瞄祝杰："以后没准真能有。白队，要不咱叫上兄弟下去看看？场地看不看也就那样了，凭实力比赛。"

白洋也不想看场地，费时费力的苦差事："没带泳裤，你裸泳啊？"

"你见过哪个带豪华泳池的酒店不卖泳裤的？"陶文昌一副老手姿态，"走着……那谁，你去不去？"

"你们去吧。"祝杰面无表情地说。

志愿者也是带着任务来的，薛业进了2020先开电脑，摊开密密麻麻的笔记和表格。

唐誉磨磨蹭蹭地拿出手机，非常热情："咱俩加一下微信吧，比赛六天好多事要商量呢。"

这真的尴尬，自己总不能又说删了微信App吧。可没联系方式就无法沟通进度，薛业只好给了手机号："发短信吧，我不看微信。"

"好。"唐誉看出薛业为难，"我先去找孙康核对开幕式环节，下午咱们去提前踩点，一会儿见？"

"嗯。"薛业点头，冷漠的表情如同静止。

和不熟的人同住六天如临大敌，薛业脱掉外套，套上速干的工字背心，长期的体能训练打磨出两条肌理分明的腿，上面全是亮晶晶的汗珠。

他再有伤痛也是一具运动员的身体，细胞可以代谢，可每块韧带、每根骨头、每一条肌肉纤维都异常强韧，从正式训练那天起就学习相互配合，在皮肤下面默契地施展力量。

治疗稍见成效可以伸懒腰了，薛业张开五指伸个舒展的懒腰，紧窄劲瘦的腰腹肌得以拉抻，彼此挤压的肩背肌肉像裹住一团生机，等待破茧成蝶，左锁骨凹陷处除了汗还有两块创可贴。

薛业再去翻书包，大多数运动员喷止汗剂，他喷香水。床上的手机连振好几下，有新信息。

唐誉："孙康会带一队的人看场地，我们跟他去，十一点半酒店大堂见。"

陶文昌:"十层有游泳池,不冷,下来昌哥教你自由泳!"

祝杰的消息,就一串数字:"1906。"

房间号?薛业又手忙脚乱地穿好衣服,抄起队服外套夺门而出。电梯半天不来,薛业等不及了找安全通道跑楼梯,多绕了一大圈。

"杰哥?"1906的门没锁,薛业敲了一下它自己开了。

祝杰在看去年B体大的比赛视频,二队的人体验氛围一队冲名次:"进来。"

"哦,谢谢杰哥。"薛业也不知道自己被叫下来干吗,祝杰让坐就坐,老老实实地陪着看完。

祝杰刚拿到同组选手名单,中长跑的训练模式和节奏至关重要不能轻敌。看着看着他开始观察薛业运动裤下突起的膝盖。

"你和谁住一屋?"

"和唐誉住,我俩跟着志愿者中心的人一起行动。"薛业把高领拉锁往下扯扯,"杰哥,你这屋是不是开暖风了,比我那屋热多了。"

"等着。"祝杰说,再回来时手里多了一个红黄交织的沉重石榴。

祝杰把整个石榴分成两瓣,从桌上抽了几张纸巾递给旁边的人:"别弄我的队服上。"

"谢谢杰哥。"薛业光盯着祝杰手背上一条正在愈合的伤口看了,扭脸发现床头还有五个石榴,"杰哥,你怎么把宿舍的石榴带上了?"

祝杰沉默不语地擦手,晾了薛业十几秒:"行李箱太空,装不满太晃荡。"

"哦。"薛业继续看比赛回放。他怕弄脏祝杰的队服将肩膀向前探着吃,石榴籽在嘴里含一圈,舌头压住它紧贴牙齿,将它压扁,就吃那一小口的果肉,再吐出来就是半颗象牙白的残籽。

很费劲可他偏偏爱吃。

薛业吃一颗吐一颗，不一会儿祝杰转过头看他一下。

"好吃吗？"祝杰问。

薛业一边点头一边用牙齿刺破果肉："好吃。"

"嗯。"祝杰将脸转正，不一会儿又转过来，"甜吗？"

"甜。"薛业嘬着虎口，汁弄了一手。

"嗯。"祝杰的腿动了动继续看电脑，再转过头来的时候眉头皱成死结，"薛业，我给你掰石榴，你客气客气也该给我尝一口吧？"

薛业正吃着突然不敢嚼了。祝杰没说过他想尝啊？

薛业赶紧把手里的小半个石榴上交："我不吃了，你吃，真的甜。下次我长记性先给你。"

祝杰不接："给我剥。"

"行。"薛业先把黏糊糊的手擦干净，不一会儿掌心里堆出十几颗石榴籽来。

祝杰掐起一颗来研究，半透明的，上端是红色下端是籽，有什么可吃的？他用力一嚼过于甜的味道在舌面上炸开："这么甜？"

薛业停下剥石榴的动作，看祝杰皱眉的侧脸："杰哥，你是不是……没吃过啊？"

"不爱吃甜的东西。"祝杰把剩下的一把石榴籽扔进嘴里，吃完左手磕了磕桌面，"手机给我，现在上楼把你的东西拿下来。"

"什么？"薛业没懂但先把手机上交了。

"你在这屋睡午觉。"祝杰理所应当地解锁了薛业的手机。

睡午觉？中午不是去看场地吗？

薛业去等电梯不巧碰上校篮球队的一帮人，不想惹事，气势逼人地站在十几米开外。最后他还是从楼梯跑了个来回，书包、电脑、笔记资料全带着。

1906 的门开着，祝杰在阳台上。

"杰哥，我进屋了啊。"

阳台很宽敞，他也过去瞧，这房间与2020的朝向正相反，下面有个游泳池。

游泳池？薛业想起来了："对了，杰哥，陶文昌给我发过信息，让我去十层游泳。"

祝杰收回视线看向薛业："你想去吗？"

"不去啊，我又不会。"薛业不会游泳这事田径队的人全知道，暑假拉出去集训，别人都是浪里白条，自己在池子里呛水。小时候训练太过密集了，教练和恩师没教过他。

"知道就好。"祝杰扫了一眼薛业搭在眼窝上的刘海，"该剪了。药带了吧？"

"带了，我随身带的没拿药瓶。"薛业摸出兜里的白色纸包，"六天的。"

祝杰把纸包拆开："刚才和医生联系，他说换环境容易兴奋所以晚上的药先停，回学校再加。"

"行，杰哥。"

纸包里有十二片整片药，六片半片，祝杰毫不客气地收走半片，去洗手间用抽水马桶冲走。

他指了指靠墙那张床："上床躺着看你的电脑。"

"不了吧，再把床单蹭脏了。"

祝杰准备出去了，扯着松垮的背心领口脱下来，饱满的臂肌连着弧形收紧的肩峰："那你靠墙站着睡吧。"

"上，上。"薛业赶紧脱鞋上去躺下，罚站太可怕，以前逃练不怕春哥就怕被祝杰逮住，逮住了就罚，偏偏老被逮。床软绵绵的，他支好电脑假装开始打字。

"中午的药吃了吧？"祝杰穿上短袖队服再戴上运动员参赛证，照片、姓名、学校、编号、二维码、条形码一应俱全，"谁敲门都不准开，我没同意不准走，知道吗？"

"知道。"薛业靠着床垫，"不对，唐誉说十一点半酒店大堂集合，说和孙康一起去比赛场地。"

"你睡你的。"祝杰把薛业的手机放回床头，"到时候我打电话叫你。"

"哦……谢谢杰哥。"薛业吃完药了，可暖风太足困得他头发沉，"杰哥，这回一队给奖金吧？"

"有，睡觉。"祝杰戴上心率手环，按开床头灯下方的"请勿打扰"。

孙康带领一队首次参赛的十几个队员在大堂集合，都穿队服外套，唯独祝杰不统一。他懒得管也管不动，运动员成绩拼上去比服从管理重要。

唐誉接连打了几个电话给薛业全部无人接听，朝孙康示意再等几分钟："马上，我再联系一下。"

孙康给唐誉面子，可内心巴不得薛业那小子离远点儿。又打几次电话还是无人接听，唐誉不得已放弃继续联系。

陶文昌甩着没吹干的头发上楼已经快下午四点，孙康带一队，白队带二队，明年这个时候自己必然进一队拼比赛，难得放松一把。

他不着急，人生苦短还有许多美好的事。开学就进一队纯属给自己找罪受，他不如先开心玩半年，下半学期再进。

奇怪，"请勿打扰"是谁给挂的？屋里热成温室，陶文昌愕然发觉祝杰竟然在闷觉，太意外了。

他又近一步觉得不对，祝杰的发型是圆寸，这人显然头发长些。千万别是薛业，千万别是薛业，陶文昌默默祈祷，掀开雪白被子的一角，薛业。

薛业睡得正香呢。床头柜上有半个石榴、一部手机，电脑和笔记堆在地上。他离开的时候屋里干干净净，几个小时之内被折腾成

142

这样也是薛业有本事。

陶文昌抄起外套决定开溜，然后床上那个人舒服地哼了几声，转过身来醒了。

午觉是调剂身体需要的长时间睡眠用的，薛业迷迷糊糊地翻个身，眯着眼睛回忆自己是在宿舍还是在家。几秒之后他看清了陶文昌，再几秒想起了这天住酒店。

"嘀嘀"两声，外面有人扫房卡，下一秒祝杰走了进来，然后用一脸凝重的疑惑表情看着陶文昌。

陶文昌看向祝杰："你什么意思啊？"

祝杰又看向薛业，薛业钻回被窝里，蜗牛似的裹起来。祝杰把打包盒放下，活动着发酸的脊背说道："没什么意思。"

"所以？"陶文昌震惊。祝杰的意思是薛业肯定不会走了，那他和自己肯定要走一个。

"没什么所以。"祝杰关掉暖风再打开阳台门换气。

"哎，你和谁睡一屋啊？"陶文昌问薛业。

薛业抱着被子醒神："唐誉啊。"

"哪屋啊？"

"2020，干吗？"薛业揉着被压红的耳朵。

"不干吗。"陶文昌从床面上弹起来，迅速离开。

薛业这才下床："杰哥，你……等等，我是不是睡过了？"

他再找手机，全是唐誉的短信息，再看时间，完了！

"一直忙，忘了给你打电话。"祝杰把手里的餐盒放下，"吃饭，吃完跟我出去。"

"哦。"薛业打开餐盒，"杰哥？"

"说。"

"比赛场地怎么样？"薛业关心这个，这算祝杰大学运动生涯的首秀，同时给唐誉回了条信息。

"还行。"祝杰慵懒地靠向桌沿。

吃完这顿两个人坐电梯到了三层，剪头发。

"请问是哪位需要服务？"男造型师上来问。

祝杰推了一把薛业："他。"

"好的，请问需要什么价位的造型师？"

"随便。"

整个过程就是一场拉锯战，薛业不断暗示理发师可以稍微剪多些，但是付钱的人一直坐在旁边监工。折腾将近一小时薛业顶着和高三分毫不差的发型出来了，只不过打了发蜡，刘海直接翻了上去。

"杰哥，你今晚要早睡吧？"薛业想着明天小组预赛，"比赛前一天都得早睡，我回房间整理资料，不乱跑。"

"谁说你要回去？"

薛业的视线落在祝杰的参赛证上："没有……杰哥你这照片比毕业照上那张清楚多了。"

"谁没事留毕业照？转过去。"

薛业沮丧地转了个身，自己就留毕业照。

"你刚才说回屋干吗？"

"回屋准备资料啊。"薛业撸了把刘海，不太适应。

"身上都是头发。"祝杰掸起队服上的头发楂，"准备资料，重要吗？"

"不……不重要。"

"嗯，我去游泳，一起吗？"祝杰说。

"好啊。"薛业把自己根本没开这个技能的事忘了个干净。

酒店二层餐厅对运动员免费开放，周围来来回回皆是本次参赛的运动员，各色队服象征每人的来路和身上背负的荣誉。

薛业默数，九所大学的人到了，可竞争强敌还没到。

"看谁呢？"祝杰在桌下踢帆布鞋。

"没谁。"薛业抵触被人盯着研究，偏偏有人总回头，自己又不参赛。

参赛？那些人眼里看的根本不是自己，而是这年的热门人物，祝杰。

祝杰的队服给自己穿，这些人认错了，想通后薛业呼吸沉重。

餐厅出口一身深灰色队服的男生推了另外一个："走不走啊，哪个姑娘让你迈不动脚了？"

"就你满脑子想姑娘，我以为碰上熟人了。"被推的那个人向外迈步，Zhu Jie，看来不是。

"熟人？哪个？"推人的人往后张望，"过去打个招呼呗。"

"认错了，我以为撞上体校校友了。"被推的那个人想起一张骄傲锐利的脸孔，"他不可能来。"

更衣室里，薛业捏着游泳裤犹豫地指了指左肩："杰哥我能下水吗？我怕创可贴沾水掉了。"

"掉就掉，赶紧换。游完回去睡觉。"

"不睡，我还得整理资料呢。我俩交一份报告可也不能都让唐誉干。"薛业转身换好泳裤，再将储物柜上锁，钥匙环戴上右腕，和祝杰像镜像。

"等等。"祝杰优哉游哉地靠近，"给我。"

"给？给什么啊？"

"钥匙啊，你还有什么不敢丢的？"

"哦，钥匙，钥匙……"薛业摘了钥匙上交。

"走。"祝杰瞥他。

进游泳池前是冲凉区，薛业冲了几秒草草了事，越往前走越觉得几个男生眼熟，三号车里的啦啦队男生。

"请小心脚下。"男救生员伸手做指引，穿着沙滩裤和人字拖站在消毒区外侧，小麦肤色、六块腹肌。

这帮大学生，他感叹，精力真够旺盛，游泳池从中午到现在没空闲，运动员就是运动员啊。他正感叹着，指引方向的右手被谁轻拍了一下，来了个声音清脆的击掌。

他愣了，拍他的人也愣了。这小哥们儿脑回路不一般哪。

这人不是要和自己击掌吗？薛业悻悻地将手收回，泳池近侧的啦啦队队员集体爆笑。这真尴尬，丢死人了。

——薛业，你真是没脑子。

"你能有点儿脑子吗？"祝杰上下打量着救生员，话却是对薛业说的。

"能，杰哥我错了。"薛业自动忽视啦啦队队员的欢声笑语，"走神了，我以为他要击掌，杰哥，我给你丢人了吧？"

"没丢人。"祝杰的声音像是被逗笑了，他回身和救生员来了个加强版击掌，"他就是站这儿击掌的。"

救生员甩着胳膊，心想：谁击掌？你怕你兄弟尴尬也用不着这样吧？！

浅水区的笑声戛然而止，薛业追上祝杰轻轻说了声"谢谢杰哥"。

薛业犯傻，没想到祝杰也跟着他犯傻。

薛业两肘搭住泳池边缘，双腿漂浮，能踩水能直立就是不会游。祝杰下水风格雷厉风行，把自己放在池边然后自顾自地游他的。

无边游泳池啊，薛业第一次见。清楚自己多大本事，扶着玻璃墙踩水一刻不敢松手。

十层，不算特别高，水温不算太暖。

祝杰呢？薛业回头找人，笔直的泳道底端翻起水花，水面一片光滑的脊背，祝杰在掉头。明天小组预赛，跑步运动员的摆臂与速度紧密相连，所以他游速不快。

祝杰自由泳特别专业，薛业经常会想，跑步、打篮球、打拳、游泳，明明不是体校生可祝杰怎么精通这么多运动？

自己体校出身，最明白搞体育耗费时间，粗算下来祝杰小时候没干别的，全用来锻炼了。

水深才二米，薛业身体往下沉了沉，任水面漫过喉结。他不怕水，深呼吸几次屏住鼻息，怂恿自己继续往下沉练练闭气。

水面一厘米一厘米淹过皮肤，先是下巴，再是嘴、鼻子、眼睛、眉骨……他试着放松等水淹过额头。水刚漫过头顶，整个人突然被直接举出水面。

"薛业！"祝杰没戴泳镜，水顺着脸往下滑像汗如雨下，"你会游吗？"

"杰哥，你这么快？"薛业把眼皮上的水拂开，"我就想试试。"

"我让你试了吗？"祝杰撩起一捧水溅到薛业的脸上。

"我就想学学和你一起游，杰哥，你也不教我。"

薛业拿凉水拍了拍脸，等祝杰再游一个来回，结果人不仅没走还在面前静止不动了。

薛业在冷水的刺激下感到太阳穴脉搏的鼓跳，几滴水顺着他的耳郭往下滑。

"杰哥？"

"深呼吸。"祝杰将手腕搭在薛业的肩头。"用嘴。"

杰哥这是要教自己了？薛业照做。

"现在，深吸一口气，下水跟我一起憋气。"祝杰身体向后躺入水面。

薛业眼睁睁地看着自己被水淹没紧张到喉结收缩，不安地沉到水面之下。

冰凉的水泡住全身，宛如一记重拳砸向胃部，没有氧气，与世隔绝，耳边只剩一片白噪声和微微不适的压力，薛业不敢睁眼也不敢换气。

运动员肺活量普遍优越，跃出水面的第一感觉是吵，真吵，薛业调整呼吸怀念刚才的宁静。

"还行。"祝杰转脸看向池边的手机，"上去休息，我接个电话。"

"哦。"薛业弹了弹耳软骨，进水了。

回房间不到九点半，薛业进屋先开电脑，右手发麻。手机上有几条唐誉的短信，第一条问"陶文昌这人是谁？"，第二条说"知道了，他说是你的同学"。

第三条是："哈哈哈，这人不错，我和他吃饭去，用不用帮你带回来？"

奇怪，陶文昌去找唐誉了？薛业想不通，坐在床上连续打哈欠，回复一条："不用带了，谢谢。"

祝杰从洗手间出来看到薛业摇摇晃晃的："困了？"

"啊？嗯……"薛业眼皮发沉。

室内不通风，暖风足，薛业艰难地抬头，眯着眼："杰哥你要出去啊？我先回……"

"在这屋睡，等我回来你再走。"祝杰毫不犹豫地替他合上电脑。

薛业脱掉队服放枕边，钻进被窝："杰哥，你一定记得叫我啊，我怕回去太晚打扰唐誉。"

"睡你的觉。"祝杰走出 1906 的门。

二队的赛前动员结束了，陶文昌和唐誉从白队屋里出来刚好撞上喝冰雪碧的孙健和孔玉。

"开完了？"孙健这次来纯是凑热闹，成绩不行可三级跳项目太缺人，"咦，我男神呢？他不是该和你们开会吗？一整天没看见我男神了，还想让他给我指点指点呢！"

"你自己喝就算了，还带着孔玉，喝坏肚子三级跳金牌易主你负责任啊？"陶文昌把两个人的冰饮没收，1906的门近在咫尺不超两米，门把手上挂着一张"请勿打扰"的牌子，"谁知道薛业哪里去了，可能找老同学叙旧去了吧？"

"他消失一整天了。"唐誉神色担忧随后笑了笑，"我给他打包了夜宵，他肯定得回去睡觉吧。"

"嗯，肯定啊，大活人不会凭空消失。大家散了吧，早点儿休息。"陶文昌把唐誉送上电梯，转身狂奔，开门之前虔诚祈祷，薛业千万别在里面。

门开了，热风扑面砸来，薛业睡在床上，被子掉了一半。

陶文昌揉了揉酸涩的眼角，莫生气，莫生气，我若气死谁如意？况且他身上还背负着跳远的荣誉。他收拾好运动包又拿好证件，最后拉着小行李箱仿佛无家可归人士坐上电梯，直奔2020。

唐誉刚回屋没多久，有人敲门："昌子？"

他下午刚认识的新伙伴，很能聊的一个小伙子，健谈。

"唐部长，让我进屋吧。"陶文昌从门缝挤进来，屋子比1906小一些，朝向也不好。

唐誉瞧着他的箱子，不明白："你大晚上的要去哪儿？"

"不去哪儿，想拍唐部长的马屁所以大言不惭地硬要和你在一屋睡。咱们就别管薛业了，他爱干吗干吗去。你洗澡吗？我帮你搓背。"陶文昌往床上一倒。

一队的人散会刚好晚上十点半，祝杰开了1906的门发现陶文昌的行李箱已经不见了。

祝杰先去浴室冲掉满身的汗，出来后关上开到顶的暖风。薛业趴着睡刚好热得翻了个身。

薛业再睁眼的时候看见床边有人。断一顿药对苏醒速度影响不大，他很快看清是祝杰。

"我是谁？"祝杰问。

"杰哥。"薛业很乖地动了动嘴，游泳真是太累，五点都没起来。

"嗯，半小时之后集合，起来吧。"祝杰戴上心率手环，指示灯是绿色。

薛业一通忙活跟着下了楼："杰哥，杰哥？你昨晚没叫我起来啊。"

祝杰按照规定时间喝高浓度的葡萄糖液："叫了好几次，你不醒我有什么办法？"

"是吗？也是，我现在睡觉太沉了……"薛业看一眼杰哥的心率，五十八，正常。

"早餐在二层。"祝杰给他一份酒店宣传册，"我跟一队，先去办理入赛手续，你吃完早饭跟三号车走。赛场位置知道了吗？"

薛业一边点头一边先把药吃了："知道，摄像区后一排。杰哥，你别紧张，预赛，你都不用出全力。"

"谁紧张了？"

"嗯，不紧张，是我紧张。"薛业动了动喉结，认真盯着手环上的心率计数，七十六。

一队、二队的人各自跟随领队行动，薛业去吃早饭，碰见了唐誉。唐誉笑眯眯地说昨晚和陶文昌睡一间房，薛业没好意思说自己占了陶文昌的床。

三号车到达露天体育场时刚好早上九点，薛业无比羡慕地望向运动员检录处，从志愿者中心入场，结果因为医用手环差点儿没过安检。

落座后薛业先把昨天的报告进度补齐，一直忙到播送距离开幕式还有二十分钟。开幕式还是老一套，领导致辞，主办方发言，运动员代表、裁判代表宣誓，升旗，气球与和平鸽代表竞争公正公开，大学生运动员陆续入场。

"这么激动啊？"唐誉问薛业。

"嗯。"薛业目不转睛地盯着运动场。

唐誉找话题："其实我不懂田径，开赛了给我讲讲行吗？"

讲讲田径？薛业抬起脸，一种会发光的生机徐徐诞生："好，我懂。"

啦啦队表演结束后一小时开赛，径赛从一百米短跑预赛开始，田赛最远端是标枪场，运动员人数众多但专业赛事的志愿者也多，赛事进行得有条不紊。

"跳高在那边。"两个小时后薛业从F扇形区回来给唐誉指左前方，眼睛却盯着右前方的沙坑助跑道。三级跳运动员在热身。

预赛选手起跳的那瞬间薛业皮肤下的血液接近沸腾，热力涌动持续到他落入沙坑，薛业也跟着他的三跳节奏憋了一口气。

摆动，起跳，腾空，飞跃，收腿……薛业久久盯着运动员直到被唐誉晃了晃肩。

"咱们大学的人上来了。"唐誉指向二百米外的起跑白线。薛业看过去。

这年A体大的田径运动服整体翻新，贴体背心和两侧放出宽松度易于跨步的短裤，全黑色，深墨绿色的校徽。

"杰哥！"薛业原地跳了几次。

余光里有个人一跳一跳的，目光交触一瞬祝杰转过身，开始原地小跳步热身。

一千五百米专业跑鞋黑色带红边，二百米开外也格外好认。祝杰比赛不穿新鞋，这双是他的战鞋。

"你和祝杰，很熟吗？"唐誉偏过身问道，随手把助听器关小。吵，太吵了，田径场对他而言太嘈杂。

"不算很熟，高中三年我跟着他跑一千五百米，没有一次追上过他。"薛业露着一排短齐的上牙朝起跑线那边笑，"杰哥五道，预赛根据报名成绩排4、5、3、6、2、7、1、8，每级比赛按上一轮成绩排。决赛才逐次介绍运动员，杰哥必进。"

"这样啊……"唐誉看着一排运动员听到哨声往前跨了半步，真的很帅，"怎么不是蹲着起跑了？"

"蹲踞式起跑？"薛业解释道，"短跑用有优势，中长跑直接过弯过人。"

话音刚落，枪响，一抹全黑身影跑过去，薛业按住右耳连接头皮的那块数着心跳，算时间。

好快！唐誉不得不承认，祝杰的跑步风格霸道强硬，两条腿的摆动好像和别人不太一样，姿势决定他的优势："这个一千五百米很难吗？"

"难。"薛业点头，"一千五百米是全世界公认最难跑的项目，既要有八百米的无氧能力又要有五千米的有氧耐力。训练模式偏向速度和耐力，万米跑都是训练常态。以前杰哥参加比赛前三周，早上有氧跑十五公里，每公里三分四十五秒配速。"

"厉害，厉害。"唐誉点头应和，仿佛听天书。

三分五十秒左右，是祝杰的普通水平。

同一时间一千五百米第一组预赛成绩出炉，薛业在大屏幕上找，祝杰，03:50:02，小组第一。

薛业把没喝过的矿泉水给唐誉："你等我一会儿，我一刻钟就回来。"

"嗯，去吧，现在不忙。"唐誉说。

薛业跑到西侧偏门B口，运动员出口处等待，陆陆续续有比赛结束的人离场。他等了一会儿有些急，没有运动员证，只能隔着一道隔离带傻站着。

祝杰往外走同时摘手环，证件用嘴叼着亮给志愿者看。身后跟着一个人，和他差不多高，穿着湖蓝色田径运动服。

"哟，你这小跟班怎么还留着呢？"黄胜比祝杰高两届，和区一中体育特长生，同样是中长跑项目。

祝杰没说话，黄胜这人算他为数不多的跑友，当初也是他带着自己突破。

"杰哥。"薛业很有眼色地绕过去，后面这人他眼熟但是想不起来。

"怎么，不介绍一下？"黄胜看向祝杰。

"薛业。"祝杰右手把薛业拉到身前，"黄胜。"

薛业突兀地开口："黄胜。"

黄胜随便地笑了笑："脾气挺大，不叫声胜哥？"

祝杰替他答了："认生，叫不了。"

"呵，行。走了啊，半决赛见。"黄胜挥手走人，薛业斜挎着黑色运动包跟着，把心率手环拿出来摁了两下，瞬间最高心率203，还行，祝杰没全力跑。

"一会儿你干吗去？"祝杰在窗口散热，预赛确实不用拼，保证小组第一冲进半决赛就行。

"杰哥，给。"薛业递过去口香糖，"我一会儿和唐誉采访志愿者负责人。杰哥，你一会儿干吗去啊？你还回来吗？"

"回酒店，先吃饭再开会。"祝杰漫不经心地活动着右脚腕，"刚才和唐誉聊什么呢？"

"聊田径啊，他不懂。"

"田径？田还是径？"祝杰转向他，眉毛扬起，上面全都是汗。

"啊？"薛业随后答，"都聊，他说他不懂，我随便科普几句。"

祝杰任汗珠往眼眶里流，他也不擦："给他科普什么了？"

薛业开始在运动包里找纸巾："科普一千五百米中长跑。杰哥，刚才那个黄胜是一中的吧？入场式我看有不少一中的人。"

"嗯，熟人不少。"祝杰从肖耀手里接过纸巾，抬手递给薛业一张，"这么热？你的水呢？"

"不算太热，就是忙，我负责的观众区不好找洗手间。"薛业嗓音略哑，回答了不下一千次洗手间二百米右转再左转，"水给唐誉了，让他帮我拿一下。"

薛业跟着往运动员退场通道走。

走着走着前面的人停了，薛业赶紧刹住。祝杰往左边看，他也往左边看，那里有一台自动贩卖机。只不过经历了人数庞大的运动员的洗礼，矿泉水还剩最后一瓶。

"手机给我。"祝杰说，自己的被教练统一收了。

祝杰刚要扫二维码，余光闯进一身正红色田径运动服的身影，来人来势汹汹毫不客气。

"这么巧？"男生逼近，手里也是一部手机，身上正红色的布料干燥，看得出他还没开跑。这个人不比祝杰矮，比高三长了一些的头发用黑色运动发箍整体拢向脑后，校徽是 B 体大，A 体大的顶头对手。

来人有着一张痞气的脸，非常眼熟了。祝杰中学六年唯一的对手，和区一中田径队前队长，校五千米纪录保持者，长跑运动员，张钊。

"你来干吗？"祝杰皱眉，两个人站在自动贩卖机前较劲。

"我来比赛啊。"张钊不笑很冷，可笑开了是很暖的面相，火热脾气和祝杰完全不是一挂人，"你往旁边闪闪，我买水。"

"我也买水，你怎么不闪？"祝杰多看他一眼就烦，"先来后到，懂吗？"

祝杰买下最后一瓶水塞给薛业："赶紧喝。"

"嗯，谢谢杰哥。杰哥你好好休息，想吃什么我给你带回去。"

张钊无奈："对，你们看见昌子了吗？"

祝杰和他话不投机："没有。"

"你俩不是一个班一个宿舍吗？"张钊见着高中同学话就多，"不对啊，薛业，你不是体育生吗？你没参赛名额啊？"

　　薛业刚要走，表情有些一言难尽。这时直面走来一个人，走路有些瘸，小圆脸，干干净净的纤瘦的男孩子。

　　薛业开始出冷汗，苏晓原，张钊的朋友，唯一一个知道自己暑假住院的人来了。

　　"是薛业耶！"苏晓原来找张钊，远远认出薛业，颠着跑了几步，"真的是你啊，这么巧，你的……"

　　"是……是啊，真巧……真巧。"薛业一把捂住苏晓原的嘴巴，比自己矮半头的人他刚好一胳膊圈住，"真巧……这么巧。"

　　薛业对上苏晓原水汪汪的圆眼睛。高中三年祝杰是自己的第一个朋友，苏晓原是第二个。

　　两个人被困电梯，薛业担心苏晓原害怕，拼命聊拼命笑，结果发现苏晓原身残志坚，不仅不怕还吃光了自己的一袋薯片，还要为自己和祝杰吵架。苏晓原很聪明，暑假打了几次电话约划船就听出自己声音不对，一瘸一拐地杀到了医院。

　　苏晓原生气得很认真，发旋上竖着一小撮呆毛："怎么他也在啊？咱们走吧，不受他这个气。"

　　祝杰都不看他："薛业，你自己说，我给没给你气受？"

　　薛业讪讪地拨开苏晓原的手："没有，杰哥没给我气受。你怎么来了？"

　　"我来陪张跑跑比赛，这是他大学首秀肯定能进决赛。"苏晓原看了一眼张钊又看回来，"那我先陪张跑跑，你回酒店找我啊，1302，我来看比赛自己开的房。"

　　"走吧。"张钊带着苏晓原撤退，并不想和祝杰接触。

　　祝杰同样，六年没比出胜负，见面就不爽。他看了一眼刚要说话的薛业，利落地出了赛场。

薛业看着祝杰的背影在拐角处消失，赶快往场内奔跑，带着体育新闻系的任务可不敢耽误。

采访、录音、收集数据，薛业和唐誉一通忙活，原本还想抽空看比赛，结果忙到停不下来。五千米长跑分组预赛时他特别留心，张钊也提速了，与生俱来的心肺功能敲定最后四百米的耐力速度，决赛稳了。

春哥要是知道自己的爱徒这么有出息，肯定高兴得不行。

苏晓原在离场前找到薛业，志愿者区域自己过不去："薛业，薛业，吃饭了吗？"

薛业迷迷蒙蒙地看过来，竟然快下午四点了："没。你回酒店？"

"马上回，我给你和你同学买了两份盒饭，给。"苏晓原腿不好，踮着脚往里递盒饭，"你是薛业的同学吗？我是他的高中同班同学，苏晓原。帮忙照顾他一下啊，他身体不好。"

身体不好？唐誉没有反驳："多谢。"

"不谢，志愿者忙。"苏晓原又偷偷地问，"喂，你的腰好没好啊？"

"挺好的。"薛业从兜里摸了一块黑巧克力给他，"别低血糖，你有事直接发短信，微信我不用了。"

唐誉边吃饭边观察，愕然发现薛业对苏晓原很照顾。

"你说实话，真的好了啊？"苏晓原半信半疑，可薛业不让他说，说了就绝交，"那我走了，晚上来找我啊。"

"你注意安全。"薛业把人送走，趁唐誉不注意吃了药，坐回原位晾半小时再吃饭。

不知道祝杰在做什么，薛业按时发信息报位置，从没收到过一条回复。

终于熬过半小时，薛业饿得不行拆了筷子开吃。猝然间一只手从身后拍了拍他的肩。

"杰哥？"薛业甚至不用回头。

"嗯。"祝杰没穿队服，运动员证件进志愿者区畅通无阻，当着唐誉的面坐在薛业的正后方，左肘搭在固定椅背上。

薛业把筷子放下："杰哥你休息好了？"

"休息什么？"

薛业闻到了久违的香味，从左边递过来两个餐盒，还是热的，是酒店打包的菜和鳗鱼饭。

"谢谢杰哥。"薛业咽了咽口水，后背紧靠着椅背开动。

薛业把餐盒放在大腿上打开，扣三丝。他没闻错。

祝杰顺势坐下歇了一会儿，直到被孙康一个电话叫回去开会。

所有赛事于下午五点结束，薛业和唐誉随志愿者一同回到酒店。大堂电梯仍旧排队，薛业嫌人多跑去沙发上瘫坐，唐誉接了两杯柠檬水。

"累坏了吧？"唐誉观察着薛业腕上冰冷牢固的金属环，很宽，很厚，磨砂质面不像装饰品，"我以前没接触过体育，组织大型赛事真不简单。"

薛业还在怀念场内炙热的运动氛围："嗯，大型比赛费时费力。"

"喝口水吧，嘴唇都起皮了。"

"谢了。"薛业慢慢坐直却不接水。

"不喝吗？"唐誉费解地问，笑了下自己喝光，"你昨晚睡在哪屋了啊，是不是找高中同学去了？"

"嗯？"薛业心绪飘忽，眼神也飘忽，"和区一中体育特长生多，高中同学……挺多的。"

唐誉将助听器开大："是挺多的，电梯口那个……是不是中午见过？"

苏晓原挤在人高马大的运动员中格外好认，肩膀单薄腿脚不便，出了电梯一步走不动："不好意思，我过一下……我过去一下，让让……咦？薛业？"

薛业高，手臂有力，抓住苏晓原往外拉："借过。"

几个低头看比赛回放的男生闻声回头，看是志愿者，立马让开通道。

"你好，我叫唐誉。"中午没做自我介绍，唐誉先补上。

"你好，你好，我叫苏晓原。"苏晓原擦了一把汗。

"就你自己？"薛业又问，"张钊呢？"

"唉，我在屋里闷得慌想下来看看，张跑跑被教练拉走开会了。"苏晓原拿着一份酒店介绍，"第一次自己开房，太兴奋了。"

就他自己？薛业看向一脸疲惫神色的唐誉："要不你先回去休息？他……我不放心。"

唐誉确实累，是被田径场吵累的："也行，你们注意安全。手机记得开静音模式振动，否则又找不到你。"

生人一走苏晓原立刻活泼了，剥出一块大虾酥塞给薛业："你尝尝，我怎么觉得你瘦了呢？"

薛业被大虾酥甜齁住只好往下生吞："去哪儿？"

苏晓原又开始剥花生米，认认真真地塞给薛业："我想去大超市买零食。"

薛业步伐疲惫，两下把苏晓原的大书包扒拉下来，拎得不费力气。

酒店十层除了游泳池还有一圈会议室，各大学校分头开会，总结预赛以便更改策略。A体大的人从T09室出来，正面对上出T10室的B体大众人。

名义上的对手，面子上还得客气客气，两边总教练开始寒暄，把对方运动员往天上夸。

祝杰看见张钊就烦，压低帽檐往左走，没走几米听见脚步声。

"有事？"他回头，见是张钊。

张钊用运动发箍拢着头发，发丝里藏着一条疤："我坐电梯。"

"别人坐电梯你也坐电梯，能有点儿创意吗？"祝杰按亮运行键，两个人进了同一部电梯。祝杰按B2去超市买瓶装水，张钊一动不动显然也奔B2去。

"你有创意，你以后爬楼梯吧。"张钊不耐烦，两个人梁子深过海。

"我懒得骂你。"

超市很大，苏晓原体力不佳逛半圈就累，站薛业身边："别买了，这个性价比不高。"

"你试试。"薛业内敛地抿着嘴，手中是颁奖司仪头上戴的麦穗花环复刻品。苏晓原是实用派，喜欢纪念品却不买。

苏晓原要走又被生拉回来，羡慕薛业拥有迥异于自己的力量："哎呀，我发现你们运动员手劲特别大。"

"拎你肯定没问题。"金色试完换银色，银色试完换玫瑰金，试着试着薛业都笑了。苏晓原总有一缕不听话的头发翘着。

"都买了吧，送你。"薛业拿手机付款。

二人逛够后就告别，各自回了房间。

第二天半决赛，起床不用那么早。

比赛安排和前一天类似，只是没有开幕式了。薛业聚精会神地盯着时间等祝杰小组上场，祝杰还是第五道。薛业挥舞酸沉的胳膊喊杰哥，祝杰仍旧只看一眼便转脸热身。

枪响，薛业再一次按住右耳。半决赛整体速度全面提升，过弯的运动员快成一把把弯刀割裂了跑道线。

一千五百米，03:45:40，薛业的结果和机算整秒没有误差，祝杰出线！

"我马上回来,出去一趟。"薛业和唐誉打过招呼后拎起书包飞奔,巧了,半路遇上苏晓原。

"你一个人?"薛业放慢速度等他,"张钊呢?"

"他下午才跑呢,我先买水送过去。"苏晓原走路慢,"总觉得你很香,是不是喷香水了?"

薛业带着苏晓原往前挤,正巧和一群发矿泉水的志愿者撞上,每人怀里被塞了两瓶:"嗯,喷习惯了。"

"怪不得,像起了一片雾气的山庙。"苏晓原跟他一起站在出口处。

"你别乱跑,人多。"薛业拧开瓶盖灌了半瓶水,等着那抹一身全黑的身影。

预赛仍旧没出全力,祝杰撩起背心擦汗,晾着大片腹肌散热。余光一道正红色身影出现,他瞬间紧皱眉头。

"瞪我干吗?"张钊跟他同路,"有人给我送水来,羡慕啊?"

祝杰继续擦汗。

张钊感叹祝杰做人很绝,先一步出门,表情凝结:"怎么了?"

苏晓原快要撑不住了,抱住薛业不肯撒手:"救命,救……救命啊!张跑跑救命啊,薛业他不对劲。"

不对劲?怎么了?张钊刚抬脚,左侧一抹黑色身影先冲了出去。

"薛业?薛业!听得见吗?薛业?"

"杰哥。"薛业的嘴张了张。

"我,是我,你……"祝杰还要再说话,薛业倒下了。

苏晓原在 1906 门外揪手指头,自责难安。

"张跑跑,我是不是闯祸了啊?"他问张钊,"薛业到底怎么了?你们的脸色都这么难看……"

张钊心里有差不多的答案了:"没有,你能闯什么祸啊?他应该是低血糖。"

"你胡说，我知道低血糖什么样。"苏晓原陪张钊训练过，见过他低血糖。薛业刚才分明就是有问题。

张钊真不敢乱猜。

A体大的队医判定血压、心跳均恢复正常，第一时间将人运回酒店，对外宣称是低血糖眩晕。

低血糖症状真不那样。

1906的门在面前无声打开，张钊立刻抬头，看到了祝杰。

"苏晓原。"祝杰的田径黑背心湿透又干透，污渍散出酸苦的难闻气味。

苏晓原定定心神小步瘸着上前："薛业他好了吗？"

祝杰很快地看过一眼苏晓原的手指："你今天和薛业做了什么？"

"你来劲了是吧？"张钊戳着他的肩，"别装，你有这么关心薛业吗？高中不理人的人不就是你？！"

祝杰凌厉审视着苏晓原，快把人盯出血窟窿："薛业平时不怎么和人接触，只有你苏晓原，你和他到底做了什么？"

"我们今天什么也没做啊。"苏晓原肩膀单薄还妄想钻进1906，"薛业他怎么样？"

祝杰很没风度地将人挡在外面："你是他的什么人？"

"我是他朋友。"苏晓原昂着脸。

1906里队医一筹莫展。队医姓穆，年龄接近退休的高个儿精瘦女人，性格耿直、说一不二才治得住一帮随时翻天的体育生，可她万万没想到这天栽在这个文科学院的男生手里。

这人是个拧到家的硬骨头。

"还不配合？"穆杉的命令清晰且明确，银灰色发丝里掺杂着些许汗水。

"我来吧。"祝杰确认门被锁好再走近，目光扫过那只不肯张开的手，"手腕给我。"

"杰哥，我不抽。"薛业声音极轻，与之相反的是呼吸声粗重，随之起伏的心口被摁出几指形状的瘀青。

"算了。"祝杰突然撒手，"我看着他，有事给您打电话。"

等队医愤然离开后薛业才敢动弹，肩膀往枕头高处吃力地挪动，被子里的手掌摊开向上，没力气，合不上。

"杰……哥？"薛业吸足了气，回忆中午视线变暗的恐怖经历。

他没法呼吸，没法思考。

泪水糊住双眼，视线一片模糊，他吓得要命。

但下一秒身体好像弹了起来，僵住的心脏重新跳动。

祝杰把地上的队服拾起再叠好放薛业枕边，拉过软椅坐在床边。

"薛业。"他开口，表情一如既往地漠然。

"哦。"薛业往床边凑了凑，等着祝杰的下一句话。但祝杰只是坐着，手里握着手机，一刻不停地确认有没有新信息的样子。

重复性的动作持续了几分钟，祝杰把手机放下了，拇指在 home（主页）键上毫无目的地打转。手机屏幕忽明忽暗，直到祝杰突兀地咳了一声。

但祝杰仍旧沉默，只是抬起了脸像是研究装潢讲究的天花板。

然后祝杰的视线开始在各个角落停留，一时间所有东西都成为他的研究对象。纱帘、垂帘，米色双排床头灯、下方金色的方形按钮，床头的电话以及酒店介绍，再到地毯甚至是他坐着的软椅……直到他意识到自己没东西再研究了。

"杰哥？"薛业的预测一向准，"杰哥，你……心率是不是有点儿快？"

祝杰终于把目光落向他，看着薛业手上的手环。

医用手环脏了，沙土藏在文字和数字的凹陷里，薛业滚担架的时候弄的。手环不够宽，五指共同握住会把尾指漏下，尾指下是跳动缓慢的静脉。

"杰哥。"薛业声音沙沙的,"你的心率快了。"

祝杰深吸气,两肩放松:"没什么大碍,你不用怕。"

"我没怕啊,要不……你去换衣服吧。"薛业这辈子没这样小声过,舌头卷不起来,吐字笨拙得够呛。

"嗯。"祝杰像扒皮那样扒掉紧而薄的运动衣,走进浴室。

祝杰站在水柱下,盯着盥洗台上七边形的香水瓶,陷入了思考之中。

薛业的不适感在逐渐减退。

薛业看着从浴室出来的祝杰:"杰哥,我不能抽血。"

"不抽血怎么知道还有没有安全隐患?"祝杰的脸色很冷。

薛业喝了许多水嗓子仍旧干:"我不能抽。"

"你能给别人捐五百五十毫升血,我抽一管就不能了?"

翻旧账?薛业狠狠咽了咽唾液:"不是……我这不是吃药了嘛,你和我住一起……"

祝杰是要被停赛接受检查的,哪怕血检、尿检全部合格也会被扣上沾染违禁药品的嫌疑。这类恶名昭彰的嫌疑很难洗掉。

"杰哥,你别生气,我不是不听你的话,真验出来了……我连累你。"薛业侧着颈部,"我没事……我知道。"

"你怎么会知道?"祝杰问。

薛业想坐起来:"我说,以前我参加比赛也这样过,然后就……"

"你以前在体校练什么?"

薛业发僵的舌迟缓地抵住牙床:"我……"

"三级跳。"祝杰替薛业说完,"你是练三级跳的。"

"啊?杰哥,你知道啊!"薛业惊慌了。

"嗯。"祝杰说,"知道。"

十四岁，薛业那年还是体校生，第一次进省队水平的训练营学习。体育向来只看成绩不问出处，业余运动员打省队只要实力够强照样可以横扫。有教练推荐，薛业的水平应当和省队一线的同龄人不分高下。

祝杰动了动麻木的肩，指缝沾满了汗。

薛业说他从小读体校，十四岁能有这个能耐肯定和职业运动员差不多，三四岁接触这一行。体育界超低龄化筛选是常态，薛业是从小被扔在田径场里摸爬滚打的男孩子。

"晕倒的事，你爸妈知道吗？"祝杰下意识地放慢语速。

"知道。"

"然后呢？"

薛业低声说："爸妈带我去医院检查了，没什么异样。然后我退赛，紧接着是中考，去了和区一中。"

退赛。祝杰胸口一片沉重感。

薛业的颈筋登时放松了。

"想什么呢？"祝杰懒懒地靠在床头。

薛业开始犯迷糊："想谢谢你今天……救我。"

"是吗？"祝杰对这个"救"字很感兴趣，呼吸平缓下来，"救你，怎么谢我？"

"啊？"

祝杰的视线定格在薛业犯困的脸上："先别想了，我去买饭，你老实躺着。"

"哦。"薛业昂着脸点头。

祝杰回头看薛业一眼再将门轻轻锁上，仍旧是"请勿打扰"。

自助餐厅不能外带东西，祝杰去酒店一层的日料店打包外卖。

"您好，您的外带好了。"餐厅领班将打包餐盒送过来，"祝您用餐愉快。"

"多谢。"

祝杰再一次回到1906门前，看到一个不熟的人——苏晓原，高三转校生。两个人基本没说过话。

"你来干吗？"祝杰朝他靠近。

苏晓原往后退了一小步："我想来看看薛业，敲门没敲开。"

祝杰盯着他从上到下打量。

苏晓原不和祝杰硬碰硬："你告诉我他好了没有，我什么时候能看他啊？"

"他用你看吗？"祝杰反问。

苏晓原握紧了拳："你……你能把薛业照顾好吗？"

"难道你能？"祝杰又反问。

"我……"苏晓原徒劳地张了张嘴，自己确实不能，真有什么事跑都跑不了几步，"你过来，我有事告诉你。"

"没兴趣。"祝杰拿出门卡准备进屋。

"薛业他暑假住院了。"

祝杰身体一震："苏晓原，你再说一次。"

"他住院了，暑假的事。"苏晓原又撤了一步，声音和动作幅度一样轻，"你跟我上别处说，我答应他绝对不告诉别人，不然就绝交。"

祝杰回视1906，皮肤上掠过一层真实的痛感。他跟随苏晓原走出十几米就再也不走了："说吧，他怎么了？"

他喘了口气："薛业是腰受伤，我去医院看他的时候他告诉我的。"

"腰受伤？"祝杰脑中一片空白，"哪个医院？你去看过他？"

"嗯，本来高考之后我们约好一起划船的。"苏晓原点头，"他说自己受伤了，究竟为什么受伤我不知道。"

受伤了？祝杰偏过头去，舌头滑过口腔内壁往上顶，形成一个凸起。

"他的腰受伤了只能躺着，说是腰椎的问题。我去看过他好几次，最后一次他在准备出院，刚能站直。"

"他不让我说，所以我连张钊都没告诉。你可千万别说漏嘴，不然我俩就绝交了。"苏晓原看向1906的方向，继续当告密小喇叭。

陶文昌在2020看比赛回放，唐誉在整理资料，气氛不算轻松。

"咦？这时候谁敲门啊？"陶文昌踩着拖鞋去开门，肯定不是白队。薛业的事一闹，一队、二队的人紧急开会，这晚队员禁止随意走动全部锁在房间里备赛。

"你怎么来了？"是祝杰，陶文昌完全震惊，"你不在屋里看着薛业啊？"

"你去！"祝杰一把揪住陶文昌的衣领，将日料打包袋也塞给他，"今晚换个房间。"

"你又闹哪出？！"陶文昌真的不懂这人在想什么。

祝杰摘下手环："明早他起不来就让他睡。"

陶文昌推了祝杰一把："你不会自己管啊，这时候了你以为薛业需要我看着？"

祝杰又一次开口："我明天要比赛，你去吧。"

"行了，我去。"陶文昌还是心软了。

1906，陶文昌从这屋出去没想还能回来，推开门扑鼻而来的是一股香水味。这就是薛业那瓶特不好闻的，叫什么来着？陶文昌回忆。

黄泉大道，对，没错，就是那个。

男生喷香水不稀奇，陶文昌以前也有男士香水。不少男运动员会喷止汗剂，不然住一宿舍没法闻了。

"你怎么样了，小白眼狼？"陶文昌把晚饭放在薛业的床头。

薛业怕祝杰回来嫌屋里有吐过的气味才强撑起来喷香水，躺在床上四肢酸软："杰哥呢？"

陶文昌把人扶起来："被孙康拉走开会了，一队的人都在开会估计很晚才能回。祝杰还说让你赶快吃饭，马上休息。"

薛业盯了陶文昌一下，自己撑起来靠住床头："嗯，我吃。"

薛业信了。陶文昌料薛业也没有多余力气想太多。餐盒里是半流质食物和汤，没有一样需要嚼。

日料银勺很小却沉，陶文昌坐在床边捧起一碗鸡蛋羹，给薛业塞了一口："高中在校队的时候，还记得咱们深蹲跳之后互相踩大腿吗？两个人一组相互踩，疼得满地打滚。那时候谁踩人谁牛。"

"嗯。"薛业敷衍地应付着陶文昌，懒得嚼，舌顶着鸡蛋羹在上腭挤碎再咽。

"来，早吃早睡觉。"陶文昌一口接一口地塞，喂完鸡蛋羹开始喂松茸汤，"明天你就别去了，估计你也起不来。祝杰稳赢，我看他的半决赛视频了，还有提速空间呢。"

薛业没说话，喝完汤被撵着洗脸刷牙，最后躺平等犯困。

陶文昌明天无赛一身轻，跳高决赛在后天。而一千五百米决赛，是早上十点开始。

"你怎么还不睡啊，看我好身材呢？"陶文昌穿着花里胡哨的playboy（花花公子）运动裤，满屋招摇。

"一队，"薛业捏了捏自己的肌肉，"没开会，要真是开会杰哥就告诉我了。"

没骗过去啊，陶文昌绞尽脑汁地想辙。

薛业用力地掐了一把大腿还是没力气："杰哥是不是又周期性不搭理我了？"

陶文昌无言以对，觉得他这话说得像给自己做心理缓冲。

"万一是呢？"陶文昌小心翼翼地问。

薛业凝视天花板片刻，说得别提多潇洒："反正瞎想又没用。"

陶文昌关上床头灯："放心，他没不搭理你，就是忙。睡吧，夜里别尿床啊。"

这一夜唐誉没有睡好，薛业突然晕倒说是低血糖他不信，问陶文昌，说不知道。

清晨六点祝杰准时离开，唐誉多睡了一会儿，再见到他的时候已经是备赛时间。

昨晚一个字没说的祝杰已经换好 A 体大的队服，一身全黑，墨绿色校徽，黑色红边的专业跑鞋，站第 3 道。唐誉想起薛业科普过的知识，祝杰半决赛成绩排本小组顺位第 3。

马上快十点整了，唐誉放眼望去，一整排的田径夺冠热门人选，腿长而有力，细却覆满了肌肉，往地上一蹬线条全部鼓了起来。

马上了，还有最后三分钟，决赛小组运动员进入正式介绍阶段，唐誉身边的座位空空如也，薛业来不了了。

"第1道运动员，卢国安，半决赛成绩……"赛事进行到运动员介绍阶段，祝杰原地小步跳热身，清晰地感觉到汗液在皮肤上流动。

手环读数像一头潜伏的危险的兽类，趁人不备开始爬升。

73，绿灯忽明忽暗。

"第3道运动员，祝杰，半决赛成绩03:45:40。"

场内爆发一阵空前热烈的掌声和嘘声，有加油声有嘘声。祝杰向前后方各挥手一次继续默读秒数，紧盯起跑白线。

84……85……90……过速的心率开始带走他的大量体力，进行提前消耗。这种感觉祝杰非常熟悉，深呼吸，尽量避开过度呼吸的引爆点。

他闭眼，再睁眼时橙色跑道上多了一层日光。感觉有点儿晕，祝杰捏紧鼻翼进行新一轮腹式呼吸。

98。

101。

119。

手环终于跳红，祝杰准备着起跑前的最后热身运动，本该专注于起跑线的视线不知道为什么又一次离开了内场，模糊的视线捕捉到一件黑色高领外套，再看清了薛业惨白的脸。

陶文昌望天无奈地搀着薛业下台阶。服了，他真的服了。

薛业勾着陶文昌的脖子，额前的碎刘海被汗水浸湿，腿软到不听使唤。

陶文昌察觉到薛业试图往回抽胳膊。这体力就别挥臂喊加油了，你又喊不出来。

没想到薛业用食指在半空画了个横版的闪电，另外一只手的中指、食指平行着指向内侧。

内场里祝杰的一只脚已经顶到起跑线边缘，踩住，大腿预备发力。

薛业左手的中指、食指转向天空，右手换成尾指朝跑道的方向勾动，再然后左手换尾指比直，右手握成一个拇指贴合掌心的拳头。

陶文昌一头雾水，唐誉看懂了，薛业用的是聋哑人才会使用的标准自然手语，他在给祝杰打拼音。

杰哥。

祝杰身体素质过硬很扛折腾，心率过速不至于影响最后的成绩，他已经习惯了。

还剩最后三十秒，祝杰低头调整呼吸又一次站回起跑线上，本该专注跑道的时刻他突然抬头了，在一排竞争对手中显得格外突兀。

还剩十五秒，祝杰抬起小臂，打出匪夷所思的手势。

这回呼吸困难的人变成陶文昌。怪不得祝杰从来不问薛业和唐誉聊过什么，他根本看得懂。

几秒之后发令枪打响，陶文昌怀里一沉，是薛业完全靠了进来。薛业闭上眼，右手按住颈动脉。

陶文昌觉得祝杰不是开大招了就是玩脱了。

虽然自己不懂径赛更不懂一千五百米中长跑，但共同训练六年他也不算门外汉。过第一个弯道的时候绝对不鼓励抢道，因为运动员开跑速度过快即便抢到内道，也容易被外道对手压在这个速度上，除非一上来的速度足以取胜。

可这不是短跑，不要这么强的爆发力，八十米之前能解决的事根本影响不到后一千四百米。

但是祝杰用行动证明他不是一般人。他在决赛里把自己平时训练的节奏打破了，八十米持续提速过弯。

孙康的表情是怒不可遏，径赛总教练已经在场下摔水杯了。

快，飞快，现场解说激情澎湃地站了起来，场内响起一片欢呼声。

薛业没力气站又不肯坐下，陶文昌只好任他靠着，陪他看祝杰加速过弯一路领先，一身纯黑一路绝尘。

第一梯队的选手在他身后吃风。

比赛场地是八百米专业跑道，一千五百米分四阶段，四百、四百、四百和最后三百米冲刺，要是四百米一圈的跑道陶文昌一目了然，这一刻他根本算不出祝杰的米数。

"他要疯吧。"陶文昌已经看不懂这节奏了。

"没疯，杰哥早冲了五十米。"薛业神色平静是因为他见惯了，"杰哥一直就有两套配速。"

最后三十米，祝杰要冲第二轮，薛业的心率开始攀升，这回算不准时间了。

冲刺阶段是最后的赌博，开冲只能增速且必须冲到终点，运动员的摆臂幅度一旦降下来整个身体的耗氧平衡会全部被打乱。祝杰的腿是有旧伤的，这么跑有代价。

"大学首秀敢开大招，真野。"陶文昌第一次见祝杰用这个配速来比赛，他在铤而走险。

冲线的刹那计时终止了，03:33:10，祝杰获得冠军！他刷新了上届纪录！解说起立激情解说，大半场的看台上挤满了欢呼声。祝杰从终点开始减速，沿着直线跑道持续前行。

祝杰的身体重心开始偏移，他横穿跑道，从最内道一层层往外迈，不断迈过白色的线。

一条、两条、三条……横穿七条跑道之后他最终停在最外道的边缘，只剩一道看台将他和薛业隔开。这一刻的薛业不是运动员了，进不来。

"牛啊！"陶文昌兴奋地朝祝杰喊道，"晚上给你搓背！"

祝杰没有说话，也说不出来。大腿后侧隐隐发烫，肾上腺素的麻痹作用还在。

祝杰没等心率降到正常，裁判和记分员过来叫他复录登记。

薛业定定地看了他一会儿："咱们走吧。"

"什么？"陶文昌还在兴头上，"你不看颁奖啊？"

"不看，杰哥领了多少次金牌我又不是没见过。"薛业站不住了，没能盖过后颈的发尾半湿。

陶文昌没辙，只好带他往酒店艰难地移动。等薛业体力耗尽躺下睡了，陶文昌坐在1906里闷吃石榴，同时发愁把这傻孩子扔给谁。

陶文昌想了又想，没人能帮。

祝杰跑了冠军肯定回不来啊，又要领奖又要开会又要总结，怎么也得折腾几个小时。

有人在敲门，不会是祝杰吧？陶文昌跑去开门，门外的人一身半湿的贴体田径运动服、黑色红边专业跑鞋，手腕心率手环红灯急闪。

"薛业呢？"祝杰问，拎着黑色运动包，止痛喷雾的气味异常浓郁。

"睡了。"陶文昌准备抽身而退，白队在手机里骂人，"你还走不走？"

祝杰给他让开通道："你晚上不用回来了。"

得了，陶文昌拎着自己的包吹着口哨跑了。

世界终于安静下来，祝杰重新把"请勿打扰"挂上，关门，上链锁。他把包轻轻地放在地上，几排汗水从大腿外侧争先恐后地冲到小腿。

右大腿上足足绑了一整圈黑色弹性绷带，穆队医紧急处理过，大腿后群肌纤维断裂，旧伤。

祝杰微微活动右腿，左手扶着桌子往前走。窗帘从左拉到右，拉到密不透风，他坐在薛业边上，许久未动。

薛业在睡觉，很安稳。

祝杰走进浴室，肌肉在热水下得以放松。

1906没有叫客房服务，随处可见垃圾，满桌石榴皮，很乱，绝对不是薛业吃的。祝杰从储物柜里拿出新枕头，裹上一条新浴袍。

薛业很快醒了，胸口、下巴和手臂仿佛陷进了床垫，后背沉重的感觉很熟悉。

"杰哥，你回来了？"薛业刚要翻身，突然发现不对，"杰哥，你的腿又伤了？"

止疼喷雾的苦味被冲散成一丝一缕，但没能逃过薛业的鼻腔。

"什么时候的事？"祝杰盯着薛业的腰，昏暗的室内四处落满阴影，如同他的心境。

薛业开始不安："杰哥，你怎么……知道的啊？"

"苏晓原不告诉我，你打算瞒我多久？这么大的事你敢不说？！"

"杰哥，我……我不是不说，我想着寒假去好好治的。"

祝杰低下头。

薛业的腰伤了他却没告诉自己。

他军训没来是因为住院，自己不知道。

他打篮球不太稳也是因为腰椎疼，第二天还做了俯卧撑，没推开伍月不是吓呆了，是因为他的腰使不上劲。

"薛业，这么大的事……你敢不说。你真以为自己……"祝杰说不下去了。

"不是，杰哥，杰哥你听我说完……"薛业声音沙哑，"我爸妈带我看过了，医生说五年就好，没事，真的……我虽然不能再陪着你练了，可我现在学体育新闻，将来你参加比赛……我在旁边看。"

"薛业。比赛结束我带你找医院，我欠你的，补给你。"

薛业不明所以地看着祝杰，刚睡醒的眼睛不怎么眨。

"杰哥，你怎么了？"薛业问，非常不懂，因为真没觉得祝杰欠自己什么。

薛业经常说"谢谢杰哥"，是觉得祝杰真的对自己不错。

那年自己距梦想一步之遥又摔下来，心灰意懒地退赛离校，拒绝和外界联系。和祝杰是怎么认识的？薛业空洞地看向天花板进入回忆，是军训，军训的第二天。

自己当时在做什么？在发脾气。祝杰军训报到晚了一天，刚好拎着黑色运动包进宿舍，看自己发脾气不仅没有大惊小怪反而顺手替自己关上了门。

自己站在原地看祝杰走近，一身全黑衣服，圆寸，眼神很压人，突然间就被震慑住了。

"医生怎么说的？"

薛业一动不动地躺着："医生说最起码几年吧，现在正治着呢。杰哥我练不了了，不然……你练一天我练一天。"

"闭嘴。比赛结束我带你治，能治。"

"谢谢杰哥。杰哥你下午不用开会啊？孙康该骂你了吧……"

祝杰咬紧牙关，一字一顿地说："那不关你的事。"

短跑和中长跑的决赛落幕，更多项目的决赛正拉开帷幕。比赛还剩三天，当晚径赛一队的人开会总结，谁也没找到祝杰。

打电话不接，孙康和总教练只知道祝杰跑回来了，谁也没逮住他。

"白队恭喜啊，进决赛了！"陶文昌年底开始跟一队，开完会陪着白洋和孔玉溜达。

"一般，要不是学生会工作多我成绩还能往上一点儿。"白洋把孔玉揽过来，"三级跳今年新人少，明天看你的了。等赛事结束我想把你往一队放放。"

孙健跟在后头愤愤不平："三级跳哪年新人多了？我怎么就脑门一热练这项目呢？我哥说这回我进入前八就给买车，我想要辆牧马人。"

孔玉最近的话明显见少，心思都在比赛上："争取吧，对了，刚才孙康找祝杰呢。"

"谁知道他跑哪儿去了，家里有急事临时出赛区也不一定。"陶文昌伸了个懒腰拉白洋，"白队，赛完了能放松吗？咱俩蒸桑拿去，叫上唐誉，我给你俩搓背！"

白洋对陶文昌的搓背外交方式颇感好奇："行啊，等我回去收拾一下。孔玉、孙健你俩早点儿休息，有事电话联系。"

两个三级跳选手提前离场，陶文昌刚欲转身，见白洋很认真地盯着 1906 的"请勿打扰"牌子研究。

"怎么了？"陶文昌怕白洋敲门。

"没什么，有些不放心薛业，想看看他怎么样了。"

"哦。"陶文昌假模假式地点了点头，"穆姐说他没事。"

白洋一巴掌拍上陶文昌的脑袋："穆老师，说多少遍了。人家是 A 体大首屈一指的队医，快退休的年纪了，你放尊重点儿。唉，薛业也是任性，这么大的事不抽血。"

陶文昌笑他不懂："女孩子不管多大都希望别人叫姐，在我眼里穆队医就是个大姐姐。走吧，咱俩赶紧泡温泉去，及时行乐。"

陶文昌再见到祝杰和薛业是第二天晚饭时分，赛时现已过半，径赛还有接力和三千米、五千米决赛，田赛这边项目也安排上了。薛业穿着一件高领白卫衣，紧张担忧地跟在祝杰身后。

陶文昌立马皱眉，哟，完蛋，祝杰绝对伤着了，而且伤得不轻。

"专心吃饭。"祝杰夺过薛业的手机。

薛业连吃几顿半流质食物现在看什么都想塞，特别是大鱼大肉。

"杰哥，我错了，我不该瞒着你。"

"打你的人怎么着了？"祝杰问。

薛业实话实说："赔钱支付医药费，也承担责任了。杰哥，我真知道错了。"

祝杰花了三十六个小时才接受薛业暑假受伤的事实，最后闭了闭眼："我说没说过有事第一个找我？"

薛业咬紧牙关："想找，可你高考之后没等我，我以为……杰哥你不想跟我当朋友了，不敢联系你。"

祝杰一言不发，直到他的手机响："你坐着别动，我去接个电话。我马上回来。"

来电人是张蓉，祝杰找到清静角落坐下："喂。"

张蓉面前是电脑，正在回放视频："和小业在一起呢？"

祝杰的手指支起下巴："薛业，在一起呢。"

张蓉丝毫不含糊："你在赛场上……"

"有件事求你帮忙。"祝杰打断她的话，"帮我找医生。"

张蓉的心口猛烈揪紧："你的腿又不行了？"

"肌肉拉伤但问题不大。"祝杰看向薛业，"薛业的腰伤了，帮我找医生，脊椎外科最好的，以前给你们队治病的那一帮人。"

祝杰紧盯远方，看见苏晓原过来在找薛业："等比赛结束，你带他去医院照片子，能不动手术就不动。这里治不好，全国哪个医院能治你告诉我。"

"你有钱吗？你名下有什么？！"张蓉知道劝祝杰没用，"等你回来再说吧，还有啊……成绩很棒，作为你的篮球教练看你一点点突破身体极限……还挺心酸的。腿养一阵再练吧。"

"用不着，运动员都这样。"祝杰听到了第二个来电提示音，"先挂了，有电话进来，我爸。"

张蓉结束通话，祝杰把第二通来电接了起来："喂，爸。"

苏晓原是专门来哄薛业的，坐旁边像个小朋友："我道歉来了，你别不回我的短信。"

薛业不说话。

苏晓原再接再厉："我是怕你身体不舒服又没人照顾,祝杰对你多好啊,他知道了也没关系吧?咱们不生气好吧?"

薛业叼着小虾饺瞪他。

苏晓原全力以赴:"哎呀,你心里想想,我真的不是故意的,我是怕你不好好养腰伤。你都和我绝交二十个小时了,我也吸取教训了,现在开始咱俩又是好朋友,行不行啊?"

薛业鼻子里哼了一声:"算了,我跟你生气也气不了太久。"

"嘿嘿,那咱俩又好了啊。"苏晓原趁热打铁,"吃什么?我给你拿。"

"算了吧。"薛业知道他走路不方便,"你吃什么,我拿。"他的视线在自助餐区扫过一圈,B体大的黑红队服尤为醒目,头发用运动发箍箍向脑后很痞气。

张钊,苏晓原的朋友,祝杰的死对头,正在自助区取餐。

祝杰夹着手机:"嗯,听着呢。"

电话里一个男人的声音传来:"家里和学校打过招呼,闭幕式可以不参加,司机接你。"

"嗯,没事的话我挂了,这边忙。"祝杰挂断电话紧紧地攥住手机,没有目标的眼神开始茫然乱找,最后对准了薛业。

祝杰刚要起身,手机又响。他把手机扔在桌上,过了一会儿才接起来。

"妈。"

"响这么久才接啊?"听筒里是个女人声音,"你爸爸刚才打电话了?"

"嗯。"祝杰看着薛业说话,"家里都挺好的吧?"

"挺好的,就是你姥爷老说想你,老人都是隔辈亲,你该去看看了。比赛还顺利吧？”

"顺利，等我回家就去看他。没什么事我先挂了，这边开会。"祝杰又一次挂断电话，走到薛业旁边，拍了拍他的肩膀。

"乱跑什么？"祝杰问，声音不太高兴。

薛业急忙解释："杰哥，我就是和张钏打个招呼。"

祝杰小幅度地偏了偏脸看张钏："明天你决赛？"

"有意见？"

"没意见。"祝杰推着薛业转身要走了，"好好比赛吧。"

"必须。"张钏同时转身。

祝杰和自己梁子太深，这辈子不可能化解。但是在竞技体育面前，他们首先都是运动员，一旦开跑只为荣誉和金牌拼搏，这点儿默契还是有的。

回到1906，薛业洗好澡，先整理资料和照片，把两天的工作量努力追平。祝杰好像在阳台上打电话，薛业回头窥探，窗帘缝隙里有一个笔直的高影子。

祝杰挂断电话："腰怎么样？"

"杰哥，真没事，医生说……有机会好。"

"医生？你能找什么医生？"祝杰看着他，"周末和你爸妈说先不回家，张蓉带你去看伤，争取不开刀，否则两年你也缓不过来。"

薛业整个人震了震。

"怎么了？"

薛业一脸肉疼的表情："能不针灸吗？针灸疼。"

"这就怕了？"

嗯，他怕了。从祝杰说争取不开刀的时候起薛业心里已经有谱了，靠中医。

以前体校有急行跳远选手摔伤腰椎，西医主张开刀但赛程不能耽误，选手带伤比赛，最后是中医治好的。但那个过程惨绝人寰，薛业听他复述比受刑还可怕。

运动员大多懂一些人体构造，脊椎骨一整条，牵一发动全身，整脊正骨要正全身，绝不是搋个腰、拧个胯能搞定的。

"杰哥，你陪我去吗？"

杰哥摆头的那个趋势薛业觉得他是要摇头了。

"你不敢去啊？"祝杰问。

薛业提线木偶似的点了点头。

"看吧，方便就陪你去。"祝杰给了他一个正脸，"先睡觉，睡醒再说。"

次日，祝杰醒来了，一只眼闭着一只眼眯着，问盯着虚空发呆的薛业："我是谁？"

薛业这才发现祝杰正盯着自己，睡眠不足导致下眼睑发红。

"不知道啊。"薛业鬼使神差地说。

薛业把自己忘了？这个想法充斥着祝杰的脑海，还带起一些过去的记忆。

自己第一次见到薛业的时候他在发脾气，祝杰记得自己当时是想笑的。

他和薛业互相盯着对方，反而有点儿纵容地替他关上了门。薛业却像是突然熄了火，无助又无措地站着，只看着自己却不说话。

那年薛业高一，身高不到1米8，肩膀还没宽起来但肌肉线条已经练出来了。

祝杰抬起脸，再一次问他："薛业，我是谁？"

薛业后知后觉自己刚刚说错了话，胸闷地咽了一口口水，声音有一丝丝喑哑："杰哥？"

祝杰的心情一下子平静下来，但他马上捕捉到薛业不正常的喘息幅度，实实在在的轻微缺氧症状。

"你缺氧了你不说！"祝杰掀开他的被子，再拿遥控器关掉暖风，"张嘴，喘气。"

薛业老老实实地照做了，不一会儿手指末梢开始回血，他恍恍惚惚地说："谢……谢谢杰哥。"

第二天闭幕式，薛业睁眼发现屋里只有自己，祝杰先走了。运动员比志愿者提前入场，祝杰给他留了字条。

"中午等张蓉的电话。先不要和我联系。"

手机在桌上振动，陶文昌发来消息："祝杰不会没起呢吧？把你杰哥叫起来，快来内场 F 入口集合！"

薛业快速回复他："杰哥一早就走了。"

几秒后手机又振了，还是陶文昌发来消息："别逗了，他是不是没起？孙康点了两圈人就差他，他不在！"

"杰哥没去集合？"薛业不信。很快陶文昌打过来电话，说孙康、白洋、教练都在找人，祝杰是真的不在内场。

陶文昌挂断电话，理所应当地认为祝杰肯定和薛业在一起，结果也不是。那他去哪儿了？

薛业把嘴里的鸡蛋黄咬碎，大口吞咽。

那人去哪儿了？薛业心不在焉地赶到志愿者工作站集合，看台几乎坐满，迎来了最忙碌的一日。这是大型比赛的惯例，闭幕式当天比开幕式更混乱。来自五湖四海的家长们仿佛统一口径，拉住他问同样的问题。

洗手间怎么去？某个看台座位怎么走？能不能帮忙照张相？

闭幕式薛业全程一眼没看，唐誉也忙飞了，刚坐下喝水又站起来。闭幕式结束了，志愿者引导人群有秩序疏散。

赶在正午十二点之前，一场声势浩大的体育活动圆满地画上了句号。薛业拖着沉重的双腿回了酒店，1906 里还有杰哥收拾好的行李箱。他开始动手打包自己的东西，手机不早不晚地响了。

"喂，是我。都收拾好了？"张蓉把车停在泊车位上。

"嗯。"薛业背好包，拉出黑色行李箱的拉杆。

张蓉被薛业的声音牵回现实，这孩子，想逼他多说一个字都难，真不知道小杰怎么和他沟通："那下来吧，你站在酒店正门等我。"

"谢谢。"薛业不自禁地握紧拉杆，撞上了 1906 的门。祝杰去哪儿了？

薛业先去 2020，把房卡和随行证件全给了陶文昌："你帮我退房吧，再帮我和三号车的司机打个招呼，我提前走。"

"你不回学校啊？"陶文昌看薛业表情落寞，想问又不敢深问。

"不回。"薛业又看向唐誉，"照片我尽快整理完发给你。"

"不急，不急。"唐誉更不敢问。

"你如果有事，可以给我打电话，我随时接。"唐誉说。

"我没事。"薛业摇摇头，无意识地咬着领口等电梯。他迈出酒店大堂的正门，一辆黑色轿车停在面前。副驾驶座的车窗降下来，里面是张蓉。

"行李放后备厢里吧，我先带你去医院。"张蓉下了车，身高比擦肩而过的大学生运动员还高，也比薛业高。

"嗯。"薛业变回寡言少年。

薛业放箱子时车门磕了手背，他毫无痛觉地关上后备厢的车门，拉开后座车门坐进去，一动不动地看着窗外，从未有过地安静。

张蓉冲后视镜干笑了一下："怎么不坐前面啊？你杰哥家里有急事，过两天就回学校。"

杰哥是回家了？哦，那行。

正午十二点车在家门口停了，祝杰最后看了一眼手机，下车进屋。

"回来了啊。"祝杰在两个人的注视下放好钥匙。

"嗯，我也刚坐下。"祝振海在喝茶，坐于沙发正中间，茶几和玄关柜上各一座天眼原石堆砌的八臂六耳双面佛，足有半米高，"坐，你妈做饭呢。去你姥爷家了？"

"去了。"祝杰坐下，将手机甩出去，"没事的话我上楼了。"

"有事，你妈给你做饭呢。"祝振海将茶杯放下了，脸绷得很紧，呼吸带动宽厚的鼻翼翕动和胸口起伏。

一个穿戴齐整的女人，驻足于厨房门口看着儿子，黑发在额前分开两缕绑向脑后，手里是一盘炒菜和碗筷。

"妈。"祝杰侧身回视，"你有事找我？"

"没事，怕你在外面吃不习惯。"赵雪步态轻盈没有脚步声，"累不累？本来我和你爸应该去看比赛的，脱不开身。来，尝尝。"

祝杰的侧脸和赵雪像，神态更像祝振海。他随便夹了一筷子菜，咽完把筷子放下："没事了吧？没事我上楼了。"

"小杰。"祝振海站起来，对抗性运动员出身，退役多年体格不输儿子。

"有事？"祝杰倚着冰冷的椅背看过来。

"比赛还顺利吧？"

祝杰一动不动："还行，赢了。"

"没别的事？"

"没有。"

"听说有人晕倒了？"祝振海捋了捋袖口，一串市面上难得的西藏天眼露了出来。

"是吗？"祝杰和父亲短短对视，瞬间错开眼神，他拿起筷子又吃了一口菜，最后将筷子一扔，"我不知道。"

祝振海坐在了对面："人是你们学校的。"

"不太清楚。"祝杰在家一向没耐心，余光里就是天眼石佛像，八臂，六耳，双面，"有事就说，没事我上楼歇着，胃疼。"

"跟你没关系就好。"祝振海没再继续这个话题，随口问，"下午有什么安排？"

祝杰想也没想直接道："回学校。"

祝振海顺势往下问："不着急吧，腿伤复发了吗？"

"没复发。"祝杰无所谓地站了起来，"下午回学校写检查，司机接太早了，闭幕式没参加挨批了。"

"一个闭幕式而已。上楼歇着吧，下午司机送你。"

"嗯。"祝杰迈上台阶，胃黏膜突然生出近乎痉挛的抽痛。他压了压恶心感，往上走，推开卧室门，里面一片漆黑。

祝振海叹气一声："他撒谎，儿子越来越不听话了。他以为自己上大学能参加比赛就翅膀硬了？"

祝振海加重了语气："尽快安排他出国。"

赵雪心领神会："初中让你把儿子送出国，你偏不听。"

"出国？儿子不在眼皮底下你能放心？"

"放眼皮底下也没用。"赵雪说。

谈话氛围猛地降到冰点，空气如同上冻。

最后祝振海拿起茶杯："送出去，咱们的儿子必须听咱们的。"

薛业趴在理疗床上犯困，短短几个小时如同经历一场梦。拍片、专家会诊、制订个人治疗方案……最后这帮给健将级运动员会诊的专家居然建议保守治疗，没有一个人主张开刀。

健将级运动员的医生，薛业想都不敢想。

"怎么样，冷了吧？"张蓉拿白床单来给他盖上，薛业脑袋里好像只有一根筋，医生吩咐脱了上衣等候，他就脱了，也不怕感冒。

"困。"薛业实话实说。

"你别操心，这帮都是脊椎外科顶尖的权威医生，我退役之前，全队的伤就靠他们撑着呢。"张蓉最理解因伤退役的痛苦，"你嗜睡也可能和腰椎有关。"

薛业的眼睛困得酸涩："真的？"

"有可能，具体看你的治疗进度。"张蓉对他肩上的创可贴皱眉头，"困就睡吧。有伤不早说，小杰还以为你患抑郁症了。"

"我不会抑郁。"薛业紧紧攥着手机等信息，运动员的意志力，让他认命不认输。

"行，知道你厉害，睡吧，睡醒医生给你整脊。"张蓉伸手想撩薛业的刘海，没想到薛业躲了，"还不让碰啊？"

这小子是真不好接触。

"不让。"薛业摇摇头，趴在左小臂上不再吭声，最后偏过脸睡着了。

他一睡就是两个半小时。

主治医师来过，看薛业睡着没叫醒，张蓉陪同一直等到下午六点。理疗室是单间病房，医师又来了一次，提醒张蓉再过半小时必须叫醒。

"行，我叫他。"张蓉答应，和这些医生是二十年的交情了。刚关上门又有敲门声响起。

张蓉又困惑又无奈，深提一口气之后眼皮直跳，千万别是祝杰。门被打开了，扶着门框的男生一身全黑衣服，圆寸，眼角有毛细血管破裂过的痕迹。

"人呢？"祝杰挎着他巨大的黑色运动包，身上是汗。

张蓉顿时失声，和门外的人对视。

"挺严重，能在这帮人手里治八个月已经破纪录了。"张蓉偏身放他进来，下一秒将门紧锁上，"你去过姥爷家了？小杰，我问你话呢……"

"杰哥？教练没整你吧？"薛业这时候醒了，眨着眼睛笑出来，偏着头趴着，压红的下眼睑粘着睫毛，刘海蔫蔫地搭在眼窝边上。

"没整。"

"那就行，我还担心教练不让你参加闭幕式了呢。"薛业笑到一半又不笑了，"杰哥，你的眼睛怎么了？"

"堵车，跑过来的，可能这两天有点儿累。"祝杰眼角红得吓人。

"挺红的，疼吗？"

"疼。"祝杰直言不讳，"你有药啊？"

"没有。"薛业摇头。

张蓉转过头去，表情喜忧参半。

初见时祝杰只有七岁，是她见过的孩子里最压抑的一个。

改变发生在祝杰上高中那年，她无意间被篮球戳到手，祝杰看似无意地问了一句"疼吗？"。

疼吗？张蓉还记得当时的心情，一个直呼自己的全名的没礼貌的孩子，居然开始关心别人疼不疼了。再后来这句话反复从他嘴里吐出，成为他学习回应善意的第一方式。

再后来她见到了薛业，恍然大悟。疼吗？这是祝杰从薛业那里学来的，他在模仿薛业，因为他真的不会关心人。

医生在这时敲门，薛业瞪大了眼睛。

和薛业料想的一模一样，整脊很疼，医生不停地强调肌肉放松，可他整片后背紧到硬邦邦的，力图抗衡。

这个医生比上一个医院的手法专业，但是更疼，除了腰，肌肉筋膜韧带挨个儿疼。

"您有束缚带吗？"薛业肩头直抖，不怪他多事，自己的身体反应就是这样，跟疼痛较着劲来。

"老李，这孩子的腰还有救没有？"张蓉问医生。

"救？你们这帮运动员，是不是都等着我们这帮老家伙救啊？"

老李年过七十眉毛全白，"他比你们队当年的小后卫幸运，最起码没骨折。"

没骨折，薛业一听这话知道自己在这帮医生手里还有救。

"上束缚带吧，我怕一挥手伤到您。"薛业说，疼出的汗从鼻尖掉进枕头，"我将来还能上场吗？"

老李的白眉毛皱得不怒自威："束缚带？用束缚带给你整脊就说明他手法有问题！练什么的？"

"三……"薛业牙齿打战，"三级跳，我废了吧？"

"快废了。"老李实话实说，没有直接对腰背下手，反而扳动病人的下巴，"我们经手的病例最长整半年，你整八个月，可不就是快废了？！别低头，看正前方，我让你吸气再吸。左臂抬起，右腿弯曲成直角，髋部向下压。"

来了，来了，薛业紧张，刚握拳又被一把打散。

"拳头松开，我没让你用力的肌肉，必须放松。"老李愤怒了，"没见你这么能折腾的人，怕疼还当运动员？跟哪个教练的？"

"他跟我练。"祝杰坐在半米之外的地方，表情冷漠。

"跟你？"老李微微抬眉，"你们这些年轻人哪，拿身体换成绩。他这个伤搁在队里，老实说不算最重。让你们好好养伤，没人听啊。我要是你们的家长说什么也不让你们这样折腾。"

张蓉："老李，你孙子去年上大运会了吧？"

"我有什么办法？！"老李把矛头转向薛业："你，三十岁之后必须退役，能练，但真没必要。"

薛业欲哭无泪，三十岁，够了。

"杰哥，杰哥。"薛业赶紧看正前方，"杰哥，我还没废。"

"嗯。"

薛业疼到手指尖抖得受不住了，刚握拳又被掰开。

"忍着点儿。"

"嗯。"薛业深呼吸，这一轮结束，下一轮又开始了。他咬住一次性枕巾，肩头不断打哆嗦，脊椎周边软组织归位，酸疼不断袭来。

"现在开始疼啊，别动。"老李发出警告。

薛业不怕疼，搞体育的人没有几个怕，只是没想到这种疼法："让我缓几秒，就几秒。"

薛业只感觉像有一把剔骨刀在骨缝间来回锯。

很疼，后背和胯部像被拆了，理疗完毕薛业并没有特别明显的轻松感。

张蓉开车送他们回学校，一路上心事重重："去过姥爷家了？"

"嗯。"祝杰靠着椅背休息，眼角仍旧血红，"我带薛业在东校门下。"

"行，回去好好休息。"张蓉把方向盘打满，"你……真没事？"

薛业不善交流，保持静音。但张蓉方才从后视镜回视的一秒被他捕捉到了。

"杰哥，你有事啊？"薛业小声问。

"没事。"祝杰坐直。

两个人回到宿舍，陶文昌和孔玉都在。

祝杰推一把薛业："你先去洗澡，洗完上药。"

"哦。"薛业去拿浴巾了。

他路过孔玉时后者把他拦住："你别走，白队说你能跳，真的假的？"

这次比赛失利他只拿到铜牌，强大的对手宛如横空出世，从前听都没听过，白队顺嘴感叹要是薛业上就拿下冠军了。

孔玉的问题把薛业瞬间拉回风起云涌的十四岁，四十米的助跑道他爬也要爬回去："真的，我练三级跳的。你告诉白洋过两天我去找他。"

妈啊，陶文昌嘴里的鸭梨都惊掉了，虽然这件事他早就知道，可听薛业亲口承认……这感觉太不真实了。

孔玉又问陶文昌："昌子我问你，你高中真见过薛业跳远？"

陶文昌松了一口气："我没看过，我兄弟看过，高一能破最远校纪录，挺牛的。"

"是吗？那我就更期待了。"孔玉一扫阴郁表情，"我师父过阵子来体院授课，记得提醒我给薛业留个位置。"

"别忘了给我留两张啊，我约小姐姐。"陶文昌也不忘凑热闹。

祝杰走到楼道底端，轻按着肌纤维断裂的大腿后方："我到学校了。"

"才到学校吗？"祝振海问道，面前正襟危坐的是司机。

"嗯。"祝杰摸了摸裤兜，"刚回宿舍。"

"穆杉说你的旧伤复发了。"祝振海不轻不重地提起这事，"别瞒着家里。"

"你和学校联系过？"祝杰问。他爸能联系穆杉，就联系过其他人。

祝振海看向在厨房做菜的赵雪。一个很小的小女孩帮忙打下手。

"你妈妈关心你，问过穆杉你的伤。她替你向穆杉开了三周假条，先休息。"

"不需要休息。"祝杰咬牙。

"需要。"祝振海说，"有空多回家住，也不和你妹妹说句话。"

"没话说。"祝杰看向脚下，"没事我挂了。"

"有事。我和学校打过招呼了。"祝振海靠向椅背，"这周五下午你直接回家，周六去国外看学校。"

"周六？"

"先看看，条件合适就在那边定下来，手续和学校关系慢慢办。你奶奶和姥爷两边也同意了，我派人陪你去。"祝振海平视佛像，"队里已经替你请假了，你不用管。有问题吗？"

楼道里又是一阵喧哗声响起，祝杰来回扫视同龄人的热闹，不想再忍了。

"没问题。"祝杰说。

第七章
惊艳重现

　　薛业一整天都在连轴转，上午交随行报告、上课，中午做汇报，下午继续上课同时给潘露讲比赛见闻。

　　下课铃响，薛业拎着书包，孤身去了田径场。

　　十一月下旬运动场的热闹只增不减，穿短裤、短袖训练的学生比比皆是。距离上次一跳已经两个半月，那一次他为离开，这一次为回来。

　　再次踏入绿茵场，薛业浑身舒爽，像倦鸟归巢，对跑道和沙坑迷恋。视线来回扫视，锁定目标。

　　白洋正给二队队员做动员，赛后队员普遍消沉。他正说着，余光闯入一个人影，白色高领，运动裤高高挽在膝盖位置，穿着一双假帆布鞋，可是两条很能跳的小腿笔直。他和祝杰的习惯一样，用膝盖上下打双十字绷带的方式保护半月板。

　　"薛业？"白洋不意外，孔玉说了薛业要来。

　　薛业出师名将，站回自己的地方像刀一样扎进橡胶地，一副不亲人的体校小霸王模样："我想进二队。"

　　大一新生带头反驳："你想进就进啊，当校队是你家开的？"

"啧，搞不团结抽你啊。"白洋回头呵斥，又转过头来："怎么突然改主意了？"

"嗯。"薛业只点头。

白洋当然高兴："你入队我肯定同意啊，尽快办好手续方便系院调剂。近三年有比赛成绩吧？"

"没有。"薛业直率地摇头，"三年没赛过。"

"白队，这闹什么呢？"又有人质疑。

这就很不好办了，薛业虽然是体育生，可两院课程一旦冲突他没法训练。白洋着实没想到，以为他高中三年怎么也会有比赛成绩。

"这……你曾经最高纪录是多少？"

薛业低头，眉眼隐在刘海下，再开口时把话重重砸到众人脸上："16米35。"

"多少？"白洋震惊了，其余人也震惊。

"我有伤，不能跳，进二队跟康复训练。"薛业斩钉截铁地说，没成绩说什么都是白搭，进了队肯定受气，"半年，金牌我拿回来。"

白洋没说话，跳远队队员躁动不安。

三级跳运动员一向少，水平良莠不齐导致一队阵容严重断档。孔玉这种出师名门，队里重点培养的明星火种也不敢说大话，这小子是谁啊？

"最慢一年。"薛业说，不需要白洋替自己撑场子。况且16米35的成绩很牛吗？自己这还是悠着说的，万一恢复进度跟不上不至于太丢人。

恩师罗老要知道自己只敢报这点儿距离，非把自己的两条腿撅折当盆栽不可，上头几个师兄先把自己轮流教训一顿。

"这么狂？"一队预备队员自然不服，"跳一个，要真行我们请你来。"

竞技体育拿成绩说话，薛业曾经也是只看沙坑不看人："现在跳不了，有伤，最远十五米多。"

"跳不了？跳不了你吹什么牛？瞧不起谁呢？！"

"这个我能做证，薛业确实有实力，大家不要着急。"白洋赶快出马主持局面。

薛业看了看几米之外的橙色助跑道，心里有了答案。体育场上管进不管出，可一旦走了再想回来，很难。自己的状况是难上加难。

薛业利落地拾起书包，左腕上是金属，右腕上是阔别已久的运动腕带："学长们给我个机会，我进二队替补，平时干后勤，一队、二队队员训练不干扰。等你们练完，健身房和沙坑匀给我用用就行。"

"健身器材你收拾？"

"我收。"

"室外你清理？"

"我清。"

他这个态度就很让人舒服了，跳远队队员不再多说，毕竟无冤无仇，只等白队发话。

白洋更困惑："你真愿意进替补？"

"嗯，替补。"薛业不擅长和人打交道，高中之前有教练管，高中祝杰管。这一刻他什么都不想，只需要半年来调整状态，最要紧的事是把病治好，把药停了。

不停药，他这辈子别想跳。

"随时。"薛业又补充了一句，"我想快点儿，随时都行。"

"那行，你记下我的手机号方便联系。等我的消息吧。"白洋还是妥协了，当初千方百计地邀他入队，这天判若两人。但白洋相信自己的判断，薛业的水平在孔玉之上，16米35的惊人优异成绩，可能不是谎话。

搞定，薛业放心大半，打饭回宿舍搞直播。他请了一周的假，再进直播间很不适应。

红 V 会员踩点入场，特效持续十秒。

薛业瞧着屏幕里的自己，刘海用笔帽别住以免挡视线，手里两块布料一根针，有点儿傻乎乎的。

"回来了。"薛业先开口，Sky 是个女生，能聊的话题不多。

Sky："比赛顺利？"

"还行。"薛业态度模棱两可，不想把田径场的事情说给外人听。

Sky："笑什么？"

"什么？"薛业看向镜头，自己正在傻笑。

Sky："高兴？"

"嗯。"薛业简单应答，手里开始缝沙包，穿针引线，再熟练地咬断捻线头。

Sky："缝什么呢？"

薛业呼出一口气："沙包。"

Sky："沙包？"

"嗯。你要喜欢我缝几个送你？"

话音未落屏幕开始爆特效，接二连三的礼物把薛业砸蒙了。Sky 尊贵会员为本直播间送这送那的提示不断往上蹦跶，一条顶一条，顶了满满一面屏幕。

"别，别，别。"薛业一声一声叫唤，最后实在没辙了，"你再送我关机了！"

这下直播间恢复平静，闹剧结束，薛业粗略地算了一下，好多钱！他眼睛不眨地瞪着摄像头："你到底是什么来路？"

Sky："我下了。腕带很不错。"

腕带？薛业分别看左右手，不知道 Sky 指哪一个。

Sky 悄然下线，来无影去无踪，薛业继续缝沙包，不一会儿听见门口有动静。

薛业瞬间抬头，门口有个一身全黑的身影。

"杰哥，你晚上不训练啊？"

"腿疼，歇几天。"祝杰坐到薛业的椅子上，靠了靠。

"歇几天？"祝杰像高中时候仰头靠他，闭着眼睛好像是累了。歇几天不是祝杰的作风，除非他走不动，否则不会断训练。

"杰哥，是不是孙康整你呢？"薛业担忧。

"没整，我想歇。"祝杰的视线在桌面上转了一圈，上面有六个缝好的沙包。

"坐。"

"哦。"薛业知趣地搬凳子坐好，"杰哥，你是不是累了？"

"不累。有银行卡吗？"

"有啊。"

"这次奖金发了八万元，卡号给我，明天打到你的卡里。"

"打我卡里？"薛业不由得失笑，重大比赛确实有钱拿，金、银、铜牌分别八万、三万、一万五，"不好吧，学校汇款要核对姓名。"

"不要我给陶文昌。"

薛业舔了一下嘴："要。"

"嗯。"祝杰满意了。

"杰哥，有件事……我用手机直播吃饭，就一个人看，是女生，经常送礼物。"

"可以。"祝杰低着头说。

薛业打开平台展示："她今天突然刷好多礼物，我必须取出来，平台扣一半……"还没说完就骂了句脏话。

"怎么了？"祝杰皱着眉头把手机拿过来。

"杰哥，我的号让平台封了！"薛业整个人愣住，"钱取不出来，好多钱。不行，我得找成超去。"

号被封了？祝杰简单研究了一下，没反应就把手机扔下："我去吧，正好该找他。你老实会儿。"

"我挺老实的啊……"薛业定定地盯紧手机，心疼钱。

怎么睡着的薛业没印象，醒来仍旧是5点。他无意识地翻了个身，只是这一翻身，昨天刚能用上力气的背又不行了。一次治疗没用，持续才有效果。

过了一会儿祝杰也醒了，看了一眼薛业的腰："疼吗？"

"昨晚上好些，刚才翻身有点儿疼了。杰哥，你早点想吃什么啊？我去买。"

"不吃。你赶紧好。"祝杰说，想睡回笼觉。

"谢谢杰哥，我努力好。"

祝杰一如既往地没表情："再跑步的时候，我让着你。"

他让着自己？

"哦……行，我赶紧好……杰哥我这周日去扎针灸，你能来吗？"

"能。"祝杰说，没有犹豫，"可能会晚，你先去。"

薛业看着祝杰："那我先去，杰哥你信我，等腰好了我练到三十岁。"

"嗯。"祝杰又一次闭眼。

周五中午过后，祝杰去东校门取车赶去约定地点。手机最新一条信息是薛业发来的："杰哥，我回宿舍了，白洋找我，下午跟二队训练。"

祝杰把手机扔回副驾驶座上，倒车打轮再踩下油门。

大G的方向盘很重，时间紧迫所以祝杰开得很快，几十分钟后到了目的地，一座纯商务办公楼。他倒车入库直接上了顶楼。

整层是一家直播公司，祝杰不客气地敲了敲前台的桌子："找张权。"

前台人员闻声抬头，最近见过的男主播太多，已经对各类帅哥无感了："张老板是吧？等一下我去问问。"

"谢了。"祝杰随意环视周围，两面墙贴满榜单。礼物榜、人气榜、在线榜……让人眼花缭乱。唯独榜单正前的小头像他分不清，也不能说完全分不清，区别不大。

"祝先生是吧？请跟我这边来。"前台人员再回来时客气不少，给祝杰引路。祝杰跟她迈过第二道门，扑鼻而来的香水味让他瞬间反胃。

"不好意思啊，这边。"前台人员看出祝杰抵触，"公司女主播多，这一层直播间有两百个。男主播在另一层。"

男主播？祝杰不做解释，自己来要钱的。

张权这人他见过一次，开学第二周见的。

那天他在田径场偶遇白洋、陶文昌，孙健说三级跳来了一个厉害的人，也是和区一中同级毕业生。自己看向沙坑踩过的脚印，隐隐觉得薛业几分钟前来过。

他终于来学校报到了。

当晚俞雅拉饭局，自己却在西校区男生宿舍楼下堵薛业，看他跟成超进了餐馆，同桌还有两个人，其中一个就是张权。

"挺守时的，小伙子。"张权从老板椅上站起来握手，断眉，"你找过成超吧？他和我说了，先坐吧。"

"赶时间。"祝杰不动声色地打量他。

"好，我也不跟你绕圈子。"张权发觉自己小看他了，他是实打实带有目的来的，"成超的事确实是他做过了。整件事来龙去脉我也清楚，薛业无辜，赔点儿精神补偿也没错。"

祝杰没说话，等他开价。

行，这人比薛业还硬骨头，脑子够用。张权笑意融融地把口风逆转："但是你开的价是不是有点儿多啊？！"

"多吗？"祝杰真没觉得。

"你刚上大学，肯定不懂钱来得不易。我劝你见好就收。"

"我要是不收呢？"

张权拉开抽屉准备拿现金："什么？"

祝杰仍旧手插着兜，神情和语调都没变："家里安排我明天去国外，正好不想去，找点事情做做也不是不行。"

"你坐下，有话好好说。"

"赶时间。"祝杰扔出手机，关节裹满了黑色的肌贴，"薛业的钱一分不能少。他的直播号被封了，里面有我的钱，让他把钱取出来，扣手续费，不亏吧？"

"怎么证明钱是你的？"张权退了半步，倒不是怕他，做生意和气生财。

"手机。"祝杰找回视线，"薛业的号还他，还有精神损失费。拿完钱我走人。"

张权把他的手机捡起来，点公司 App 进后台，转账金额不少，全是给薛业的。

公司扣一半再赔点精神损失费也不亏了。

请神容易送神难，张权一口答应："行吧。薛业的号晚上给他开，他没签约，大笔数目的礼物公司要审所以封号。你给我个卡号，成超该赔多少我给你。"

"全给薛业。"祝杰开价。

张权忽然想笑："行，行，行。我给会计打电话。"

"后头那个，"祝杰指了一下后墙，"你弄的？"

"哪个？"张权很快回头，墙上是一张还没定型的海报，"是，我的主业。"

祝杰往前走了几步："那就是有钱拿？"

"肯定有啊，按赔率分红还有奖金。"张权又坐回老板椅上，觉得这小子的圆寸发型不错，"有兴趣？"

"给我留个位置，解决完家里的事我找你。"祝杰说，说完就沉默，关闭了与外界交流的通道。

薛业正午时收到通知，再接到白洋的短信是体育新闻学概论下课，让田径场集合。

成了！薛业抄起书包一路飞奔，在沙坑的另一端，第一次见到了成绩斐然的一队男生。

他远远望去那些人都比自己高。三级跳这个项目是要身高的，最低卡在1米8上。再有就是肩平宽，后两跳的平衡全靠腰腹背的肌肉撑住。

薛业绕开光芒扎眼的一队队员去找二队队员，顺便偷听，队员在报六十米急速跑的成绩。

跑跳结合的综合项目，没速度第一跳飞不起来。六十米跑进七秒、一百米跑进十一点四秒，几十万次地重复练习把这些数字刻进了薛业的大腿骨。

二队队员在跑道上练原地剪跳，薛业在沙坑旁边坐下回忆分腿时的主动剪绞用力，刚柔并济，还有蹬地顶髋、腾空送髋的感觉。他练了将近十年的基本功不可能因为三年跑步遗忘。

半小时后一队队员解散，几个人朝沙坑走过来："你是白队说的那个替补？"

"嗯。"薛业站了起来。

"行，好好练，那边有扫把和夹子，把沙坑清一遍。"大四学长指挥他，不算欺负人，而是这些活儿本该替补动手。

没替补的时候，二队正规队员也得做。

"好。"薛业痛快地答应，尽量不找麻烦。这个活儿以前只见过别人干，自己没碰过，累倒是不累只是特别脏。

满身都是沙子，但薛业莫名其妙地喜欢沾满沙粒的粗糙感，像打磨皮肤。他拿起扫把先扫落叶，听到身后传来沉重的跑步声。

孙健。薛业把肩往左一偏，灵巧地躲了过去。

"男神！"孙健扑空却不生气，"男神你终于来了！咱俩凑一对练吧？！"

"起开，我收拾。"

"男神，你高冷的嘴脸好带感哟，我要被冻伤了。"这话从人高马大的孙健嘴里出来很违和，"教我跳远吧！"

薛业在沙坑里找石子像淘金："没空。"

孙健再接再厉："指点我基本功也行！我想有点儿出息啊，冲一级运动员！"

基本功？薛业看了看孙健的小腿："撕过腿吗？"

"撕腿？那太不人道了吧。"孙健直缩脖子，跨栏、三级跳都要走这一步，小时候练基本功每个孩子疼得鬼哭狼嚎，"我能开叉，腿筋拉得肯定够用。"

"够用？"薛业一回田赛场就飘，想故意露两手。恩师的训练模式可是和武行并行，每个徒弟的腿韧带都是他亲手撕开的。

孙健听得云里雾里："真的够用，男神，我给你劈个叉啊！"说着就要下竖叉。

"真不够。"薛业慢慢弯腰挽裤腿。帆布鞋的鞋带略长，系死扣有点儿傻气，他用脚尖找带缓冲的橡胶地，绷直了脚背往下压。

"怎么就不够啊……"孙健抱怨，眨眼间就见男神原地起跳，高跳空中定格，来了一个真真正正的空中一字马动作。

这动作形似第三跳的软障碍高度训练，膝盖打得笔直，超长滞空展体，轻盈。

居然是横叉，这得是练过什么基本功啊？！孙健目瞪口呆，白队没说错，这是真的牛。

落地做足缓冲薛业还是把腰震了，仗着戴护腰胡作非为。他太久没回助跑道和沙坑了，想起跳的欲望在抓心挠肺。

再加上孙健的吹捧让他有点儿膨胀。

"这才叫够用了。" 薛业揉着腰站到一旁，右腿毫不费力地搭上长椅的椅背，左腿后撤，上身笔直地压横叉一字马，继续显摆。

两条腿连成的一字，和地面呈四十五度角。

开玩笑，薛业的基本功可是武行逼出来的。整个一队放眼望去，薛业敢说除了孔玉没有别人能和他比。

"男神，你太厉害了。"孙健崇拜地冲过来，从脚踝崇拜地看到腿根，"你以前怎么练的？"

"正压侧压，正踢侧踢，外摆里合，搓步大跳，都练。"薛业说，腰继续下沉用体重压筋，半年没拉腿确实有点儿紧。竞技体育的残酷性不只用进废退，还有不进则退。

三年体能训练没落下，可专项训练没长进，他离回归赛场还有一段距离。

孙健倒吸冷气："多疼啊，男神你怎么坚持的，哭过吗？"

"没有。"薛业颤悠悠地继续下压。哭？可能吗？

祝杰找到薛业的时候，他正用一种高难度的姿势和孙健聊天。颤悠悠的，仿佛身体没重量，两条干干净净的小腿露在冷风里，脚踝让风吹得通红，没穿袜子。

自己还没走近就被薛业发现了。

孙健刚聊到第二跳如何收小腿，还没收获真经，只见高冷男神慌不择路地收腿站好，捋下裤腿又揣鞋带，朝田径场的入口处跑了。

奇怪，谁来了？孙健往入口张望，人太多，只看到薛业很快消失的背影。

操场旁边有简易更衣室，方便体育生换装备。夏天队员大多直接穿训练服来，天冷会进来换衣服，再把冬服存柜子里。

祝杰站在更衣室门口问薛业："你和孙健有那么熟吗？"

"杰哥，我进二队了。"薛业十分兴奋，"白洋同意我做替补，刚才教孙健压腿呢，他欠练。"

祝杰一只手按在隔板上："薛业，他欠练不用你教，懂吗？"

"懂，我指点几句，主要靠他自己练。"

"嗯。"祝杰又问他，"腰疼了吗？"

"不疼。"薛业试图把劈叉这事浑水摸鱼蒙混，"杰哥，你怎么来了？"

"我不来能知道你会劈叉吗？"祝杰看向他的侧腰，有一层保护措施勒得很紧，"跟孙健显摆，能耐啊。"

"没显摆啊，我……"

"薛业。"祝杰看他一眼，"飘了吧。"

薛业身体一抖，老老实实地承认："杰哥，我错了，是显摆了，他老夸我。"

"夸你你就劈叉？我也夸你，你怎么不给我劈叉？"

"啊？"薛业理直气壮地反驳，"杰哥，我问过你，你说不看。"

隔间陷入沉默气氛中，祝杰回忆失败："我说过？"

"说过。"薛业不假思索地说，"高二下半学期你总是心情不好。我说'要不我给你劈个叉吧'，结果你骂我是练杂技的，让我老实会儿。"

隔间又陷入沉默气氛中，祝杰迟疑了一下："记错了，人家夸你就客气客气，要练回宿舍练。"

"哦，我听你的。"薛业沉下声应道。

"周六好好休息，周日和你爸妈说去扎针灸，说我带你去。

"这个你收好。"

"哪个？"薛业被塞了个袋子，打开是一捆捆的人民币。他怔怔地看着对面的人，不太明白。

"成超赔你的钱。"祝杰说，本来是转账，但张权的会计直接拿了现金，当面过了一遍验钞机。

薛业没动。

他忍住冲动说："不行，不行，我有钱，我做直播赚钱。"

祝杰："我留着？我缺过钱吗？"

"没缺过。"薛业胸膛起伏，"谢谢杰哥，我打个借条吧，以后还你。"

祝杰懒得理他："直播的钱晚上取，明天奖金打你卡里。把钱收好，懂了吗？"

"懂了。杰哥，你今晚回家还是明天？"

"马上就回。走吧，周日我去找你。"

薛业点了点头，先行离开。

祝杰在更衣室里缓过几分钟才走，去东校门，上车朝家的方向开去。

他回到家时一片死寂，电视机开着却调成静音模式，一个女人在客厅里收拾行李，一个男人在茶几旁喝茶。

"回来了。"祝杰放好钥匙朝楼上走去。

"好儿子，来，看妈给你准备的衣服喜不喜欢。"赵雪拿着一件黑色外套走近，"这一趟走得急，先去那边适应环境，不适应就回来。"

祝杰有意扫过一眼行李，不像短时间内会让自己回来："嗯，挺好。"

赵雪的笑瞬间消散，假人似的："喜欢吗？"

"喜欢。"祝杰绕开她的手，"我先上楼了。"

"小杰。"祝振海的脸孔像凝固过的，威严又稳重，"你妈妈问你呢，喜欢吗？"

"我说喜欢了啊。"他看向祝振海，嗓音同样低沉，"没事我就上楼了。"

祝杰上楼，自己的卧室在最里面。他给薛业发信息叮嘱薛业按时吃药，再往前迈步。一个很小很瘦的黑影子停在左侧。

祝杰很少理祝墨，从她出生到这刻交流过的次数两只手都能数过来。

他继续往前走，祝墨没动，他再往前走，祝墨像赖着不走，于是这一次他停了脚步。

祝墨没有说话，又看了看他，扭身跑开去看台阶，两条胳膊把住栏杆慢慢坐下。祝杰无所谓地转过身，爸妈不让祝墨下楼，她也就在二层溜达。

进了卧室祝杰把灯全打开，屋里亮得通明。一间正方形的大屋带洗手间，有篮筐有拳击沙袋等各样装备。展示柜上一层是奖杯、金牌和奖状。

祝杰反手关上门，门锁发出沉沉一声。

祝杰再把手机拿出来看，收到了回复消息。

"杰哥，我到家了，钱也取出来了，谢谢你。"

祝杰简单冲过澡，从冰箱里拿了两瓶水，躺回床上看体育频道。

直到困意来袭，祝杰拿起床头的香水瓶喷了几下，闻着枕上的熟悉气味入眠。

比赛前一晚他彻夜未眠，是对薛业的逃避自责，也是取舍思索。明天过后自己再上田径场的可能性几乎为零，以第二套配速夺冠是为奖金，也是对跑道的告别仪式。

祝杰满足地闭上眼，等明天。

次日，祝杰醒来习惯性地去看窗，只看到一面米白色的墙。他不在宿舍，在家，自己长大的地方。

不一会儿，传来门锁被拧动的声音，他瞬间清醒。

"小杰，下楼吃饭吧，吃完饭送你去机场。"赵雪用钥匙打开门，跟着她同时往里看的还有祝墨，齐刘海，头发留到了腰。

楼下客厅里祝振海在喝茶，桌上有早饭，两个大行李箱立在桌边。茶几上压着一本护照。

赵雪抱着祝墨先下楼，朝祝振海点了点头。她把祝墨放在椅子上，开始一勺一勺地喂祝墨喝白粥。

大约半小时后祝杰才下楼，全黑运动服，拎着一个黑色的运动包。祝墨也在，他完全没料到，犹豫了一下才坐下。

祝杰开始剥鸡蛋，手机在兜里振动。

祝振海看向大挂钟，放下了茶杯："十点司机来，准时送你去机场。我安排的人在机场等你，会和你联系。"

"我说去了吗？"祝杰把鸡蛋吃了，端碗喝粥。

赵雪的动作和表情明显一僵："小杰，你别说气话，爸妈都是为了你好。你到那边有人照顾你，等学校安排好了继续练跑步。"

"没说气话。"祝杰用纸擦了一下嘴角。

赵雪不再出声。祝振海视线掠过，五指紧紧扣住茶杯："你以为自己翅膀硬了对吧？"

"我不想去。"祝杰淡淡地说。

"小杰，你闭嘴。"赵雪继续挖粥喂女儿，"爸妈是为你好。"

祝杰对她的话充耳不闻，一如往常地进食。

"卡里最近的支出是怎么回事？"祝振海问。

"花了。"祝杰说，"不能提现不能转账，我想给谁花就给谁花。"

祝振海将茶杯捏出裂痕："给别人了？"

祝杰放下了碗："是，我想要自由，想要和别人交朋友，你们听明白了吗？"

"小杰！"祝振海终于暴怒。赵雪将女儿拽下椅子，一把推向楼梯。

祝墨毫无反应地走过去，往二楼爬，爬到一半坐下来，抱着膝盖在台阶上不动了。

"我叫祝杰！"

祝杰的腘窝和肌纤维断裂的腿后侧被猛然一踹，他不得已跪到地上。

"你敢不听家里的安排，我就该打你！"祝振海怒不可遏，"暑假要不是你妈求情，我早就打断你的腿了……"

"来啊！谁让她替我求情了？来啊！"

祝振海面色铁青："我给你时间想清楚，去国外你什么都有，留在国内我就让你这辈子都无法再上场！"

祝杰转身就走。

"小杰，你干吗去？！"赵雪挡住他。

"让开，今后家里就当没我这个人。"

"去过你姥爷家了吗？"赵雪意味深长一字一顿地说，"你以前不是最爱去吗？去吧，听妈的话，好儿子。"

姥爷家很远，过了中午才到，祝杰下了车。

这天这样的事情，祝杰以前也经历过，从小到大，家里对他管得很严。

他和薛业说话那天其实正在崩溃边缘。

那天，自己坐在打靶场外面发呆，突然有谁在碰自己的肩，他回头看去，是薛业。

他递过来一碗绿豆汤，祝杰不知道他叫什么，也没和他说过话。

"杰哥，你睡我的上铺，收我当跟班吧。"

时间匆匆一晃就是三年。

在姥姥的房子里祝杰睡了一个好觉，这一刻翻箱倒柜把落灰的箱子搬出来，再依次打开。训练服在樟脑的保护下静候着主人归来，带它们重振雄风。

衣服都是全新的。祝杰穿好一身去照镜子，镜中的自己比十四岁高出了不少。三年不曾间断的体能训练打磨出一名成年运动员，可他实在不喜欢跑步，跑久了脚疼。

每一回跑完耐力跑，几万米下来，别人揉腿，他揉脚。

早七点，祝杰被手机振醒，是薛业的短信。

"杰哥，我晚上七点到医院。"

还有十二个小时。祝杰动动手指回复了一个"好的"，起身去洗漱。

晚上六点薛业提前到医院，棕书包里除了现金还有两套训练服、一双跑鞋。他没想到张蓉居然也在。

"干吗，没等到小杰只等到我这么不高兴？"张蓉奉命而来很疲惫，"你和你杰哥真是一个脾气，心里有点儿什么根本藏不住，全在脸上。"

薛业赶紧往上提嘴角："杰哥呢？"

"他啊，有点儿事，可能来不了。"张蓉给了他一瓶水。

可能来不了。薛业默默地拧开瓶盖，只喝了一口。

"他不来我来了啊。"张蓉说。

薛业不接话，从书包里取出一个信封："五万，我先给您这些。"

毕竟，健将级运动员的康复医生给他诊治，后续治疗不可能便宜。

张蓉把信封推回去："别闹，你杰哥说归他管，你只要配合治疗就行。我要收你的钱了他真和我翻脸，他那个脾气你最清楚。"

薛业点了点头，他知道："我这个伤全治好到后期费用，要多少钱？"

"这个你不用操心。"

一位戴眼镜的女医生走来认出张蓉："你怎么来了？"

张蓉优哉游哉地站起来，双手插兜非常飒爽："陪一个小朋友过来扎针，怎么是您哪？王主任亲自操刀，我该说他命好还是命不好啊？"

薛业没动静，张蓉立马踹他的鞋，薛业这才知道站起来朝王主任微微鞠了一躬。

"挺有礼貌。"王主任推了推眼镜，"X 片和 CT 二维影像我看过了，小运动员受这个伤有点儿可惜，片子和专家会诊，错位方向还有的救。跟我来。"

"快说谢谢啊。"张蓉提醒。

"谢谢。"薛业没头没脑地说，"不是七点吗？"

"有病人临时不来。"王主任回身笑道，"还不愿意了？"

"愿意，这孩子从小搞体育不太会说话，您别介意。"张蓉打圆场："快走。"

薛业再没眼色也知道跟着上楼了。屋里没有上次暖和，脱净上衣皮肤起了一层小疙瘩，他趴好等待挨扎，果真，一排排的针灸针、酒精灯和通电仪器被推过来像要逼供。

"腰肌劳损，练什么的？"王主任为人冷淡没有老李健谈。

"三级跳。"薛业往上提了提裤子。

"刚做完消毒，白做。酒精过敏，擦过的皮肤起红。"王主任的眉头皱起来了，"腰上的疼痛点多，忍着。"

薛业再一次趴好，后腰被酒精重新擦过瞬间变得冰凉。

祝杰眼角血红地回了家，门在背后被关上。

屋里鸦雀无声。

"回来了？"祝振海仍旧在喝茶。

"回来了。"祝杰双手插兜站在玄关处。

祝振海痛恨祝杰这样，像那个篮球教练："回来了就上楼反省，下周去国外。"

祝杰很累地靠着门："我回来是为了拿包。"

桌上是他的运动包，除了这个，还有一个。

祝杰飞快地将包斜挎，又一把抄起坐在台阶最下面的祝墨，像拎包一样将她拎了起来。那天的对视让他有种想把祝墨带出这个囚笼一样的家的冲动。

祝墨没有挣扎和反抗，只是被单手抱稳的刹那搂住了哥哥的脖子不放，被祝杰抱着走出了那一道门。

半晌，赵雪拿来一条毛巾给祝振海擦脸："报警吗？"

"不用。"祝振海的手因为愤怒而发抖，"我看他带着祝墨怎么活！"

薛业又一次疼到浑身冒汗。

"嘶……"一个没忍住薛业疼出了声。

"忍着点儿小朋友。"王主任左手持止血钳夹百分之九十五的燃烧酒精棉球，右手握笔式持针，针体深入外焰，通红时果断下针，动作快准狠。

听见门被敲响了，她头也不抬地说："张蓉看看谁来了。"

有人敲门？薛业竖起耳朵咬着牙，是祝杰吗，祝杰来了？

张蓉已经起身，拉开门的瞬间没忍住将祝杰揽住了："臭小子，你没事就好！"

"能有什么事。"祝杰将她推开一点儿，胸口疼，"薛业人呢？"

"最里面扎针呢。"张蓉仔细打量祝杰，眼角已经红了，"你又去姥爷家了？！"

"嗯。"祝杰顿了顿，居高临下地看向腿边，"这个怎么办？"

张蓉也跟着往下看，一个小女孩躲在祝杰的大腿后面，同样一身全黑衣服，神色空洞地看向正前方。

张蓉把两个孩子拉进屋，锁上门："你怎么把她带出来了？"

"我怕我走了祝振海迁怒于她。"祝杰扔下祝墨进屋找薛业。薛业刚好在休息，肘部撑着前身往这边看。

又是出血似的眼角，薛业跪在床面上："杰哥，你怎么了？"

"跑得急。"祝杰看着他，"疼吗？"

薛业摇头："不疼啊。我不怕疼。"

"得了吧。"王主任回来打脸了，手里多了一整瓶酒精棉球，"先消毒，近一年打过破伤风没有？"

"打过。"棉球往薛业的伤口上狠压。

"这习惯不好啊，得改改。"王主任见怪不怪，从医几十年见过的各类病例数不胜数，这两个在她眼里就像小蚂蚁似的，"趴下，还没扎完呢。"

"还有啊？"薛业咕哝道。

"有，你遇上我算有福气，别人下针没我的利落劲儿。"王主任又把火点上，看一眼不好接触的祝杰："你，坐他面前看住了，别让他乱动。"

薛业刚刚趴稳，捕捉到不同以往的脚步声。一个小小的影子在移动，走到离他几米之处停下，还没有床面高。

小孩子？薛业不敢乱动，是个小女孩。她看薛业，薛业也看她，谁也不吭声。

谁家的？一身全黑衣服倒是和祝杰挺像，就是看着有点儿营养不良。

"薛业。"祝杰拉了一张椅子，猜他想问，"这是我……妹。"

祝杰有妹妹？祝杰居然有个妹妹！薛业真的不动了，后腰被红透的针连续戳刺也如同无感，只剩眼珠乱转来回对比这两张脸。

好窄好小的一张脸，不像祝杰有尖下巴，小女孩没有穿鞋，脚上是一双黑袜子。

王主任往外侧挪步："小朋友离阿姨远一点儿，有火。"

不料小黑影走得更近了，三米、两米、一米，照直冲着另一个一身黑衣的人去，眼睛却看着床上的人。

"哥哥抱。"祝墨突然伸手。

祝杰没反应，眼神照样很冷。他随便用手钩住她的衣领，拎包似的将人拎过来。

"杰哥，你还有个妹妹啊？"薛业这才回神，"都没跟我说过……一句没提过。"

"初三那年我妈生的。"祝杰伤痕累累的后背向前弓着，"也很少交流。"

薛业被祝杰的妹妹盯得有点儿发毛。

"杰哥，你妹妹叫什么啊？"薛业出于礼貌地问，从没和小孩接触过。

"祝墨，墨水的墨。"

祝墨。薛业捉摸不透，开始想象祝杰小时候是什么样，可能同样不爱说话。

张蓉回来的时候，就看见祝墨站在床边没人管。王主任看见她先喊："快把这孩子抱走，我手上有火。"

张蓉把祝墨抱到隔壁床上，套上临时买的儿童雪地靴，再一摸小手冰凉："冷吗？"

祝墨摇摇头，趴着出溜下来站回刚才的位置，仰头看着他们的脸。

张蓉锁紧了眉头："你俩别只顾着聊天，妹妹要抱呢，小杰！"

"祝杰。"祝杰这才挪出一点儿注意力给旁边的人，绷着难以被打动的脸研究起祝墨的反应。

看自己，为什么？祝杰研究徒劳无果。

祝杰从包里拿出薯片递给祝墨，一句话没说。祝墨接过薯片，小手伸进去拨拉，拿出一片比较完整的吃得津津有味。

　　祝杰和薛业看着祝墨，两个人同样迷茫。这可怎么办？

　　不一会儿王主任扎完火针，取来冰敷袋让薛业休息。屋里只剩四个人，张蓉的眉头始终没展开："祝墨你打算怎么办？"

　　"没想过。"祝杰掷地有声地说，"我想办法。"

　　"你没办法。"张蓉看向他，臭小子，刚十八岁就以为自己能挑大梁了，可她是疼祝杰的，心里百转千回，"要不我先带走照顾？"

　　"不行。"他和张蓉对视一瞬，两个人都闭嘴。把祝墨交给张蓉，祝振海指不定会做出什么事来。

　　"杰哥。"薛业对祝墨充满好奇心，"你怎么把她带出来了？"

　　祝杰想了想，只想薛业安心养伤："爸妈出差，她不跟保姆。"

　　"不跟保姆……"薛业眼睛一亮，"她跟咱俩吧？我挺喜欢她的。"

　　晚上，张蓉送他们回学校，叮嘱完才离开。周末人不多，薛业一直想仔细看看祝墨，可她认生，只黏着哥哥。祝杰把祝墨单手抱回了男生宿舍。

　　进屋后祝杰接到孙康和教练同时发来的微信，让他去体育办公室详谈。祝振海动作这么快？祝杰交代薛业把门反锁上，转身离开。

　　独处了，薛业斟酌着怎么做自我介绍。我是给你哥哥拎包的？不好。你哥哥是我哥？更不好。最后他刚要开口，祝墨不哭不闹地坐回哥哥的椅子上，继续吃薯片。

　　算了，他先把作业交了吧？薛业打开电脑，聚精会神地处理系院统一发送的信件。比赛随行总结写得不错，下次他试试写通信稿……不知过了多久后背上突然搭上一只小手。

　　"妈啊！"跳远运动员的反应强烈，薛业吓得不行，才想起来屋里还有祝墨。

黑头发到腰，齐刘海，下半张脸和祝杰不像，上半张脸神似，小女孩比自己淡定，是祝杰的妹妹。

薛业胆小，觉得自己刚才太丢人了，硬着头皮开口："你……"

"门怎么锁了？"陶文昌在外敲门，屋里亮着灯不会没人。

"来了。"薛业放他进来后再赶快把门关上，"杰哥让我锁的。"

"锁啥啊。"陶文昌一进来就愣住了，一个小女孩坐在薛业的位置上看电脑，抱着一袋薯片，一身全黑衣服还神似祝杰。

"这是谁啊？男生宿舍怎么带个女孩进来？"

"杰哥的妹妹。"薛业想显得自己和妹妹熟，"叫祝墨，墨水的墨。"

陶文昌完全惊呆，祝杰还有个妹妹？薛业这么僵硬的肢体语言摆明和小姑娘不认识，他又不懂打开陌生人交流市场，估计正愁得头大。

保姆光环再一次大放异彩。

"祝杰的妹妹啊，来，帅哥哥好好看一眼。"陶文昌蹲下和祝墨平视，"我叫陶文昌，是你哥哥的室友和同学。请问祝墨小朋友几岁了？"

祝墨想了想，伸出手比四个手指头。这个人比哥哥爱笑。

"四岁了？"陶文昌吃惊，四岁长这身高有些矮啊，性格也不开朗，"那帅帅的哥哥抱你行吗？"

薛业替祝墨答了："杰哥不在谁也别碰她。"

"你这么紧张干吗？给小美女吓坏了。"陶文昌眉梢微挑，他小声地问面前的人，"你别怕他啊，他叫薛业，是你哥哥的好朋友，好人，我是大帅哥，也是好人，你小名叫什么啊？"

祝墨和他对视，随后眉毛朝眉心靠拢。正当陶文昌感叹这丫头习惯皱眉的样子像极了哥哥的时候，听到一声童音。

"妈妈说我叫墨墨。"祝墨害羞了，跑回哥哥的座位玩桌上的沙包。

服了。陶文昌搓着手站起来，以后祝杰带着薛业和他妹全靠脑电波交流吧，说句话真费劲。

祝杰回来时门还锁着。他敲门，听到里面传来一声"马上"，是陶文昌。半小时之前，他的三周因伤休假变成半年禁赛，年初的赛事、冬训和春季联赛已经和自己无关了，不归队训练。孙康比祝杰还震惊。

这在祝杰的意料之中，这只是警告，逼自己回去认错。

我才不回去。

陶文昌把门打开，祝墨坐着，薛业束手无策地站着。

"怎么了？"祝杰先问薛业。薛业还没开口，祝墨从座椅上蹦下来，小跑过来抱他的大腿。她抱得很紧，紧得祝杰开始迷惑。

"哟，还真是亲哥啊，怎么哄都不说话，挺黏你。"陶文昌先锁门，再看薛业。

要不说薛业没情商呢，这是你杰哥的妹妹，还不使出浑身解数拉近一下关系？结果他就傻站着不吭声，给四岁小姑娘泡了一碗方便面。

"杰哥。"薛业双手搓着外套，"祝墨晚上没吃饭，给她泡面了，不吃。"

"不吃？不吃就是……不饿吧。"祝杰拉着祝墨的领子带回座位，"你吃饭没有？"

薛业摇头："我吃面，她不吃浪费。"

祝杰的胃疼了一整天，这一刻头疼怎么解决祝墨的事。

"咱俩一起去买饭吧，我也没吃呢。"陶文昌打赌三天之内祝墨必饿死在这两个人手里，除非自己伸出援手，"薛业你锁门。"

薛业应了一声把门锁好，确实饿了，拿面桶回座位上准备开吃。

他刚放好调味包，祝墨悄无声息地站在右侧一米外。

小孩子走路都这么轻吗？薛业差点儿又跳起来。

"哥哥抱。"祝墨用两只手揉眼睛，揉完朝外伸手。

这是什么意思？翻译机陶文昌又不在。薛业抱着面桶开动思维，嘴张开又缓缓合上，合上一会儿又张开，最后凳子往后挪了挪。

"吃面吗？"薛业挺酷地问，还和祝墨比了一下手，真小。

这个人手上和哥哥一样，贴了黑色的胶带。祝墨开始放松，点头。

见她点头了，薛业赶紧把桶递过去。谁知她又不接，但没有刚才那么抗拒，只是摇头。

"不要？"薛业来回搅动叉子，碰运气似的挑起一根面条，往祝墨嘴边戳了戳，"我喂你。"

祝墨听到肚子里"咕噜"一声，有点儿委屈，不懂自己为什么被拎出家了。

"不是……"薛业不知道哪一步做错了，看祝墨要哭，赶紧把面放下了。

祝墨撇了撇嘴："哥哥不好。"

哪儿不好？薛业看不得祝墨掉眼泪，把人抱上大腿继续喂："你哥最好了，真的。"

祝墨被抱才肯张嘴，面条抿进去嚼得非常慢，小声地说："哥哥不好。"

"不是，杰哥最好了。"薛业用一次性筷子夹面条，喂小鸟似的，一根一根地给她递到嘴边，"现在跟着我说，哥哥最好。"

"哥哥坠好。"祝墨一板一眼地学，"坠好。"

"对，坠好。"薛业把长面条夹断，再喂过去。

薛业想起初二的时候自己也有机会当哥哥，可惜妹妹没留住，二十八周出现血溶的现象。要是妹妹活着，现在差不多比祝墨大半岁。

突然一张刚嚼完面条的小油嘴亲了薛业。

薛业的血全涌向脸颊，皮肤瞬间通红。被亲的地方亮晶晶的，沾到了油。

他居然被祝墨亲了！

"你……"薛业紧张一瞬又松弛下来，祝墨还小，不懂事。

祝墨吃完一口面，张开粉红色的小嘴巴等着吃下一口。这个人不笑了，她也不敢笑了，眼睛里噙着泪珠："我要哥哥。"

这变脸的速度让薛业手忙脚乱，他在忙乱中把祝墨抱住劝："杰哥马上就回来，你别哭啊。"

"杰哥……"祝墨摇摇头，自己把鞋踹掉露出小脚丫，"哥哥不好。"

"好，杰哥他坏好。"薛业忍不住去摸那一把长头发，很软。原来这就是小女孩，又笑又哭又亲人，吃饭要喂。

餐厅外，陶文昌问祝杰："以前没听你提过啊。不会是你家捡的吧？"

"你才是捡的。"祝杰没好脸色，继续思考怎么应付眼下的情况。

"你会不会说人话？"陶文昌往前走，"实在不行送回家吧，她不跟保姆可能是闹脾气。小孩都这样，过两天熟悉就好。"

祝杰不假思索地拒绝："不送。"

"那她晚上住哪儿？"陶文昌真怀疑祝杰会不会带孩子，"墨墨，挺好听的。"

祝杰很困惑："谁？"

"墨墨啊。"陶文昌立刻知道了，"你是她哥，不知道你妹小名叫什么？"

"知道。"祝杰故意转移话题，"学校附近有酒店吧？"

陶文昌懒得拆穿他根本和祝墨不亲的事实："有，要开房对吧？"

"我开房给祝墨住。"祝杰说。

"四岁怎么住酒店啊？"陶文昌懒得再问，给这晚不回宿舍的孔玉打电话。

孔玉这人心气高，可不太计较，一听祝杰的妹妹没地方住，慷慨让出床位给小妹妹睡一晚。

祝杰没有反对，能对付一天是一天吧。

再进宿舍，祝杰首先看到祝墨趴在薛业的床上："怎么让她上你的床了？"

薛业一个劲地搓外套兜："杰哥我错了，我可能把祝墨喂坏了，她吃完面说肚子疼，我就让她上床歇着。"

祝杰走到床边观察自己的妹妹。祝墨偏着头看他，躺在薛业的枕头上，表情不是很舒服。

半晌，祝杰艰难地开口："胃疼啊？"

祝墨摇头，肚子有点儿疼。

陶文昌只想甩祝杰一脸育儿经，这么小的孩子你问她胃疼不疼，你直接给她揉啊！

陶文昌不得不再一次伸出援手："你俩先给她弄点儿热水喝，揉揉肚子。我去药店买小儿消食片。"

说完他便走了。薛业垂头看脚尖，看够了再围着床溜达，一直不敢坐下："杰哥，杰哥我真不是故意的，我不知道她能吃多少。"

"没事。"

薛业于心难安："杰哥，我错了，不该喂她太多。要不去医院吧？"

用去医院吗？祝杰将脸转正，祝墨眼睛一眨不眨地看着他，还挺精神。

"不用，等陶文昌买药回来。"

薛业走神地朝祝墨那边伸手，试着搭在床上。祝墨将枕头扔掉，抓这个人的手。

只不过这只手太大了，祝墨勉强抓住两根手指。

她要和自己击掌？薛业合拢手指试图抓她，可祝墨将小手一松，缩回去继续趴着。

很快陶文昌敲门，气喘吁吁地跑回来，马不停蹄地接水再拿药："帅哥哥跟你说啊，这个药一点儿都不苦。"

四岁的小姑娘肯定不爱吃药，哄呗，女人上至八十岁下至八个月都吃哄。谁知祝墨不带犹豫地吃了药片，自己举着杯子"咕咚咕咚"喝光水。

"可以啊，吃药这么乖，比你哥好说话多了。"陶文昌夸祝墨，"帅哥哥给你吃药，小朋友是不是要说谢谢？"

"谢谢哥哥。"祝墨努力记住这张脸。

陶文昌兴致勃勃地教她："是帅哥哥。"

"谢谢帅哥哥。"祝墨说。

陶文昌开始逗她："帅哥哥送你个礼物好不好？"

礼物？祝墨点头，朝他伸手。陶文昌乐了。既然说了就要送，他把买搓澡巾附赠的小礼包拿来，里面是一条儿童搓澡巾，上面有个灰色大象。

祝墨被它吸引伸手要拿，陶文昌按住不放："帅哥哥对你这么好，再说声'谢谢'吧？"

祝墨蒙了，拽着小澡巾就是不肯开口。陶文昌心软，松开了手："唉，送你了。"

陶文昌拆了一个快递包裹，入耳式耳塞。他刚收到孔玉的微信，明天他的老师来体院授课。

下一秒，祝杰从浴室出来了，可陶文昌最先注意到的是祝杰身上有伤。

薛业显然也注意到了。

"杰哥，你怎么受伤了？！"薛业直面祝杰的伤口，"疼吗？"

"疼。你有药？"

"没有……"

祝杰看着他："明天会出公告。"

"什么公告？"薛业的脸一下白了，千万别是……

"被禁赛了。"祝杰不在意，"提前和你说，不用担心。"

几秒钟内薛业从错愕到茫然："不行啊，杰哥你不能被禁赛，这留档案的，还能不能救？冬训……"

"半年，又不是大事。"祝杰打断薛业的话。

陶文昌回过神，先指薛业的床："那个，墨墨刚才自己脱衣服，我把帘子拉上了，她是不是要睡觉？"

"薛业。"祝杰开始收拾包，里面是一副拳套、两瓶香水，"看看祝墨干吗呢？"

薛业几番欲言又止，掀开帘子，豆腐块被抻平了，祝墨趴在被子里动来动去，好像在闻枕头。

她像个小动物，不像个小姑娘。不等薛业反应，祝墨放开枕头朝他伸胳膊。

"怎么了？"薛业靠近。

祝墨一下搂住薛业，先在他的脖子四周使劲地闻，最后在他的左脸上亲了一口。

"你瞪什么？"薛业不敢动，怕自己一动祝墨摔下来。

"瞪又怎么了？"陶文昌笑着，"明天晚上孔玉的老师带同门来讲课，你去不去？"

孔玉的老师？带同门？师兄们要来了？薛业连忙点头："去，给我留个座位。"说完怀里一轻，脖子上的挂件没了。

"祝墨。"祝杰把自己的妹妹塞回被子里，"好好休息，别乱动。"

祝墨眨眨眼，看着哥哥身上的伤口小心翼翼地说："哥哥不好。"

哥哥不好？兄妹连话都没说过几句，自然没感情。祝杰一边思考，一边和她对视。

"自己穿。"他拿了一件黑色的衣服递过去。

"谢谢哥哥。"祝墨迅速穿好，随后一动不动地站在被子上。两个人对视无言，一家人尴尬到这个份上祝杰也是服了。他不知道祝墨对自己是什么感觉，但他猜她怕自己。

自己的 T 恤在她穿来完全是裙子，一下遮到小腿。祝杰皱起眉，回想她的头发什么时候长过腰的，完全没印象，刚出生的时候祝墨还没长头发。

奇怪的事情就在这时发生了，祝杰瞪着祝墨，有些不知所措。

她抱自己？她为什么要抱自己？她和自己熟吗？

祝墨的胳膊很短，很细，搂住他的脖子还想搂肩。她也是真的矮，往前欠身的时候必须踮脚，否则贴不过来。

将来她能长过 1 米 5 吗？

她为什么和自己这么亲密？

她有什么意图？

祝杰想不出来答案也无法应对，最终还是拎着她的衣领，把她从自己身上揭下来。

"祝墨。"祝杰开口无话。

"哥哥坠好。"祝墨不再敢过来，小心翼翼地蹲下抱起薛业的枕头，往被子里钻。

"你，闪开！"陶文昌一脸冷飕飕的表情，很少疾言厉色只是看不下去了。祝墨显然就是想让人抱啊，这两个人是真不懂还是在装瞎？

"来，墨墨，帅气哥哥抱你去睡觉了。"陶文昌拍拍手朝祝墨张开怀抱。祝墨几乎是立马钻出被窝，牢固地抱住陶文昌的脖子。

薛业却很紧张，拳握得很牢："你不能和她一起睡。"

祝杰也看了过来。气氛瞬间剑拔弩张。

陶文昌真的佩服他俩神奇的脑回路:"我抱她去孔玉的床上睡。"

薛业难得没有回嘴,看向祝杰,眼神有些迷茫:"杰哥?"

"算了,睡觉吧。"祝杰拍了拍枕头让薛业睡觉。他和陶文昌高中势不两立,但这人不坏。

陶文昌懒得搭理他俩,脖子被抱得真够紧,这孩子是有多缺爱:"墨墨自己睡,昌子哥去洗把脸,回来给你讲小澡巾的故事。明天咱们买新衣服啊,买裙子,咱们和某人不一样,不一身黑衣服,让他自己黑着去吧。"

祝墨眼睛一亮,不安地揪着手指头。她想穿新裙子,也想要哥哥,可哥哥不理自己。

"想要小裙子是吧?明天咱们买,小姑娘穿鲜艳一点儿的衣服。"陶文昌把祝墨安顿好,回头一看,薛业正往上铺爬。

这两个人,很绝。不过……祝妹妹倒是挺可爱,比自己的两个小表妹乖很多。他拍下一张祝墨的侧脸照,发给了俞雅:"漂亮吧,我妹妹!"

十几分钟过去俞雅没回消息,陶文昌开始钻研。这是套路吗?自古套路得人心,但自己还就吃这一套。

这一夜祝杰总是醒。他无数次痛苦地醒来,又一次次沉入梦里。

他一直睡到快八点,陶文昌起床了。

祝杰后知后觉:"祝墨呢?"

"嘘,小声点儿……你还知道祝墨啊,睡着呢。"陶文昌一针见血地说,"你要真不会带就送她回家,她太小,离不开人。夜里去过一次厕所,我偷着抱她去的,藏咱们屋里不现实。"

陶文昌又说:"我只问一句,孩子白天怎么办?"

两个人不吭声了,陶文昌再说:"孔玉晚上回来,墨墨不可能住宿舍里。夜里睡在哪儿？"

他俩还是不说话，陶文昌叹气，祝墨一来这两个人的人设全崩，什么酷啊跩啊冷漠啊，都不会，完全就不会正常社交。

"薛业，白天你先带着她。"陶文昌安排工作，"我和祝杰有训练任务，带着她不方便。"

"行，我带着。"薛业想将功折罪，"杰哥，你放心，我看着她。"

"嗯。"祝杰同意了。

陶文昌沉默，说等于白说。

两系的课程时间不一样，八点半祝墨自己醒了。陶文昌当爹又当妈，抱她去浴室洗脸，往她嘴里挤牙膏，让她随便嚼嚼再漱口，像照顾亲表妹。最后他将人干干净净地交给薛业，祝墨手里还攥着小澡巾。

祝墨很安静，似乎谁抱都可以，抱着就乖了，可和谁都不爱对视。薛业不会扎辫子，长头发只能乱糟糟地披着，祝墨眼神空洞不停地寻找着谁。

这种空洞不像有生命力的孩子，眼珠黑又大，但是没有光。

祝杰和薛业不懂可陶文昌明白，祝墨是在找她哥哥。最后三个人互打掩护，顺利带祝墨溜出宿舍楼。

"每小时记得发信息，有事打电话。"祝杰调整好状态，昨天只留下伤口，其余事一概翻篇。一夜成人大概就是这个感觉。

"哦。"薛业牵着祝墨往反方向走，"杰哥。"

"嗯？"祝杰和陶文昌同时回头。一个看薛业，一个看祝墨。

"电话，我没事能打吗？"薛业想起那些伤。

祝杰愣了一下，禁锢已久的力量从心口裂开，以几何倍速膨胀、扩张，凝聚只属于他自己的生命力，尽管摇摇欲坠可他自由了。

"能啊。"祝杰只是点头，像换过一副血肉，"想打就打，随时接。"

"谢谢杰哥。"薛业满足了，抱着祝墨去东食堂，途经被一堆学生厚重地围着的告示栏。

薛业从不凑热闹，可听到了"祝杰"两个字，往里面望了望。

杰哥的禁赛公告。薛业愣了，来不及读上面的字，先冲进去。他以为会像常规操作，领队口头传达，没想到竟然出公告了！

上面的照片，还是运动员参赛证件上的那张。短短两周，祝杰从万众瞩目的中长跑冠军变为被禁赛队员。

薛业经历过这种事，感同身受。无能为力的痛苦压住了他，他望着天空，喘不过气来。

那不是别人，那是杰哥啊，怎么会？

"那个就是，我哥哥。"祝墨看不懂这些字，哥哥的照片在前面贴着，急得身体倾斜要往前凑。薛业立马清醒，抱着她往人少的地方走。

祝墨不喊也不反抗，任薛业抱着走远，一直走进食堂。可无论他们走到哪儿都逃不开这个噩耗，总有人眉飞色舞地谈论着。

薛业愣在原地，出神地看着他们的表情。

"哥哥不好。"祝墨抱过来，摸了摸薛业的下巴，开始闻他喷过香水的脖子。

薛业心里一沉，找到座位把祝墨放下。她不说话的时候和祝杰很像，像对什么都没兴趣，其实什么都想看。

"你哥哥……"半晌，薛业终于有了表情，牵强地扯动嘴角，"你哥哥最好，别记错了。"

祝墨眨了眨眼，肢体动作很少："哥哥坠好。"

"嗯，哥哥坠好了。"薛业呆看着祝墨。

祝杰走过公告栏时只瞥了一眼，看笑话的人不少。他一向冷漠，轻蔑地扫回去，没人敢和他直接杠。

他唯一担心薛业，薛业脑子里一根筋，将比赛的事看得很重。祝杰摸着手机，电话心有灵犀地响了。

"杰哥。"薛业面前放着两碗馄饨，自己吃一个，给祝墨喂一个，"祝墨突然说……想你。"

"她想我了？"祝杰问。

薛业给祝墨擦了擦嘴："杰哥，公告上……真的假的？"

"没事。"祝杰又路过一个公告栏，"半年就好。"

"真的？"

"真的啊。我骗过你吗？"祝杰说。

"哦……那行，杰哥，你放心，我没事，你也别往心里去。"薛业看向旁边，"小粉丝要和你说话。"

"谁？"祝杰没听清。

"哥哥坠好。"祝墨奶声奶气地强调。

祝墨。祝杰放下手机，仍旧不相信她将来能长过1米5，小不点儿。他继续往前走，再一次摸出手机，打电话给张权。

"小孩，你至于起这么早吗？"张权打着哈欠。

"运动员，习惯了。"祝杰持续逆行，"明天去，给我留个位置。"

张权坐了起来："你来真的啊？"

祝杰与旁人错身而过："给多少钱？"

"按积分和场次结钱。不过你得起个诨名，没人用真名。"张权又躺回大床上，"小孩，叫什么啊？"

祝杰看向天，并不是很蓝。薛业很喜欢看天，高中经常望天发呆，眼里存满不甘心之色："Sky，海报上那笔奖金，我要定了。"

薛业刚刚擦好桌子，祝墨指着胸口看他："衣服没洗。"

衣服？薛业仔细一看，黑衣服上有牙膏渍，肯定是陶文昌带她刷牙时不小心弄的："没事，能洗，等我上完课带你回去洗……"

上课？薛业一开始是这样打算的，瞬间变了口风："带你去买新的。"

祝墨持久空洞的黑眼珠有点儿亮了。

带着祝墨去买衣服，搁在昨天完全是不可能的事，薛业清楚自己的情商，和成年人相处都有问题，小孩子更令他焦头烂额。

但是祝墨眼里的那一点点微光，让薛业改变了主意。

祝杰的妹妹，虽然不爱说话，还经常做一些自己摸不透的动作。可她是祝杰的亲人，那也算是自己的……半个亲人吧。

他得对她好。

出了食堂，薛业牵着祝墨的小手往西校门走去，那边有商场。祝墨走路很慢，好像不习惯长时间走路，腿没什么力气，还没到一半就原地不动了。薛业怎么劝都没用，刚想再劝试试，她抱着膝盖蹲下了。

他像祝杰那样，把她拎起来？不行吧，腰伤不能拎重物。

"怎么了？"薛业只好蹲下来，两个人在路边一大一小抱着膝盖。

祝墨想要人抱，朝他伸了伸胳膊。

薛业看不懂："你……胳膊疼？"

不疼，祝墨只想要人多抱抱自己。她摇摇头站起来，慢吞吞地来到薛业面前，猝不及防地亲了他一下。

"哥哥抱。"她又伸出小胳膊，"哥哥抱我，你也抱我。"

但凡通晓一些儿童心理，薛业就会懂这只是撒娇。小孩子都这样，很会看脸色，知道谁会疼自己、宠着自己。

问题是薛业不懂，被祝杰的妹妹亲蒙了，脑袋一热，不顾腰伤抱起了祝墨。

张蓉一早先联系祝杰，再联系薛业，中午赶到西校门时大吃一惊："你给她买衣服了？"

她根本没认出来。

"嗯。"薛业点头，手里还拎着两个包。左腕上的金属手环防他走丢，右腕上粉色的母子牵引绳防祝墨走丢。

"她想穿裙子。"他补充。

昨天一身全黑衣服的小姑娘穿着不合时令的白纱裙，站在十一月底的大街上。薛业怕她冷，特意多套了一条白色的小棉裤，上身是米老鼠毛衣，套着大大的羽绒服。

小姑娘左手腕上也是一个手环，弹簧绳连着大人，背着棕色的小书包，躲在薛业的大腿后面。

"她说她不冷。"薛业又补充，怕挨骂，毕竟是祝杰的妹妹。

张蓉哭笑不得："是，穿这么厚肯定不冷，就是……"就是这穿衣品位也只到这一步了，看得出来薛业不善于这些，他尽力了。

"都是你给她挑的？"张蓉问。她眼里，这三个人都是孩子。

薛业点头，还给自己买了一条黑色围巾挡喉结。他觉得祝墨不好沟通，殊不知在张蓉眼里，他就是长大了的祝墨，同样不好沟通。

"挺好看的。"张蓉违心地夸赞，能怎么办哪，祝墨都穿上了，她搞篮球教育，孩子的自信心不能打击，"墨墨好看，穿什么都好看。"

以后可不敢再叫薛业买衣服了，奇葩审美。张蓉终于明白祝杰为什么让自己买衣服送过来，薛业绝对能把自己穿得不伦不类。

"谢谢阿姨。"祝墨第一次穿裙子，害羞地不敢走出来。

"我眼光……不行，杰哥也经常骂我穿衣服难看。"薛业从兜里掏出一个发卡，"这个……我不会弄，我手劲大，您帮她戴吧。"

小发卡？祝墨主动走到张蓉面前，等着这个阿姨给自己戴上。

"好了，戴上了，墨墨好看。"张蓉轻轻一别，祝墨头上多了个小蝴蝶。

戴小发卡了。祝墨伸手摸了摸，确认头上有东西再躲回薛业身后，轻轻地说了一声："谢谢阿姨和哥哥。"

唉，被打扮成圣诞树了。张蓉不懂薛业过犹不及的审美观哪里来的："怎么想起来带她买衣服了？"

"她……她的衣服不好看。"薛业牵强地笑了一下。自己哪里想得起来，是祝墨的衣服脏了。

小姑娘不要穿黑色衣服，鲜艳一点儿好看。昨晚陶文昌说的。

"买吧，挺好的。"张蓉接过薛业手里的两大包东西，很沉，"你杰哥和我联系过，还是让我带着祝墨住。一会儿我在学校附近找个快捷酒店包月，白天呢，我要工作，你们轮流带着她，晚上我来带。"

"我想要哥哥。"祝墨听懂了，声音里带着不愿意，"哥哥坠好。"

张蓉蹲下来："可是你哥哥要上课，还要训练。晚上你和阿姨住，白天阿姨送你来找哥哥。"

"晚上也要哥哥。"祝墨摇头。

面对小孩子张蓉严厉不起来："那……薛业你先带着她，晚上我来找你们。"

薛业点了点头，把装扮一新的祝墨重新抱起来。

下午……薛业帮祝墨正一正蝴蝶发卡，想着带她去哪儿玩。

晚上六点整，体院的小礼堂被围了个水泄不通。跳远名师张海亮带着两个师弟来交流学习，放眼望去座无虚席。陶文昌特意没穿训练服，挺正经的一身休闲装，约了小姐姐。

演讲六点半开始，俞雅踩着时间赶到："不好意思，我没来晚吧？"

"没有，没有，你要是晚了讲座为你延时。"陶文昌以为她不会来了，"吃饭没有？"

俞雅看向正前方："这学期我减肥。"

陶文昌对她的意思俞雅明白。空窗期两年俞雅也不是不能接受追求者，只是这个追求者太花里胡哨了，跟谁都能聊，情话顺嘴就来。

他给她的感觉……不是很踏实。

陶文昌见俞雅不爱说话也不去烦她，不一会儿俞雅主动问："对了，祝杰的事真的假的？学校都传开了，被禁赛。"

"谁知道他怎么了，我都惊了。"陶文昌憋着一肚子火。自己替他照顾薛业又照顾妹妹。

薛业？对了，薛业怎么没来？陶文昌坐第一排靠左，位子是孔玉预留出来的。他刚要打电话问，只见右侧 A 门处出现一个人，白色高领外套、帆布鞋，冰刀一样的脸还抱着一个小女孩。

祝墨。陶文昌情不自禁地笑了，赶紧招呼："别看了，这边！"

薛业带着祝墨做直播，迟到了，刚刚和 Sky 请了三个月的假。Sky 真够义气，只说有时间上线聊聊就行。自己欠这样大的人情，找机会还吧。

这一刻他弯着腰往里钻，坐下先看旁边："陶文昌，我问你，杰哥怎么又被体育办叫走了？"

"我不知道啊，来，墨墨给我。"陶文昌先把祝墨接过来，"你这腰还抱她？"

薛业不再多问，陶文昌不知道就是真不知道。刚才打电话，祝杰说要去体育办。他到底惹了什么人？

薛业咬着牙，表情有点儿狠。

他再看向前方，热烈的欢迎致辞里除了张海亮还有两个人名，他更熟悉了。严峰、傅子昂，上届田径世锦赛三级跳金牌和立定三级跳的银牌获得者。

师兄？来这么多？薛业紧张得不敢抬头，毕竟三年多没见，自己还跑步去了。

"哎，我们墨墨换新衣服了？"陶文昌不想打击薛业的审美和积极性，但实在太过奇葩，特别是这蝴蝶发卡，又大又蓝，"墨墨，吃饭没有？"

"吃了。"祝墨知道这个人更宠自己，"阿姨给我戴的发卡。"

"好看。"陶文昌不知道祝墨说的阿姨是谁，"想昌子哥哥没有？"

祝墨累了，一只手拿着一只戴墨镜的破风鸭，童声拖得长长的："想了。"

"真的啊？昌子哥哥也想你。"陶文昌有两个表妹，一起长大的，他还会扎辫子，"某人不会给墨墨梳个马尾辫吗？"

"这就是你妹妹？"俞雅分外惊讶。他一直以为陶文昌是个花架子，没想到他喜欢小孩。

"瞎说的，祝妹妹，她哥可是祝杰。"陶文昌熟练地分出一把头发，编起辫子。俞雅偏过头，好像从这个比自己小的男生身上看到不为人知的闪光点了。

薛业竖着耳朵偷听，自己怎么没想到编辫子呢？他光想着教祝墨当小粉丝了。这时小礼堂的灯光渐暗，所有人的音量都在往下降，再降。台上的灯光逐渐变亮，分出两个不同的世界。

嘉宾与听众，仰视和被仰视。

主持人先上来，体院的领导也上来了，可薛业都不认识。直到张海亮上来薛业开始喘不上气，耳膜像处于真空中，完全听不清他在说什么。

师兄来了。师兄比自己大二十岁，薛业刚入队的时候，张海亮已经跳成名了，每次回体校都像一场体育明星见面会。张海亮高高的个子，宽宽的肩，头发有点儿自来卷，会给师弟们带纪念品，看金牌，还把薛业扛在肩膀上去摸高低杠，这一刻三十八岁仍旧风采依旧。

傅子昂和严峰更熟了，吓唬自己最多的就是这两个人！一个比自己大两岁，一个大三岁，都是省队高校生。他们的比赛，薛业坐在电视前看直播，一场没错过。

这是罗家人。

罗季同，名将罗老的徒弟，真真正正的名师出高徒。薛业静静地仰视着他们，听张海亮讲解国内外三级跳的训练方法、三跳比例结构和最后十米的速度，听两个从小最疼自己的师兄讲世锦赛的经验，心跳时缓时快。

别人鼓掌时候他鼓掌，有兴高采烈也有自惭形秽。

陶文昌就没这么悠闲，祝墨伸手，他知道是要抱，结果一抱祝墨就睡着了，趴在肩上不带动弹。他被压久了，整条胳膊发麻。

陶文昌又一次给祝墨理头发，俞雅伸手帮了他："祝妹妹还挺可爱。"

"是吧。"陶文昌很小声地说着，活动着麻痹的肩膀，"特可爱，就是不爱说话，胆子小，不像她哥。"

"想不到你还……挺招小孩喜欢。"俞雅把那枚蝴蝶发卡拿过来看，再还给陶文昌。

不油嘴滑舌的时候，这人还挺可圈可点，加分了。

一个小时很快过去，学生不散只好延长，八点一刻孔玉上台献花，作为张海亮的第一个徒弟，他有实力。灯一盏盏被点亮，学生群开始散场，嘉宾走特别通道去了后台，薛业坐着发呆，像做了一场梦。

原本薛业想去找师兄，又打消了这个主意。自己是运动员，那年头也不回地走了，重回田赛才有资格认师门。他站了起来，陶文昌把祝墨换给他，两个男生完成一个交接仪式。

"睡着了，晚上别给她吃太多。"陶文昌嘱咐薛业，"一会儿你干什么去？"

"先找杰哥。"薛业怕吵到祝墨，安静地往外走着。

"十六！"

薛业的脚步停了。

"我就说肯定是他！"台上是张海亮，身后跟着傅子昂和严峰，再后面跟着孔玉。薛业的脚步一停他们就跑了过来。

薛业回头刚好看到傅子昂跳下讲台。张海亮跑得最快，一下将他搂进怀里，像找到一个走失了的弟弟。

"你这几年跑哪儿去了？！"张海亮想收紧拥抱才发觉他怀里有人，"这是……你妹妹？长这么大了？"

薛业没说话，只是咬着牙，生怕憋不住泄露半个字的委屈情绪。

那年他高高兴兴地告诉师兄们自己要当哥哥了，结果妹妹没了；他高高兴兴地准备进省队选拔赛，结果直接退赛。这一刻他十八岁，尝过痛苦也见过黑暗的东西，又回来了。

师兄不再像记忆里那么高，因为自己长大了。

傅子昂和严峰轮流揉他的头发，拼命揉，把他揉得乱晃："行啊你，长这么高了，让师兄看看……哟，看看脸，和小时候没变样嘛。"

薛业说不出话来，眼里有光。自己竟然和师兄们差不多高了。

"傻了啊？"傅子昂撩起小师弟的刘海，看这看那的，"真是长大了。师父他老人家今年二月份还念叨罗十六呢。"

严峰话不多，很宠地丈量他的侧腰："嗯，现在还跟人横吗？"

"不……怎么横了。"薛业半天才开口，从小一起长大的亲密感让他感觉像回家。

孔玉刚跑过来，后面是白洋，孔玉尽量不把骄傲表现在眉目中："薛业，这是我师父，张海亮。我是他目前唯一的弟子。"

"来，孔玉，给你介绍一下！"张海亮爱惜地搭住薛业的肩，"这是师父最小的师弟，和严峰、子昂同样都是你师叔，罗老教出来的，排行十六。"

"什么？"孔玉不相信，优越感荡然无存。白洋、陶文昌、俞雅全部目瞪口呆。刚准备离场的人又退回来一部分。

"十六啊，这个是你师侄。"张海亮又把孔玉拽过来，"没想到跟你差不多大，你们也算同门不同师，你别嫌弃，有空多带带他。"

围住的人不少，有孙康、孙健，大部分是体院跳远、跳高的运动员。每个人都不敢相信眼前这场认亲场景。薛业竟然是张海亮的师弟，比孔玉辈分还高，他的老师是罗季同，体育教练中泰山北斗一样的人物，上过最高级别的比赛平台。

Ａ体大竟然藏着这么个人。孙健的嘴一直没合上，男神就是男神，天生运动员，藏龙卧虎，明天肯定出名了，他必须赶紧要签名。

"来，孔玉，带你认师门。"张海亮很大方地介绍师弟，"叫小师叔吧。你这个师叔啊天赋最高，你师父的师父，罗季同老师亲手带大的，罗十六。"

自己的师父竟然是薛业的师兄，这隔辈的错乱感一下将孔玉拉下一个等级。他不看薛业，别别扭扭地开口："小师叔……好……你不早说。"

"哦。"薛业还有点儿蒙，抱着呼呼大睡的祝墨。他的脸变回曾经起跳时的表情。罗老麾下天赋最高的孩子，师兄们最宠的小师弟，张海亮自愿给他当背景墙。

"师侄好。我说过啊，我不欺负晚辈。"

薛业抻了抻自己的衣领，挡住下巴，早不习惯被人盯着看了。罗十六是从小被师兄们疼大的，师父更是把他从脚心护到手指尖，恨不得拉到每个教练眼前显摆一圈。

"臭小子，跑哪儿去了？也不知道回来。"张海亮老成持重，欲言又止，"抱着的是小妹妹？五岁了吧？"

"四岁多。"薛业顶着乱蓬蓬的头发，从小就是被师兄们揉脑袋的命。

"回来就好。"张海亮在薛业的肩上重重捏了一把，欣慰又心酸。当年的那些事他们知道，薛业突然被爸妈带走，他们一肚子的话想问。

傅子昂搓了搓手："来，给师兄抱抱。咱们师父就是古板，只收男弟子，当年把你抱回来我还闹腾，说好的小师妹呢？"

薛业愣住，想起很多事。教练和运动员同吃同住，训练时有不可避免的肢体接触。恩师就是顾忌这一点才只收男孩子，不给外人捕风捉影的机会。

明年六月份就是恩师的六十大寿，他从小与沙坑打交道，出身业余体校，十五岁从体校被选入市队，十八岁入国家集训队，年纪轻轻闯入健将级别。他是国家级优秀运动员，退役后担任总队教练，但更想亲手培养体校的孩子，把业余体校的好苗子挖出来。

所以恩师回到了他体育梦想的出发点。他无儿无女，把一生奉献给了体育事业，带队员打入世界最高级别的赛事，却让最后一个爱徒摔了大跟头。

薛业记得自己出事之后师父和爸妈都哭了。

见小师弟走神了，严峰晃了晃薛业："找到就好，师父最惦记你。"

"啊？哦……"薛业倾身笑了笑，"我在电视里看你们参加世锦赛了，师兄真牛。"

"牛什么啊，踝和膝都带着伤跳，不然我能让金牌跑了？"傅子昂还在惦记逗小孩，"给我抱抱，别这么小气。"

"没轻没重，抱什么？！"张海亮绷着脸把傅子昂教训了一顿，同门同师的根源在他们之间形成一股凝聚力，如同纽带，超越手足。

虽说竞技体育只看成绩，可罗老的门下绝无失误情况。罗季同的名字仿佛一个印戳，除了转业和退役的运动员，上场必是前三的成绩。

其他人可以和罗家人比努力，但也得服气。

其余的人，包括孔玉，谁都无法加入他们的谈话，只能震惊地看着。陶文昌偷偷拍了照片发给春哥，坐等春哥发出错过好苗子的哀号。

"我怎么没轻没重了？薛业小时候我还抱过呢。"傅子昂不屈服，执意要接小妹妹入怀，"挺轻的啊，比你小时候乖多了。你不让抱。"

"谁让你们吓唬我？"薛业皱着眉，习惯受宠的臭毛病又回来了。

严峰注意到母子绳，使劲揉乱薛业的后脑勺："没吓你之前你也不让碰啊。现在提出表扬，当哥哥很称职。"

这时候祝墨睡饱了，醒来发现抱着自己的人并不认识。她回头找人，想说话又不敢，声音像小蚊子："我想找哥哥。"

傅子昂偏过头仔细听："什么？"

祝墨继续用蚊子声说："我想找我……哥哥。要哥哥。"

"师兄还是给我吧，她认生。"薛业慌张地接过祝墨。

张海亮冷脸破功，不禁笑了笑："咱们十六也有长大的时候，真争气。"

"可不。"傅子昂笑弯了腰，"多像带闺女啊。师弟，要不我收她当弟子吧，这年龄可以开始练了。咱们选拔的时候也就这么大。"

薛业的头轻轻往后抬："我和你差不多高了。"

"别贫了你。"严峰也笑，指着薛业那张扑克脸，"他马上龇牙信不信？！"

好多的人哪，祝墨害怕，抱着薛业的脖子四处乱看，注意力很快集中到头发上，多了两条小辫子。不一会儿她软糯糯的脸上闪过惊喜之色，向右伸直了胳膊。

"那个就是，我哥哥。"

谁？还有哥哥？师兄们同时向左看，一个很高的男生正往面前走来。

来人一身全黑的衣服，圆寸，背黑运动包，引人注目。

祝杰从最后一排下来，拨开人墙走到薛业身边，依次扫过这三张不熟悉的面孔。

"杰哥。"薛业喊他。

"嗯。"

"哥哥来了。"祝墨自己和自己说，朝他伸手。

"来了。"祝杰只是把祝墨接过来，单手夹紧她的胯骨抱在身侧，换手把包给了薛业，"沉，小心腰。"

"不沉啊。"薛业很自然地斜挎上包。

"吃饭没有？"

薛业摇头："没有，祝墨说不饿，带着她买东西去了。"

祝杰扭脸看向旁边："你们是他的什么人？"

"我们？师兄啊，这是我们家十六。"傅子昂很开朗地笑了笑。

"大家换个地方吧。"最后体育部长出面，"找个餐厅边吃边聊，张教练请挪步，大家都去，我请。"

张海亮神情凝重，重重地握了一把薛业的肩："十六，你跟我们走。"

薛业一动不动，看向旁边。旁边的人点头，他才摘了母子绳的手环跟张海亮走："师兄，师父他身体还好吗？还……生我的气吗？"

"老样子，不气，总念叨着你。"张海亮远远地看了一眼身后的人，"谁跟你过不去，就是跟咱们过不去。"

聚餐地点在东校门外的餐厅包间，除了师兄弟，白洋还叫上了孔玉和祝杰。倒不是偏袒谁，只是他考虑得多，万一张海亮急了，这事不能让薛业一个人扛。

毕竟张海亮的苛刻脾气鼎鼎有名，能压住罗老十的人只有罗老本人吧。

薛业又屎又乖地坐正，手插在兜里："杰哥，祝墨呢？"

"给陶文昌带着。"祝杰的视线和张海亮对撞，"没听你说过还有师兄。"

薛业顺手掰了筷子："杰哥，你别生气，我解释。"

"没气。"祝杰放低声音，把薛业面前的雪碧换成茶水，"一共几个师兄？"

茶很烫，薛业吹了吹，开始报家谱："师从罗季同，上头十五个师兄，我排最小，体校出身。"

祝杰一下下地敲着餐桌，十五个师兄等于十五个家属："十五个都和你这么熟？"

"没有。"薛业偷偷挪开视线，"就从师兄张海亮开始。上面的都不怎么认识，我那时候小，他们已经放出去参加比赛了，也有转业的。严峰是十四，旁边那个傅子昂是十五，我们一起长大比较熟。他们都参加过世锦赛了。"

"嗯。"祝杰点了点头。

薛业见缝插针地问："杰哥，体育办找你什么事啊？"

"没什么，小事。"祝杰夹菜给他，"先吃饭，你不用操心。"

薛业端起碗："谢谢杰哥。"

罗季同，原来薛业是罗老的门生，怪不得他听孔玉的老师是张海亮会有那种反应。别人一课难求的名教练是他的师兄，不光孔玉震惊，体院的人震惊，祝杰同样震惊。

孔玉的脸色惨淡一片，从骄傲的张海亮的弟子变成二队替补的师侄。自己的师父对薛业的上心程度远超自己，太打脸了，他简直是在体院众人面前被狠狠打脸。他真想变成一只鸵鸟，一头栽进沙坑里不出来。他还要叫薛业"小师叔"，低了一个辈分。

"照顾不周，照顾不周啊。"白洋起身敬茶，"早知道薛业是您师弟我也不惊讶了。本来啊，他想进二队的，可是这三年没有比赛记录所以系院方面不批。您可得好好批评他，这么好的天资不能放弃。"

白洋这一状告得明明白白，薛业的三位师兄肯定会劝他，再不济责问几句。但是谁都没开口，张海亮的脸色更是凝重。

白洋满心疑惑，他们宠得这么厉害，说一句都不舍得？

"唉，他贪玩，想练就能练。"傅子昂引开话题，把没人动过的咕噜肉端过来，专心挑出一小碗菠萝，"谁叫我们师父最疼他呢，小时候他吃饭都是教练和师父轮番上阵开小灶。吃大锅饭必须我们给他夹菜。"

"是吗？"祝杰看向师兄阵营，面不改色。

薛业差点儿把筷子掉了："不是……杰哥，我那时候还小呢。"

"我们师弟性子倔，你们多让着他一点儿。"严峰把这事当正事来说，"他没挨过管，大家都是运动员互相理解，天性被打压下去上了场没气势。"

"不是。"薛业两腿一夹，"我洗心革面重新做人了。"

严峰把傅子昂挑好的菠萝转给薛业："怎么不是？你是熊猫血，十三岁那年被同班怂恿着胡来。要不是师父及时逮住，你真得挂彩。"

薛业打了个哆嗦："没有，师兄你记错了。"

"什么？原来你是熊猫血啊？"祝杰挑眉。

"可不是。"傅子昂继续补刀，"还怕鬼呢，夜里拉着我俩陪他上厕所，停电了钻我们的被窝。别说，十六小时候不折腾，就是太挑食了，给教练愁的啊，满汉全席轮番上。"

"这么能耐啊。"祝杰意味深长地说。

"不是，他们泼脏水。"薛业别过脸，汗下来了。

祝杰把紫甘蓝推他面前："吃饭吧，小霸王。"

"谢谢杰哥。"薛业往下生咽紫甘蓝。

"那位小兄弟，叫什么？"张海亮忍耐已久，小师弟孤僻又少年意气，对谁好就好到底，不能再让他吃亏了。

"祝杰。"祝杰还算老实,因为光线眼窝显得更深了,"薛业高中同班同学,大学室友,老朋友。"

"杰哥练中长跑刚拿完冠军,刷新一千五百米纪录。"薛业威风凛凛地说。

"可现在被禁赛了。"孔玉及时地补上了一刀。师父最看不得品行不端的人。

"被禁赛了?"果然,张海亮换了脸色,气势区别于这桌初出茅庐的大学生,"祝杰,身为一个运动员,被禁赛,什么正当理由?"

薛业不假思索地说:"杰哥他为我教训人。我被人打了。"

一桌人肃然无声,话题瞬间被转移走了。

"被打了?"傅子昂的笑容迅速消失,"谁把你打了?"

严峰强压下怒火:"傅子昂,注意情绪。"

"你没听见啊,十六叫人打了!"傅子昂的表情一下激动起来,突然又变成心疼,"他就不该离队!当初我让你们劝,你们都不敢拦着!我又说不上话……"

"话多了啊。"严峰提醒他,眼神示意还有外人。傅子昂立即闭嘴,眼神中除了愤怒、后悔、同情还有没人能看懂的悲痛。

这是怎么了?孔玉看向他们,当初薛业发生什么事要离队?他看向张海亮,试图从师父口中探知一二,张海亮却用他从没听过的语气,极尽关心爱护甚至谨慎,冲那个傲得没谱的小师叔问道:"打没打坏?"

"腰废了。"薛业的视线一偏,"但是杰哥带我找医生治呢,都是职业运动员的医生,能治好,三十岁我再退役。"

又是杰哥。张海亮隔着桌子,打量师弟口中的这个男生,对方迎着自己的目光盯上来,不闪不躲。

"先谢过了。"张海亮以水代酒,小师弟当年的事,这小子肯定知道。

"不谢，应该的。"

吃完这顿，张海亮带着师弟们回酒店，明天实地授课。祝杰带薛业往反方向走了，白洋身为体育部长有义务安抚失落队员。

"行了，别难过。"他劝孔玉，"咱们放眼未来。"

"我难过？"孔玉立了立衣领，"我早不难过了。我是不甘心成绩……凭什么？"

"不甘心风头被薛业抢？"白洋替他惋惜，"人之常情。你师父也是得罗老的真传才教你，多少人羡慕你啊。运动员要学会低看胜负，重视进步。"

孔玉皱着眉头，年轻的眼尾折出纹路。

"还不甘心哪？"

"白队。"孔玉松了眉头，"天赋真比努力重要吗？"

白洋偏过头，斟酌许久才说："严峰说，运动员不能打压天性，这话是对的。你师父知道你容易骄傲但从来不说，是保留着你的攻击性。没有攻击性的运动员上场可能会被对手压着打。天赋、努力和野心，共同运作才能决定一个运动员会走多远。"

"你别老打官腔。"孔玉孤零零地吹着风，"说简单点儿。"

"薛业有天赋，肯努力，野心又盛，是天生的运动员。昌子就不是，他天赋和努力够格，可没有太大野心。"白洋和他并排，"你天赋差一点儿，可以拿努力补上，而且你有一点赢过他许多。"

孔玉失落地笑了笑："哄我是吧？"

白洋也笑了："你想没想过，他条件这么优越为什么不跳了？"

"我才懒得想。"

"只能是一个原因哪。"白洋边走边说，"他运气不好，包括他的腰伤。我要是祝杰，三年之内不会同意薛业重返赛场。"

孔玉显然不信："昌子颈椎也有旧伤，你不照样让他练着！"

"别急，你太浮躁，每次比赛都是输在心理战上，对手一激你就输了。"白洋陡然转身，看着他，"背越式跳高是先直线后弧线地助跑，起跳危险系数才大，只要昌子保证背弓姿势，旧伤不会被激活。你们三级跳不一样，姿势标不标准都会伤到腰。不过昌子的颈椎……确实是大隐患，高中时他起跳练得太狠了。"

"谁不狠？"孔玉叹气，"一朝体育生，一生体育生，不能上场参加比赛还有什么意思？"

"所以你运气比薛业好，你随时可以上场。"白洋给孔玉打气，"好好训练，拿成绩说话，你有提升空间。退一万步说……花无百日红，咱们花期短，一个不留意整个运动生涯就此终结，天资再高也会退役。"

"可是……"孔玉跨了半步，"再短的花期我也想争艳。"

白洋说："当年罗老遇上的孩子如果是你，兴许你也是他的弟子。可我不能否认一个运动员的努力，身体强度的指标你也懂，混着血泪磨炼才能换一点儿提升。薛业的成绩对得起他吃过的苦，你也是。想争是好的，但你没有必要不计代价。"

孔玉很不客气地扫了白洋一眼："你就向着他。"

"我向着成绩。要不我说个小道消息你听听？"白洋刻意卖关子，"祝杰的。"

"白队，你什么时候这么八卦？"孔玉再紧了紧衣领，"学生会里都是人精。"

白洋淡定地说："他的处分，不是队里的意思。他没有校外打架。"

不是队里的意思？孔玉有点儿明白了："所以？"

"所以，事情没那么简单。"白洋话音一顿，随后继续说，"祝杰也是运气差。"

孔玉没接话。运气差？薛业当年究竟为什么要离队啊？

陶文昌刚回宿舍，几分钟后，薛业冲进来，翻箱倒柜地找东西："祝墨呢？"

"亲手送到那个张蓉手里了。"陶文昌瘫在椅子上，"我以后再也不和爸妈顶嘴了，不养儿不知父母恩哪，带孩子真累。我……"

"累？祝墨怎么了？"薛业问。

"墨墨不想走，我和俞雅陪她玩到她睡着才抽身而退。你看张蓉给我们三个人拍的合影……"陶文昌笑得玉树临风，"像不像一家三口？"

一家三口？薛业摇摇头，愕然反应过来："你占杰哥的便宜！"

"别，我真不想占他便宜。"陶文昌忙着回微信，"墨墨明天怎么办哪？你带着？"

薛业苦苦思索那个一家三口的深层含义，又愕然反应过来："等等，你在追俞雅呢？"

陶文昌大惊失色："你才看出来？看来我对你的情商的估测还是偏高了……"

"你不是没缓上来吗？"薛业慢慢地往浴室挪步。

"遇见命中注定的人可不就缓上来了。"陶文昌跷着腿，见他步态怪异，"俞雅小姐姐人美心善，说白天咱们谁没课谁带着墨墨，祝妹妹吃百家饭，上课前交接一下……你哪儿疼？"

"你才……"薛业回身。

"干吗呢？"祝杰拎着一袋石榴进屋，"小霸王缓上来了？"

薛业没说话，立马钻进浴室。

短暂沉默后，陶文昌有话憋不住："你是不是早知道薛业练跳远的？"

"高一。"祝杰动了动嘴，"怎么了？"

"怎么了？高一就知道他不是跑步的，那你让薛业没头没脑地陪你跑三年？"陶文昌的情绪过渡到急怒，出于同为运动员的理解和扼腕。

"三年，你知道三年能干多少事吗？能参加多少场比赛？"

祝杰没说话，拿出一个红石榴放在薛业的桌上。他亲眼看过薛业跳沙坑，可即便没看见，暗自留意蛛丝马迹也能猜出八成。

不耐跑的平足、虎口的伤、看向助跑道的眼神和爱跳的习惯，一块块拼图握在手里，他花时间拼出了一个甘于隐藏过去的薛业。

"你高一说'薛业你滚回田赛继续练'，我不信他不回去！"陶文昌站起来，"他是罗季同的徒弟，张钊说他高一就能破和区一中的纪录，你就这么好意思让他陪你跑三年，结果什么成绩都没练出来？"

"陶文昌。"祝杰把薛业戴到破破烂烂的黑色棒球帽摆正。

"有话说！"

"是薛业自己说他跟着我练。"祝杰回答得平静无波，转身也进了浴室。

陶文昌哑口无言，只能在心里狂骂。

陶文昌无力地坐下，三年，一个运动员能有几个三年？

祝杰进浴室时，薛业在刷牙："杰哥，陶文昌和你吵起来了？"

"也不算是吵。腰今天疼了吗？"祝杰拿牙刷。陶文昌的话其实句句在理。

"没疼，试着弯了两次都没疼。杰哥，我想开始复健，行吗？"

"不行，比赛的事没那么急。"

"我急啊，师兄们都参加世锦赛了。"薛业惴惴地求，"一周锻炼两次。"

"没戏。"祝杰含着冰凉的牙膏，"没人说你成绩不好，先养伤。"

"那我养多久啊？"

"五年吧，五年之后我让你上场。"

薛业全身僵住，五年？五年后他都毕业了啊。

"杰哥。"薛业弯着腰看祝杰漱口，"还有商量的余地吗？"

"上肢器械可以。"祝杰打开热水，"下肢不行。"

　　"啊？"薛业神色一喜，立刻懂了，原来不是不让自己练，"谢谢杰哥……"

第八章
绝处逢生
★★★   ★★★

第二天，陶文昌做热身，手机一振，俞雅发来微信："晚上我去田径场。"

"怎么了，一大早满脸傻笑？"白洋提醒陶文昌速度别降。

陶文昌略带期待地收好手机，重新找回高中田赛小王子的澎湃自信："没什么，就是觉得有对象特别了不起，白队，你还单着呢？"

"去你的。"白洋踹了他一脚。

再见到薛业是下午训练前，陶文昌浑身酸疼地跑向田径场，薛业正抱着祝墨，短袖，右腕有护腕，脖子上挂着一条运动毛巾。面前站着的人陶文昌认识，A体大田径队总教练黄俊，大家私下都叫他"黄世仁"。

看见祝墨，陶文昌心情大好："墨墨，想没想昌子哥哥？"

"祝墨，你……不能亲我，我是男的。"薛业正在发愁怎么躲开，瞧见了陶文昌，眼睛立马亮了。

薛业练了三个小时的上肢器械，劳累过度，抱着祝墨大臂不停地抖。

"昌子哥哥好。"祝墨和张蓉不熟，又见不到哥哥所以哭了一上午，被薛业抱着才肯睡。她见到陶文昌，肿得只剩一条缝的大眼睛弯了起来，使劲伸出胳膊。

"来，帅哥哥抱着。"陶文昌有些吃惊，想不到祝墨还挺认自己，"哟，黄教练您也在，薛业，你干吗呢？"

"康复训练完，落落汗。"薛业脸上全是汗珠，外套拉锁大敞，里面的医用护腰一目了然，紧紧地卡在胸肌下方。

陶文昌睨他一眼："腰没好，这么练行吗？"

黄俊穿着教练服，人高马大，手里拿着水杯，看这帮小子轮番上阵带孩子："昌子你差不多就行了，还训练呢？"

"知道。"陶文昌满脸暖意，"您接着聊，我去那边。"

黄俊又折回来，对薛业语重心长地说："我刚才说的话考虑一下。没有比赛成绩可以破例收录，但你要跟一队的人训练。"

薛业神色过于专注显得很麻木。

"不考虑。"

"你别不给自己留后路，警告一次。"黄俊用过来人的身份应对薛业的刚硬态度，"过去三年你没有一场成绩，怪谁？怪你自己没冲出去。"

"高考我按体育特长生录取的，查得出来吧？"薛业也不知道自己干吗非要争这口气，顺着黄俊的视线看到远处走来的师兄们。

高中三年体育特长生，体院录取的通知书，体育办完全查得出来。薛业相信白洋一定帮自己查过，可体育办还是以无赛为由拒绝收入田径队正编。

这一刻师兄们来了，他想直接拉自己进一队？晚了。而且他现在有伤根本没办法跟一队的人训练。

"说什么呢？"张海亮把头上的鸭舌帽戴在师弟头顶，"黄俊啊，这是我家小师弟，亲的，打小叫罗老惯坏了，有得罪的地方您见谅，别跟小孩一般见识。"

这话明显是向着自家同门，黄俊也不好反驳："不敢，罗老的孩子都是冠军腿。走，带您看看本校的孩子们。"

　　张海亮去沙坑授课，薛业跟在后面慢慢走，身边一左一右突然多了两个人，傅子昂和严峰。

　　"有你这么落汗的吗？"傅子昂替薛业拉拉锁，"师父不在没人管了，要飘吧？"

　　"我就没下来。"薛业有一点儿笑的意思，露出洁白上牙的一半来。每次大运动量体能消耗，他的眼神就这样，有点儿茫有点儿失焦。

　　薛业这样一笑，傅子昂仿佛回到几年前，师兄弟们没休没止地训练，狭小的宿舍，披星戴月半睡半醒地晨跑，举重队和铅球队往硬皮地上砸杠铃，中餐厅、西餐厅来回风卷残云……然后这所有的快乐在一个春天戛然而止。

　　严峰把目光从张海亮那边收回来，拉起薛业的左手："十六，昨天就想问了，这干吗的？"

　　薛业抬脸又笑了笑，笑容比刚才好看："杰哥给的，我有嗜睡症，他怕我丢。"

　　又是杰哥，两个人隔着薛业相视皱眉。

　　严峰态度严谨，看了看烙进金属的字和数字，预感在心里酝酿："你在外头会随时睡着，这么严重吃什么药呢？"

　　薛业脚下一停，看完左边，看右边，愣是不敢开口。傅子昂觉出不对，师弟可不是一个怕挨骂的人，天生硬坯子，闯祸不眨眼。

　　"你吃什么药呢？"傅子昂问，还是问不出来，薛业不想说的事能瞒到死。他干脆在薛业身上找，上衣兜摸完找裤兜，裤兜没有拽书包。

　　"师兄你……你翻我的包干吗？！杰哥给的，他又不害我！"薛业急了，眼尾的汗像甩了一点儿泪出来。

傅子昂在包里一通暴躁乱翻，最后将东西往地上倒。各种各样的东西掉出来，他捡起白色的小药瓶，看一眼，甩臂扔进铅球的训练场。

"你扔我的药！"薛业要追，被严峰一把拉了回来。

"子昂，是你太过了啊，不能随便扔师弟的东西。"他一手拉薛业，一手想拉另一个人。

不料傅子昂甩开他，痛苦和自责情绪终于击垮他，几乎失态："我过了？他给十六吃慎用药！十六还怎么往回跳？你说，十六怎么往回跳！"

严峰一动不动地站着，半天才问："你吃的什么药？"

薛业借着检查鞋带的机会蹲下去："盐酸哌甲酯片。"

"你怎么能吃那个？"严峰没提药的名字。

"能怎么办？我都这副德行了，不吃药能怎么办？"薛业逆着师兄的关怀发脾气，从不是乖乖听教训的师弟。他走回长椅，坐得很安静。

唉，他跟自己发脾气呢。田径场乱得厉害，连带着傅子昂的心境也乱，他扑到外场的铁丝围栏上像要以一己之力将其压倒，一声接一声地咆哮，路过的学生都开始看他。

"你干吗呢？！"严峰又一次提醒他，"这是外校，不是队里！"

傅子昂根本不敢回头看，师弟就坐在那边："十六那年退赛，他爸妈带着他利索地走了。现在好不容易找回来腰又废了，那家伙还给他吃药！严峰我告诉你，他太难了。"

严峰自然知道,闷声抓他过来："你能不能有个当师兄的样子？"

"别劝我！"傅子昂又一次甩开他，哽咽了。

劝他？谁也没法劝他。严峰回头看薛业，师弟正面无表情地看着沙坑。

小师弟长得好看，可放在一个少年运动员身上又太过好看。有一年，体校来了个小有名气的导演选拔男主角的少年时期出演者，看上的就是薛业，叫师父回绝了。

他们都出身体校，说话还不利落就开始勤学苦练，流过泪也流过血。小师弟天赋最好，身体强度优秀，十二岁声名鹊起，披荆斩棘地拿下了全国少年组冠军。他是队里的骄傲，最有可能成为师父的翻版。

薛业应该在十四岁那年进省队的，然后和师父一样，从省队跳入国家集训队，参加大运会、世锦赛，再往上，再往上……可还没等到扬威遏志，就退赛了。

薛业无法再适应校队的生活，每一天的集体训练成了磨难。他说喘不上气，带去医院也查不出病因，最后被爸妈带走，再无音信。

高中这三年，薛业是怎么把自己拼好的，像长出一副新生的呼吸系统开始练跑步？他逃离沙坑，为什么重振勇气重新跳了？

答案严峰不得而知。

"先把十六哄好再说，有你这么幼稚的师兄吗？"严峰在他的脑袋上拨拉了一把，"你去收拾书包，我和铅球队的人商量一下，去找药瓶。"

傅子昂咬牙切齿地说："那十六怎么办？"

"就听十哥的。"严峰说，显然他们昨晚已经商量过，"十六想干什么，就让他干，只要他高兴就行。"

傅子昂带着怒意去跑道上捡书包，哈着腰，把零碎物件一件件捡回来。严峰找铅球队的队长商量训练中止，在内场哈着腰，不断寻觅才捡回一个小药瓶。

那三个人忙活什么呢？张海亮不禁张望。孔玉也跟着张望，那两个人好像在哄薛业。

"师父，薛业当年为什么退队啊？"他实在好奇。

"不关你的事啊。"张海亮笑着，把他往沙坑里赶，"去，练起跳去！"

跑道外侧，薛业的脸扭向左边，嘴里叼着拉锁的金属头。

傅子昂在右边赔笑，用力地揉他的脑袋顶："对不起一百遍，师兄道歉，书包给你捡回来了，别发脾气，行不？"

他这脾气一点儿没变。

傅子昂又求："不该翻你的书包，扔你的药瓶，别气了。咦，你喷香水啊？挺……有个性的。"

严峰也得哄薛业："药也捡回来了，给子昂一个台阶下吧。"

"哼。"薛业瞪着他。

"别龇牙了，师兄让你捶一拳。"傅子昂拍了拍胸口。

"咣当"一拳，捶得傅子昂手臂上的汗毛全部竖起来："你还真捶？！"

"你扔我的药。"薛业这才说话。

"是，师兄错了。"傅子昂让着薛业，知道他的拳头是虚的，一碰就碎。

严峰也揉薛业的头，关爱地看着时不时耍一顿脾气的师弟："不生气，咱们吃饭去，想吃什么？"

"不吃，气饱了。"薛业微皱着眉头，旺盛的火气换成与生俱来的冰刀脸。严峰一看，嗯，是哄好了，可还要再缓一缓。

突然有手机铃声响起，三个人同时摸手机，最后薛业站起来，跑到旁边接电话了。

"估计又是那杰哥吧？"傅子昂严密注视着薛业。

"随他去吧，找机会提点几句。"严峰同样担忧。

"杰哥。"薛业声音很小。

祝杰刚刚找到张权给的地址，没想到是大厦顶层："吃饭没有？"

"啊？还没吃，祝墨被陶文昌抱走了。"

祝杰停下脚步，对，自己是带着妹妹跑出来的："让他抱吧。

下午做什么了？”

"下午啊……"薛业往跑道上乱瞟，"杰哥，我下午在上课。"

"上课？"祝杰捻着指腹，"你再回答一次，别说我没给你机会。"

薛业不慌不忙地说："我真上课啊，就在……"

"体育新闻的课表我有。"祝杰又问了一遍，"下午做什么了？"

"我带祝墨。"薛业咽了一下唾液，怎么骗祝杰一次就这么难，薛业你情商不行智商也不行，"然后带她去健身房了。"

"健身房……能耐。"祝杰反复咀嚼这三个字，"健身房是你家啊？"

"不是我家，杰哥我错了，我再也不带祝墨去了。"薛业含混地说，"我把她放在安全区域，她玩沙包，我一直盯着……"

"你能自己健身吗？"

不能。康复锻炼必须有医生资质的教练看护。薛业不敢接话，很屃地耷拉着脑袋。

祝杰憋了半天才说："半年之内不许练。"

薛业恍然："半年？杰哥你昨天不是答应我了嘛，可以做上肢训练……"

"可我没答应你现在开始练。"

"不练了。"薛业万分落寞。

明年自己十九岁，再养半年开始康复训练，二十岁才能参加比赛，大型赛事不一定赶得上。运动员没多少年好光景，十八岁就是个坎，练不出来只能沉寂。

省队里十七岁的孩子都被当老将。

祝杰知道薛业在动什么脑筋："现在身边有人吗？"

"有，师兄在呢。"

"嗯，把手机给你师兄，我跟他聊几句。"祝杰的声音比刚才缓和。

薛业走回去，顺从地递手机给严峰："师兄，我杰哥的电话。"

"我接！"傅子昂抢过手机，"喂！正好想骂你呢，你自己找上门来了！你给我师弟……"

"拿着手机往远走，走到薛业听不见为止。"

"你说什么？"傅子昂被搅糊涂了，看一眼薛业开始往外走，"你什么意思？你是我师弟的什么人？"

"我罩着他，"祝杰靠着墙，"他身上有道疤，怎么弄的？"

傅子昂眼里顿时燃起怒火："你小子别太过分！"

"怎么弄的？"那道疤，还是祝杰一不小心看见的，"能告诉我吗？"

"我凭什么和你说？你算老几？"

祝杰看着密密麻麻地打满了战术手带的掌心："薛业以前的事……我知道。"

傅子昂握紧拳头："你知道还问？你知不知道给他吃的药是……"

祝杰解释："薛业的腰伤正在治，我和医生联系过，他不是真的嗜睡症，而是腰伤引起的嗜睡症状。药可以慢慢停了，我给他减量。"

傅子昂心情一缓："药必须停。"

"停药后，他也不能回田径队。"

"你怎么知道他有疤？"傅子昂反问。

"他跟我练了三年，我当然知道。"祝杰回想起高中岁月，"薛业刚入一中校队的时候，只跟我跑，他是想找个人罩着他。"

傅子昂陷入沉默之中。

张权正在打电话，看见祝杰便夹着手机过来："行，行，没问题，我先挂了啊……小孩你还真来啊！"

"嗯。"祝杰说,说完异常沉默。

"有骨气。我先给你介绍介绍环境,你再考虑。"张权很高,穿一身蓝色西装,"这里是前台,场地在后头,有三层观众席,视觉效果棒。"

"嗯。"祝杰绷着嘴角。

张权推开一扇又一扇门:"一会儿给你看看合同。"

祝杰压抑着怒火:"嗯。"

再往里是一扇通顶的灰门,左右各两名安保,清一色的西装。他们拦下了祝杰:"权哥,你带人也得按规矩来,验过没东西才行。"

"验,他就一个小孩。"张权漫不经心地说,"你,脱了上衣让他们随便过一过就行。"

祝杰的心根本不在这里,他扒掉了运动T恤,牙尖和舌针锋相对,让他尝到了憎恨的感觉。

祝杰深深地吸气,终于明白胸口里一直往外撞的力量是什么。

是他离开家,把根深蒂固的思想扔掉之后,开始自由生长的自我。

血液开始躁动、兴奋,不想再忍,祝杰已经看到另外一个真实的自己。

通过搜身式检查后,祝杰套上T恤,跟着张权进入最里层。

周围有不少员工,清一色西装,有吧台,水泥墙上贴着一整圈海报和一个又一个诨号。

有的诨号是红色,有的是灰色。

"最近没有太出彩的人,都是新来的练手。"张权向吧台要了一杯柠檬水,"刚才路过的都是授课区。新人出名了才有收入。"

"怎么出名?"祝杰问,眉骨压着一双黑色的眼睛,"我急用钱。"

可张权把他当小孩看。

"别逞能，磨炼够了才能赚钱。"

祝杰没回话，从包里拿出一对黑金拳套。

"哟，黑金格兰特！玩得够专业啊。"张权当祝杰是意气用事。

直到祝杰拿出一副护齿，张权震惊于他的认真程度。

"问你呢。"祝杰又问了一遍，"怎么出名？"

"有点儿意思。"张权看着他圆寸发型一侧的那条直杠，"先打新人赛，每一场有分数，打到积攒出人气再对决。对决三十二强就能把诨号挂上了。"

"那个能打吗？"祝杰又问。

擂台那边有骚动，有人摇铃，一个穿着拳击短裤的金发男人上去了，戴着红色的进攻拳套。

"Seven（七），四分之一混血，混哪儿的他自己都不知道，新人里的老手。"张权瞄着擂台，"想试？"

祝杰又一次脱掉T恤，调试护手布的松紧度。他咬上护齿，伸过戴好拳套的手让张权帮忙扎紧。

新人上台，全场一片死寂。

敲钟声响起提示计时开始。Seven浅金色的头发被光打成油画色彩，他不带犹豫地发起攻势，瞬间将战况提前拉入白热化。

"啊！啊！啊！"祝杰发泄式地嘶吼，压抑不住的愤怒、伤痛一起爆发了。

"差不多行了！行了！"张权被一个初出茅庐的孩子震慑住了，按住他，拿冰袋敷他的伤口。

赢了？赢了吗？祝杰不断地换气。

赢了，自己赢了。

赢了的除了Sky，还有他的新生。

晚上九点，陶文昌陪着薛业在东校门等人，同时轻轻地拍着祝墨。

祝墨在自己怀里睡着了，玩得很累。陶文昌一下下摸着她的脑袋，琢磨着怎么开口。

祝墨的脑袋顶靠后的地方有个软包，磕的。肯定不会是这天和昨天弄的，是祝墨在家里磕的。祝杰说爸妈不在，祝墨不跟保姆大概就是这个原因。

保姆粗心，小孩摔疼了也不敢说。

"没想到，你还挺细心的。"俞雅陪着他们一起等，"祝杰的妹妹倒是可爱。"

"还行吧，我是花花世界限量版的花花蝴蝶，不喜欢小孩。"陶文昌力图撇清关系，保姆人设无形中减少了他的魅力，"这不就是因为……薛业不会带嘛，帮他的忙。"

薛业投来一个懒得反驳的眼神。整个晚上自己都没抱到祝墨，全让陶文昌霸占了。

风吹得脸有点儿疼，薛业把外套裹紧，呼着寒气等电话。

几分钟后一辆车停在面前，张蓉下车来接祝墨："辛苦你们了，来，给我吧。"

"轻点儿啊，刚睡着，晚饭没吃多少。"陶文昌一千万个不放心，"夜里饿了别给她喝白粥，墨墨说不喜欢喝那个。"

"她和你说这么多话？"张蓉把祝墨接过来，一脸讶异的表情。孩子很聪明但太过内向，来来回回就是那几句话，哥哥不好，哥哥坠好，想不到和陶文昌最亲近。

"那是，我……"陶文昌想说我俩是好朋友，看了俞雅又改口，"我魅力大，小女孩也喜欢我。"

俞雅跺着脚抵抗寒风，有时真希望陶文昌别开口。花里胡哨的话张口就来，他还是带祝墨的时候可爱朴实。

风很大，东校门外已经没人了，偶尔有也是低头匆匆赶路。一辆出租车的车灯照亮他们，接着副驾驶座的门开了，一只黑色篮球鞋先踩出来。

"杰哥！"薛业迎着那道光跑过去。

祝杰下车先是怔了怔，没想到薛业会在这里等他，脸上有伤，瞒不住了。

"杰哥？"薛业停在几米之外，杰哥怎么又伤了？

"吃饭没有啊？"祝杰问。

"没吃。"薛业的目光锁定在他的眉骨上，"杰哥，你又伤了？"

祝杰挑了一下眉毛，没什么感觉，并不疼。他的身体开始暖过来了："小伤。"

"哦。"薛业无力地甩甩头，笑了笑，"杰哥，我给你拎包吧。"

他弯腰去提地上的运动包。祝杰反而先拿了，从包里拎出一个大口袋给他。薛业不过脑子地接过口袋，抱着格外沉。

"什么啊？"他往怀里看了看，满满一口袋全是营养剂，各方面的，大概是一个运动员的训练季度量。这几个牌子的东西他也买过，很贵。

祝杰给谁买的？薛业没敢问。

祝杰忍不住说："薛业你能有点儿脑子吗？你的。"

"啊？"薛业的嘴又张开了，"我的？可我……用不上吧？"

祝杰皱了皱眉，脑子里过了无数条"薛业，你傻吗？"，但是最后还是没说出来。"复健训练用不上，你就把这袋给陶文昌。"

"真的？"陶文昌凑热闹地来看，"真给我？谢了啊！"

"假的。"祝杰冷眼瞪他。

薛业没反应过来，陶文昌难以置信。

这意思是……他同意薛业开始康复训练了？

张蓉将祝墨平放在车后座上，从后备厢里拖出一个大行李箱。

"马上年底，"她看着薛业，"给你们添几身衣服，缺什么你跟我说。"

祝杰伸手接过行李箱，但没说谢谢。

风很大，陶文昌把外衣脱给俞雅，同时感受了一把"人神共愤"的情绪："不是，你能不能关心一下墨墨啊，在家谁负责照顾她？"

这么小的孩子磕那么大的包，他们是不是可以告保姆了？

"她？她怎么了？不是挺好的吗？"祝杰嗡嗡耳鸣，"风大了，咱们走吧。"

"哦……衣服，谢谢您。"薛业朝着张蓉点头，随后追着祝杰的背影跑了。

陶文昌神色阴郁，碍于俞雅在又不敢骂："蓉姐，您赶快带墨墨休息吧。"

"欸。"张蓉将车门关上，"你倒是不一样，喜欢带孩子。"

"哪有，您别瞎说。"陶文昌眼中有一抹暧昧之色，"不喜欢，我喜欢小姐姐。带墨墨是支援行为，我怕那俩不负责任的人照顾不好。不信您问俞雅？"

"陶文昌，你好好说话咱俩还有的聊。"俞雅看着这只雄性花蝴蝶在身边扑腾，"再油嘴滑舌，我拿胶条把你的嘴贴上。"

"别啊，我还想唱歌给你听呢，刚学的，清唱。"陶文昌顶着寒风穿着短袖，追了上去，"你喜欢听谁的歌？"

"不喜欢听歌。"俞雅不接陶文昌的套路，"你没少交女朋友吧？"

"没有……啊。"陶文昌顾左右而言他，"其实我内心世界也很纯情。你要不要试着了解我一下？"

"我的胶条呢？"俞雅皱眉，他带祝墨的时候多正常，这一刻真想把他这张嘴贴上。

薛业被护腰卡得胸下面难受，偷偷解开其中一边，怀抱里沉甸甸的。虽然运动员不指着营养剂过日子，可这就像是他们的安全感，必须得有。

毕竟他们搞体育消磨的不仅是娱乐时间，还有提前耗费的身体机能。

薛业走在祝杰身后，前方的风把什么气味送进他的鼻腔，从不属于祝杰的烟酒味，很浓烈。

杰哥到底去哪儿了？

薛业想问，回到宿舍孔玉刚洗好澡："小师叔回来了啊。"

"有事啊？"薛业容易飘，特别是被喊作前辈，从前他排行最小，师兄们揉来揉去。他摔个跟头，五六个人一起冲过来扶。

"没事，闹半天咱们是一家人。"孔玉像急于修炼不小心走火入魔，把自己的训练强度足足提高一倍，"我看见你在健身房苦练，什么时候给师侄开开眼，跳一个？省得我师父成天把你挂嘴边。"

"等你跳过 16 米 8 再说，实在困难，16 米 5 也行。"薛业很不给面子，你让跳一个就跳一个？那我这个小师叔多没面子。

喊，孔玉那张脸气得几乎要变形，这人好践，自己一定要赢他。

浴室里，祝杰靠着水池边缘正在发呆。

"杰哥。"薛业站在门口叫他。

薛业很少在祝杰面前皱眉头，因为祝杰高一就说过了，他皱眉头不好看。这一刻眉毛中间皱得死死的。

祝杰的状态和自己刚开学时很像，表面风平浪静，但眼里的焦灼之色掩饰不住。那段时间是他的缓冲期，他不爱动、不爱吃东西、不爱起床，只想昏天黑地地睡觉。

但他从未想过放弃。

能爬起来一次就能爬起来第二次，等缓过去，他会按部就班地上课，治病，决不放弃。

"你下午练什么了？"祝杰问。

"练了上肢，没动腰。"薛业笑了笑，"杰哥，你最近是不是有心事啊？"

"没有，就是禁赛闹得烦了。"祝杰说了个挑不出错的理由，"过两天就好。"

薛业信了。

祝杰又问他："你今天复健有教练在吗？"

"没有啊，我随便练练上肢，眼睛没离开过祝墨。杰哥，你放心，只要我在没人能碰她。还有一件事……"

"说。"

"杰哥，我自己减药了。早上一片，中午半片，晚上不吃了。"

"你想什么呢？"祝杰丝毫不意外，但还是要骂薛业。

"我是这么想的，明年三月有场小比赛，我进预赛，找找感觉，不往上争。六月份那场比赛壮观，我必须参赛，把金牌捞进兜里。到时候你也解禁了，咱俩刚好能一起报名，田赛、径赛的金牌一起收，牛吗？"

"六月啊，我想想……"祝杰算了算时间，"薛业，你是傻吗？"

薛业垂下眼睛笑了笑，眼睫毛跟着压下来，知道祝杰骂什么。

这一刻自己的身份很尴尬，体院不会费工夫抽查，晚两个月停药完全没问题。可恩师从小敲打体育精神，不训练还好，一旦开始训练，药必须停，否则就是带外挂，不仅对未来的竞争对手不公平，也脏了自己的腿。

他只要练，血里必须干干净净，才对得起"运动员"这三个字。他躲在祝杰的光芒下养了三年，已经准备好了。

"杰哥，老李和王主任给我打电话，说，专家针对我的片子又会诊了，嗜睡的症状八成和腰椎有关。"薛业怕祝杰不同意，吞吞吐吐地说，"他们都是……都是职业队的老医生，对这些药比我还敏感，问我是不是遵医嘱吃的。"

祝杰沉默，原本计划年底带薛业看嗜睡症，还好他根本不是。

"我先停一半药，下午犯困就睡一小觉。"薛业从兜里掏出一盒新的肉色肌贴，"杰哥，你就让我练吧。"

"我没不让你练啊。"祝杰挺冷酷，"营养剂知道怎么吃吧？"

薛业一听这话，知道这是同意了："会吃，杰哥你花不少钱吧？"

"我缺过钱吗？"祝杰反问，瞥了一眼薛业深紫色的左手小指甲盖，"哑铃磕的吧？懒得骂你了。"

"啊？哦……杰哥你骂，我听着。"

"康复训练你一个人不行，我让张蓉找个有资历的教练，女的，每天来学校带你。"

薛业没说话，也没拒绝，祝杰能想到的问题他也懂。沉默了好一会儿他才开口："找教练，看病，开药，要花不少钱吧？成超赔我那些钱……"

"用不着，又不缺钱。"祝杰突然笑了，其实问题很好解决，没有学校用薛业参加比赛，那他就送薛业做自费运动员，漂漂亮亮地回赛场。

接下来的几天薛业正式把药量减到三分之一，准备康复训练。他必须把自己的血洗得干干净净。

周三下午，薛业带着祝墨去做整脊，薛业仍旧疼得龇牙咧嘴。老李一大把年纪了仍旧能开动嘲讽技能，把怕疼的小运动员撑到无话可说。

倒是祝墨，跟陶文昌混了几天开朗不少，每一天都要背小书包，包里装着小澡巾。虽然她还是不爱说话，但整脊这天她绕着理疗床转圈跑。

这跑步体能，果然是祝杰的妹妹，将来培养她跑马拉松。

周五下午下课后，薛业抱着祝墨去送师兄，路过了装修中的健身楼。风很大，他替祝墨紧了紧围巾。

东校门外，车已经等着了，三个人都还没走。小师弟赶到时正好起风，像一艘孤独的破冰船，破冰前行。

当年他退宿谁也没通知，自己收拾好行李干脆利落地走了，严峰是第一个发现宿舍里空出床位的人，急忙把傅子昂叫回来。

那年两个人都是体校高中生，严峰刚进省队还是新人，小师弟的不告而别令他们焦头烂额又无从寻找。同一年，一起长大的罗十一、罗十二、罗十三，一个大学转业，一个因伤退役，一个随父母出了国。

圈内都说，罗季同的时代结束了，没有出色的孩子顶上来，直到严峰和傅子昂这年初杀出重围，但成绩远不如罗老当年。

这三年，傅子昂不止一次想象，薛业离开时的场景。他那么热爱体育，该是怎么不舍地离开的？他会不会频频回头，期望那些师兄来送一送？

这一刻师弟找回来了。比之当年，薛业的身高长了不少，不曾停断的训练增加了他的肌肉围度，成年男人的身形轮廓初成。

"师兄！我晚了！"薛业一路小跑，眼前的张海亮、严峰、傅子昂，全穿着省级一级队伍的队服。不同的是张海亮穿的教练标配。

"又带祝妹妹上课去了？"严峰替他接过祝墨，"腰没好，少抱她。"

薛业笑了笑："她走不快，你们直接去集训？"

"嗯，直接拉过去，封闭半年。"傅子昂犹豫了几秒，拿出一个信封来，"这你收好。"

"什么啊？"薛业好奇地打开，立马还回去，"这是你的工资卡和补贴，不行，我拿你的工资我成什么人了？"

"拿着，每个月不多。"傅子昂又给推回去，进了省队就能拿补贴。当年要不是那件事彻底改写了师弟的命运，他也是省队的种子选手，估计都进了国家集训队。

"子昂让你收你就收着，不想花就替他存着，省得他一分钱也存不下来。"张海亮说，"你俩先上车，我和十六再说几句。"

"那……我们先上车，有事打电话，虽然师兄们过不来但也不是好惹的！"傅子昂说。严峰把祝妹妹还给师弟。

薛业跟着张海亮走了几步，提前开口解释道："师兄，杰哥和我是好兄弟，他……"

"我没说不让你跟着他练。"张海亮一向谨慎，"师父现在在瑞典养病，不知道什么时候会回来，到时候你自己跪师门，我也替你瞒不了多少。"

跪师门？薛业又开始干搓羽绒服外兜："师父还……还认我吗？"

自己是不告而别，师父那个暴脾气……他一定把自己的腿撅断当盆栽。

"他老人家嘴硬，咱们哪个没被骂过？至于去学跑步了这事……你服个软就行了。"张海亮使劲地捏了捏小师弟的肩膀，"这事……我也不好说你太多，你对祝杰那个人了解吗？"

"了解啊，杰哥是我同班同学，我这三年给他拎包。"薛业言之凿凿。

"行，有事给我们打电话，比赛的事……不急，缓缓再说，或者再过两年。"张海亮停顿。

"有个好兄弟也挺好。"但他到底是心疼师弟，说不出口，"还有，我徒弟孔玉，性格骄傲又好胜，也是容易得罪人，他是你的师侄，有什么事你俩相互照应。"

"嗯，我不欺负晚辈。"薛业开着玩笑，把躲在腿后的祝墨拉过来，"这是哥哥的师兄，说再见。"

"叔叔再见。"祝墨穿一件斗篷式的羽绒服，戴毛线球帽子。帽子上别着蝴蝶发卡，又大又蓝。

"啧，怎么就叔叔了，我有这么老吗？春节之后我能回来一趟，再来看你们。往后没人再欺负你。"张海亮最后在薛业的头上揉了一把，上了车。

送别师兄，薛业抱着祝墨往田径场赶，这一刻他还是二队的替补队员。

一队队员还在训练，二队队员已经解散，孙健蹲在沙坑旁边筛沙子。

"怎么你在？"薛业给祝墨的围巾又往上提了提，只露出眼睛。

"男神，我受罚呢。"孙健见着祝妹妹立马扔了筛子，"来，来，来，我抱一下！"

"你的手不干净！"薛业把他一脚踹远，不理解这帮体育生有什么毛病，见着祝墨就想抱。

祝墨见过孙健许多次，屈着胳膊勾住薛业的脖子，眼睛却看着这边："黑哥哥好，你手不干净。"

孙健站在旁边委屈："我皮肤黑是晒的，我哥说我小时候白着呢。这不叫黑，叫古铜色。"

"古铜哥哥好。"祝墨立马改口，长长的头发被狂风吹成左一缕右一缕。昌子哥哥不在，没有人给她扎辫子了。

薛业把这些头发塞回围巾里，依他的主意直接剪了就行："你怎么又受罚了？"

"测试呗，成绩不理想，我哥也没面子。"孙健期期艾艾地说，"只能说咱体院要求太高，我这成绩在别的学校肯定进一队。"

"弱……"祝墨还在，薛业把脏话咽了回去，"弱就是欠练，老实挨罚吧。"

"没说不练啊。"孙健老实地蹲下干活儿，薛业蹲在他右边。祝墨像个小麻雀围着男神绕圈跑，真可爱。

"祝墨，回来。"薛业时不时地高举右手，以免身体被母子绳捆住。他再一次感叹祝墨这旺盛的精力，是个跑马拉松的料。

祝墨听到召唤，抱着膝盖蹲下，跟着薛业一起挑小石子，还是不爱说话。

"男神。"孙健像河马潜水，身形健硕却无声地靠过来，"要不你收我当徒弟吧，我给你拎包。你要收了我，我和孔玉就是一个辈分了，有面子！"

薛业没说话，只是用眼神告诉他：你想得挺美。

孙健立刻笑开了："我随便一说，你是罗老的弟子，张海亮的师弟，肯定不轻易收徒弟。我不就是羡慕孔玉嘛，谁不想有个好师父？不过这几天可有他受的，每天气得脸色涨紫，茄子包似的。"

"孔玉？"薛业立刻警觉，"他怎么了？"

"生气啊，这几天开始交流学习，外校生来体院观摩，其中就有今年三级跳的银牌获得者，明里暗里说孔玉顺风向跳也不行，师父再好也不顶用。"孙健叨叨不停，像和上级交代情况，"我凭良心说，孔玉绝对有能力，但是他太容易急躁，激进，总输在心理战上。他一跳稍微失误，二跳、三跳救不回来的。"

明里暗里说孔玉？薛业没那好心替他解围，但"师从同门"这四个字，好比一根隐形的绳索把他俩划成了一堆。

"明天还有交流学习？"薛业问。

"有，那帮人下周五才走呢。"孙健回答。

"行，哪天碰上了再说。"薛业松开拳头，手里一把小石子。

"薛业。"祝杰在铁丝围墙外面站住。

"杰哥你回来了？"

"吃饭没有？"

"没吃，我等你回来一起吃。"

哥哥回来了。祝墨也跟着跑，一直跑到围墙边上，仰着谨慎的小脸："哥哥好。"

"嗯。"祝杰低头看她。

身边突然有个妹妹，还是一个这么小的妹妹，祝杰始终找不准交流的方式。万幸的是祝墨长开了，刚出生那时候特别丑，还能哭，还没有头发。

"你俩干吗呢？"但祝杰偶尔会和祝墨视线接触，比如此刻。

"帮哥哥和古铜哥哥捡石头。"祝墨看了看沙坑，"古铜哥哥说他不黑。"

古铜哥哥？祝杰看到沙坑旁边的男生，是孙健。

他皱了皱眉："不是古铜色，他就是黑。"

"杰哥，你忙完了？"薛业扒在铁网上。

"忙完了，你一会儿要训练？"隔着铁网，祝杰往薛业的手心里塞了个东西。

"有训练。"薛业很坦率，紧了紧拳头，里面是硬的东西，他一看就愣了，"钥匙？"

"租了房。"祝杰喜欢高领衣服，羽绒服同样带领子，拉起来遮了遮下巴，"以后让张蓉带祝墨住租的房，咱们周末有空也可以去。"

祝墨拉围巾遮下巴："我想和哥哥住。"

祝杰又把手伸过去，猝不及防地弹了祝墨一个脑瓜崩。他早就想弹了，让她小时候那么能哭，君子报仇，四年不晚。

祝墨被弹傻眼，戴着帽子还是很疼，委屈得嘴角下撇，想找昌子哥哥。

"不服啊？小不点儿。"祝杰支着膝盖研究她的表情，再看薛业，也是傻乎乎的样子："别发呆了，快点儿，刚拿到的钥匙，去看看房。"

"哦……好，杰哥，你别急，我很快！"薛业如大梦初醒，抱起祝墨往操场的出口跑去。

风很大，祝墨被这个哥哥和那个哥哥抱出习惯，不爱自己走路，可是当着亲哥哥的面就不敢了，乖乖地拉着薛业的右手，一小步一小步地追赶两个大人的步子。他们在说什么，有时她也听不懂。

"哥哥。"祝墨突然停了，看向自己的右边。

祝杰脚步一停，还在想后天和谁打，能排多少积分："有事？"

"哥哥拉手。"祝墨把手伸得很高，因为哥哥太高了。

拉手？祝杰从没有拉过她，只朝自己的妹妹伸了一根食指。

"你太矮，拉不着就算了。"祝杰说。祝墨够着那根指头，直接攥住了，攥完露出大功告成的笑脸，又开始往前迈步。

真的矮，小不点儿，也不知道将来祝墨能不能长到 1 米 5。三个人的步调极不统一，两边的人要迁就中间那个，薛业差点儿顺拐。出了东校门往左，再经过一条三岔路往右，不到二十分钟的路程。

"杰哥。"祝墨被风吹得眯起眼睛，"你坠好了。"

这一秒，妹妹的概念突然间在祝杰的脑中开始具象化，极其迅速，第一次从混沌的字面意义变成了眼前的小女孩。

"叫哥。"祝杰的手心里全是热汗，因为把食指给了妹妹，他心里很紧张。

"哦……"祝墨点了点头。

房子在普通小区，不算特别高档但有门卫，住户进院要刷卡。祝杰刷了卡，风刮得树影抖动，祝墨开始要抱："哥哥我累了。"

"啊？哦……来。"薛业蹲下，刚要把她抱起来，祝杰先他一步单手托抱起祝墨。

"我来吧，你腰不行。"祝杰说。

祝墨来了新环境很兴奋，东张西望，学得有模有样："哥哥，你腰不行。"

"行。"薛业反驳，"杰哥，我的腰好了。"

"好了？"祝杰立马拆台，"这周日还有针灸吧？"

"有，我带着祝墨去，你去忙你的。"薛业支起胳膊给他们挡风，"杰哥，我真的好了。"

祝杰光看薛业，不说话，大步流星地往前走。

薛业看着祝杰拿钥匙开门。门被打开，里面一团漆黑，祝杰摸到开关，将光明带了进来。

祝墨变成刚会飞的小鸟，好奇地满屋乱跑："我到家啦！我到家啦！"

薛业看着祝墨满屋乱跑："杰哥，祝墨随你了，爱跑步，再过两年找个好教练学田径吧，她应该能跑马拉松。"

"学体育累，看她吧。"这个房子祝杰肯定看不上，一居室，不大，卧室仅有十一二平方米。客厅正方形，带小阳台。

"杰哥，这个房……每个月多少钱？"薛业蹲下收拾地上敞开口的运动包。

厨房传出"哗啦啦"的冲水声和小女孩的笑声，大概是祝墨在玩水。

祝杰把他拉起来："六千八百元一个月，押二付三。挺便宜的吧？"

"便宜……吧？"薛业没租过房，可这个使用面积和装修不应该六千八百元，估计是挨着大学和一所高中所以价格水涨船高，"杰哥，要不我出一半吧，我手里也有钱。"

"不用，我又不缺钱。"

薛业把拳套的扎绳收成一捆，突然觉得少了点儿什么："杰哥，你不是说找了一份拳馆任教助手的工作吗？"

"是啊，赚不少。"

"那你的护具呢？"

祝杰的护具有全套，同一个品牌，头盔、护档、护齿，可包里只有护手绷带。

"放在拳馆里，懒得往回背了。你过来看看，这边能瞧见体院。"

祝杰敲了敲玻璃窗。

薛业边走过去边问："杰哥，你家里是不是因为禁赛的事，不让你回去了啊？"

祝杰没说话，这是默认。

薛业知道，禁赛是个烙印，不管一个运动员因为什么事被禁赛，这两个字都是烧红的烙铁。

运动员生涯有期限，少一次比赛就是缺失。经验积累和打磨至关重要，这就是他们的宿命，除非伤痛到必须退赛，否则，他们不战不休。

所以祝杰此刻的处境，薛业真的理解，但不敢说。

祝杰腿上突然一动，是祝墨，两只手摸得全是土。

"哥哥。"祝墨抱着祝杰的腿，嘤嘤地往上看："哥哥，我饿了，你们看什么呢？"

祝杰心情很好，又把祝墨给弹了："有方便面，自己泡。"

"泡面？还是我泡吧，实在不行点外卖。"薛业把祝墨抱起来，三个人一起看体院。屋里顿时静下来，祝墨也不再吵吵饿，一边嘤头耷脑地揉脑门一边看窗外，很快就认出来了。

"哥哥的学校。"她搂住薛业。

房子租好了，但不能马上入住，家具不齐，犄角旮旯也要打扫。张蓉忙飞了，一个周末才收拾干净。

有祝墨，少不了要铺地毯，带棱角的家具得撤下来，全换新的。桌椅碗筷也要添，弄 Wi-Fi（无线局域网），弄机顶盒，最后将冰箱填满。

祝杰接到张蓉的电话时正在看积分排名，Sky 再打一场就能进三十二强。

"小杰，你那个工作地址给我一下，我去看看。"张蓉像在操心自己的儿子。

"祝杰。"祝杰把积分榜扫视一遍，胸有成竹地说，"我开工了，先忙。"

"你……喂？喂！"电话断了，张蓉只好作罢。眼前是理疗床，她陪着薛业来扎针灸，室内因为酒精棉球的燃烧有些热。

祝墨很爱跑，但屋里有明火，她被勒令不许动之后乖巧地坐在旁边。

她翻开小书包，揪出一条小澡巾，柔顺的长头发被薛业扎得乱七八糟："阿姨，我给你搓背。昌子哥哥说搓了背就是一辈子的好朋友。"

薛业光着膀子挨针，暗自痛骂陶文昌把祝墨教歪了。

"阿姨不搓，你乖啊。"张蓉同样不会哄小孩，"王主任，下周您手里这位小朋友要进行康复训练了，您看行吗？"

"别动腰，找个专业人士盯着就行。"王主任铁面无私，可熟悉运动员的套路，除非爬不起来，这帮人没有养伤一说，"接下来疼啊，你要不要缓缓？"

薛业脸上挂满了汗水，用卫生纸做了个纸卷，用力咬住。

他侧过汗涔涔的脸，怕到睫毛一直抖动："来吧。"

火红的粗针刺入穴位，一下比一下疼。薛业咬紧牙关，把一声接一声的呻吟锁在喉咙里。他顶起背，攥着起皱的医用床单，浑身骨节仿佛刺破了皮肤。

薛业屏住呼吸，只求恢复，为自己，也为他们。

张蓉不敢看，针头在王主任的手里被捻了一下再拔起来，筋结在施针作用下才能展开。

这周二，薛业彻底停药了。再过几天是新年，祝杰的生日。

下午，薛业带着祝墨筛沙子，接连做了两次上肢开发，这一刻双臂酸沉。小女孩有了新玩具，一套塑料的沙滩铲桶。

田径队的沙坑成了祝墨的乐园，她堆小城堡堆得起劲，脸蛋叫北风吹得红扑扑的。

"男神，我昨天按照你说的节奏改了助跑，没找到感觉。"孙健也在帮忙，"总算不准步数。"

"古铜哥哥，我堆了一面墙，送你。"祝墨跑过来。

孙健赶紧大力鼓掌："好！棒！墨墨，再堆个长城吧！"

薛业犯困，轻轻打了个哈欠："祝墨，上那边玩土，别挡着哥哥扔石头。"

祝墨听话，拎起鲜黄色的小桶换地方。薛业很想和她亲近，可自己天生没有陶文昌的亲和力。

薛业看向忧心忡忡的孙健："算不准步数就是弱，弱就是欠练，量变决定质变，十万次起跳你就准了。"

这一刻三级跳运动员的跳法大多按欧美的方法训练，恩师那一套理论早已销声匿迹。孙健和自己的起点不同，基本功打下的基础也有高低。练了十几年的起跳方式突然更改，两年之内能找到肌肉发力点，薛业都觉得孙健算有慧根。

可他自己的助跑、起跳，还是恩师的技巧，无论是一跳、二跳的手臂高度还是收腿幅度，或者三跳时颈肩的角度、髋部的灵活度，都是罗季同的翻版。训练路数讲究更新换代，只有罗门这帮孩子守着不动，包括孔玉。

男神难得说这么多话，孙健立马受教。虽说师父领进门修行在个人，可师父太重要了，不然国家队干吗高薪聘请名牌教练？

一个专业的著名教练凭借自己的经验，就能让学员少走好几年的弯路，不单单是时间成本，还有体能成本。竞技体育，专业性超越一切。

但孙健也明白，薛业能教自己，是自己赚了："好，我练，等筛干净这块沙地我跳几次，男神你看看哪步需要调整，而且……"

远处刚解散的一队队员那边有争执声，薛业安静地望过去，瞧见了孔玉。

"那边怎么了？"他压下眼睫毛。

孙健往远处看了看，摇头叹气："就是那帮交流学习的人呗，抓着孔玉比赛失误不放，要不要咱俩过去看看？"

"不用。"薛业把祝墨抱起来，掸了掸土，亲手交给孙健，"你看好她，一米都不许走远。"

"男神，你好冷酷哟。"孙健连忙拉紧祝墨的书包带，"可你一个人去，行吗？"

"一个人方便，两个人累赘。"薛业悠闲地拉上拉锁，蹲下和祝墨对视，"我去解决问题，你别瞎跑，解决完咱们回家。"

祝墨活蹦乱跳地点头："好。"

薛业拍了拍祝墨的脸，起身往一队队员那边走去。

薛业思索着走到孔玉跟前，没有浓烈的热情，却开口直问："谁挑事呢？"

孔玉正陷入两难境地。他不是忍气吞声的人，可比赛输了就是输了，于是挑了挑眉："你来干什么？"

"我？来教你立师门。"薛业不愿意拿架子，毕竟他只比孔玉大半岁，此刻却摆出从没有过的严厉样子。

"我当是谁呢，这不是薛业嘛。"人群中，有几个穿灰色队服的男生，声音耳熟。

薛业皱了皱眉，在那堆人里发现一张熟面孔，脸上露出一丝仓皇之色，差点儿露馅："你怎么来了？"

"交流学习，顺便看看腿下败将。"灰队服中走出一个人来，立着领子，"在酒店见着你的背影，我还当认错了，你还敢出来？"

"林景你找打直说。"薛业不客气地沉下脸，"赢我师侄，你至于这么高兴？"

林景笑着走过来，随手扒拉了一下孔玉："还真是，张海亮的弟子可不就是你师侄嘛，但那年你不是退赛退学了吗？"

薛业没有说话。

林景的眼神扫过他："还是说，你顶着罗季同的大名在外招摇撞骗呢？"

"我是退赛退学了，你赢过我吗？"薛业眼神黯然，见不到一点儿光，"孔玉，我今天教你。"

"行，你牛。"林景冷笑一声，"咱们啊，赛场见。"

薛业感觉眼眶在发烫，看着灰色的身影离开田径场。体校的老同学，还是自己的手下败将，才三年，一切都不一样了。

看热闹的人逐渐散去，一队的学长们也没有责备薛业。毕竟林景挑衅在先。只有孔玉不领情。

"你除了找碴还会干吗？"

薛业绷着嘴角。

"不用你替我出头。"

"一边去。"薛业整个人戳在原地。

"你！"孔玉愤愤离去。薛业手脚冰冷，像从高空被扔进深海，寸步难行。

他被退赛打击，身体无碍可比赛心理出了障碍，无法训练，也不能看同龄人训练，体校不能待了。

他像个心理上的残疾人一步一摔地离开，发誓就此远离三级跳的赛场。

身后是万丈深渊，他往后栽倒。快要坚持不下去的时候认识了祝杰，自己借着他的无畏和勇气，重新回到了跑道上。

三年，除了长跑，其他训练他没有落下。因为薛业心里还有一个信念，他会回去，基本功不能断。荣耀只有领奖的那一刻，他挺住就意味着一切还有希望。

罗季同的时代还没有过去，师父的练法更卓越，自己就是最好的证明。

突然，他的手机响了。

"杰哥。"薛业接起电话。

"怎么了？"祝杰刚从拳场的健身房里出来，下一场打三十二强排名赛，腰比一个月前精壮。

田径运动员要控制无氧训练，这一刻他暂时不需要了。

薛业摸着自己的脸："没什么，刚才……刚才有人找孔玉的麻烦，我替他出头了。"

祝杰收了张权的转账："薛业。"

"杰哥。"薛业应了一声，"你什么时候回？"

"马上。"有人跟进楼道抽烟，祝杰准备结束通话，"带祝墨回去，我不在，别和人起冲突。"

薛业来找孙健："把祝墨给我吧，我们要回家了。"

祝墨有好多哥哥陪着，一点儿都不想爸爸妈妈了。她抱着薛业的脖子四处乱看："哥哥呢？哥哥吃饭了没有？"

"杰哥马上就回来。"薛业单手拿钥匙，"杰哥这半年做兼职，明年中旬就好了，到时候让陶文昌带你看我们打比赛。杰哥坠棒。"

"嗯。"祝墨噘嘴，"杰哥坠棒。"

终于到家了，薛业把灯打开，一点儿风声都听不见。开放式的阳台装好了隔层玻璃窗，昨天还没有，一定是张蓉找工人弄的。好暖和，玻璃窗把七级的东北风关在了外面。

薛业脱了鞋，又替祝墨脱了鞋，所见之处铺满了地毯，到处毛茸茸的。

"哥哥，我的腿累了。"祝墨爬上沙发床，拍拍旁边，"我想睡觉。"

"现在睡太早吧？"薛业脱掉羽绒服，"先躺躺，杰哥说马上回来。"

"杰哥马上回来。"祝墨见薛业躺下，立马蜷着靠过来，"哥哥去哪里了啊？我想哥哥。"

"杰哥啊，杰哥去做兼职。"薛业陷进枕头里不想起来，明明祝墨说想睡他却困了，"咱们歇一下，杰哥马上就回家。"

他翻了个身，像搂着自己失而复得的妹妹。

祝杰捏着一张名片看，不懂那个男人为什么追到楼道里。没有真实姓名也没有工作单位，名片上只有一个诨号和手机号码。

小马哥？

祝杰把名片塞进包里，回忆他的长相，只记得侧脸低头时有个角度像薛业。

门口多了一张鞋垫，肯定是张蓉买的。祝杰不喜欢花里胡哨的东西。他拧开门锁，客厅的灯开着，沙发床占据半个客厅，一大一小两个人，脸对着脸睡得很香。

祝杰把祝墨从薛业身边抱走，轻轻放回卧室。

薛业醒了："杰哥？"

"今天出什么头呢？"祝杰问。

"外校的人欺负孔玉。"薛业不做抵抗，"我和孔玉不对付，可外人欺负他不行。"

"少惹事。"

薛业想起一件事，琢磨着怎么开口。

祝杰先开了口："我给你买了一双鞋。"

"鞋？"薛业有些蒙。

祝杰动作顿停："你穿四十四码的，没变过吧？"

祝杰从包里抽出名牌的封袋，里面是沉甸甸的中筒靴。

薛业张了张嘴，无话可说，再开口时微微一笑："杰哥，我想先吃个石榴。"

石榴？祝杰起身去拿。

"给。"

"谢谢杰哥。"薛业视线转动。

祝杰看着他试穿鞋子："趾头怎么了？"

"哑铃，掉了没躲开……不疼。"

薛业把袜筒拉到跟腱上。

"靴子合适吗？"

祝杰看着他穿上。

"合适，好看，谢谢杰哥。"薛业蹭腿看了看，深灰色的中筒靴。

祝杰盯着靴子看了几秒，而后道。

"靴子你穿太招摇，还是别穿出去了。"

"行，我听你的。"薛业仰了仰下巴，"杰哥，因为过去的事情，A体大会不会不让我参加比赛？我……"

"薛业。"祝杰打断了他的话，"如果A体大不用你，我送你以个人名义参加比赛。"

薛业愣了。

"没听懂？"祝杰咬牙切齿地说，"你以后肯定可以参加比赛。"

"啊？"薛业满脸迷茫的表情，"咱们不是在说过去的事吗？"

"多大点儿事，至于你闹别扭？能耐。"

突然两个人面前晃过一个影子，停在了旁边。

"哥哥，我肚子饿了。"祝墨光着脚跑出来，睡醒身边没有人，害怕。

祝墨太矮，祝杰低头说话脖子疼："有事啊？"

"杰哥坠好。"祝墨看向薛业："我肚子饿。"

祝杰把她小小的脸扳回来："方便面，会泡吧？"

祝墨摇头，不想吃面但是不敢说。祝杰嫌她笨，刚要去拿方便面，听见祝墨小声地抗议。

"昌子哥哥给我买过小蛋饺。"

昌子哥哥？祝杰起了一身鸡皮疙瘩："没听过什么蛋饺，不知道。"

"小蛋饺……这么大。"祝墨用手指比，"昌子哥哥说，想吃什么，自己说。"

"只有泡面。"祝杰说。

祝墨摇头："吃小蛋饺。"

"没有蛋饺。"祝杰往厨房走去。

"杰哥坠棒。"祝墨从客厅跟到厨房，脚丫踩起来"啪嗒"作响。哥哥好高，她要使劲抬头才能看到脸。

"所有和蛋饺的配搭都没了，你吃不吃吧？"祝杰按下煮水开关。

祝墨不说话了，不想吃，可是哥哥好凶。她想起另外一个人来，跑去找薛业。

薛业看着她跑过来："怎么了啊？"

"杰哥不好。"祝墨往薛业身上扑，闻他脖子上的香水味，"昌子哥哥和俞雅姐姐给我买小蛋饺，哥哥只给我泡面。"

"什么？"薛业抱起她，"没有蛋饺啊。"

"有，小蛋饺，这么大。"祝墨委屈地比着。

"蛋饺……"薛业认真地说，"煮鸡蛋你吃吗？和蛋饺差不多。"

祝杰正对着镜面冰箱看着自己的倒影，薛业进来了："杰哥，家里有小蛋饺吗？"

"没有。"祝杰想了一秒，"有速冻馄饨。想吃馄饨吗？"

祝墨揪着手指摇头："不想吃。"

"馄饨就是蛋饺的旁系。"祝杰看了一眼薛业："薛业，你记着，以后你是自费运动员，你能拼到什么高度，我就送你上去。"

自费运动员？

"谢谢杰哥……我参加比赛能赢回来。"

"我不缺钱。"祝杰挑起眉毛。

薛业掏出手机，微信问陶文昌怎么买小蛋饺。

薛业收到新微信："小蛋饺就是小的蛋饺！你俩给墨墨做个鸡蛋羹！"

一刻钟后，蒸锅里的水开始翻滚，祝墨抱着哥哥的大腿等晚饭。

"蒸多长时间？用微波炉行吗？"祝杰没做过饭，问薛业。

薛业只摇头不说话。

"蒸十分钟吧。"祝杰把打好的蛋液放进微波炉。

祝墨只盯着微波炉，好久啊。终于，微波炉"叮"的一声，鸡蛋羹好了。

祝杰把碗拿出来，但是和网上的照片不太一样。他眯着眼研究了一会儿，有点儿无奈，有点儿傻眼。

"你还吃吗？"

"吃，谢谢哥哥。"祝墨点头，可是往碗里看了一眼，终于憋不住眼泪，"哇"一声就哭了。

鸡蛋羹都煳啦。

两个人顿时傻眼，特别是祝杰。他好久没听过祝墨的哭声。

这个妹妹在家像不存在，连话都不说，也很少下楼梯，但是偷偷进过自己的房间。

祝墨……哭了？

两个人乱作一团，薛业手心手背地蹭她的眼泪，笨拙无比："别哭，别哭啊……我下楼买，下楼买。"

祝杰拿出手机点外卖，找蛋饺。

半小时后有人敲门："您好，您的外卖到了。"

薛业觉得自己做得不够好，说学做饭，就会煮鸡蛋，冲过去开门："哦……"

"祝您用餐愉快，方便的话请给个好评。"外卖员说。

薛业又"哦"了一声，关上了门。祝杰轻轻打了个响舌："礼貌。"

薛业乖乖转过身，再把门打开，朝着外卖员的背影喊："谢谢小哥，您辛苦了。"

"不辛苦，不辛苦。"楼道里有笑声传来。

几分钟后，几盒蛋饺摆满了桌子。祝杰把祝墨拎到椅子上，尽量表现得不烦躁、不易怒："吃吧。"

祝墨用手抓蛋饺，直接往嘴里塞，哭过的小孩脸上还有泪痕："谢谢哥哥。"

祝杰觉得自己应当说些什么："好吃吗？"

"好吃。"祝墨很认真地嚼着，"比泡面好吃。"

"还会挑食了，能耐。"祝杰往后看，更加肯定祝墨长不过1米5，"你把鞋收了，过来吃饭。"

薛业套着中筒靴还在臭美："谢谢杰哥……这靴子不便宜吧？"

"不贵，你好好护着腿，以后用得上。"祝杰弯曲打拳的指节，"比赛的事别操心，有人找你的麻烦，你就说自己是……"

"是……杰哥送我参加比赛的？"薛业小声问，狼狈地吞咽着食物。

"你非要这么说……也没错。"

周五，一年当中的最后一天，学校放假了。

这天薛业下午要见复健教练，完全停药的第五天，药物成分离开薛业的身体，犯困现象卷土重来。

但比开学初的程度乐观，中午、下午他各补充睡眠两小时就能撑一天。

"昌子哥哥，我想吃豆腐。"祝墨坐在陶文昌旁边。陶文昌撂下手机盛了一勺："小心烫啊……等等，你现在在哪儿住啊？"

"谢谢昌子哥哥。"祝墨明显和陶文昌最亲，有模有样地回答，"哥哥给我买了一个家，昌子哥哥你来一起住吗？"

陶文昌笑着摇头："不了，不了，帅气的昌子哥哥可不敢去。"

"哥哥给我买蛋饺。"祝墨慢吞吞地指脑门，"可是，哥哥打我的脑袋。"

"是吗？那咱们不理他了，咱们不跟他玩。"陶文昌给祝墨揉脑门。

薛业在翻手机："这个。张蓉周一到周五带祝墨住，周末我和杰哥带着她。"

"我看看……不错。咱们学校附近的房子不便宜吧？"陶文昌滑起照片浏览，有地毯，小桌椅都是塑料的，给祝墨用正合适，"地址给我，我以后给孩子订外卖。墨墨，你要是吃不好就和昌子哥哥说，打电话告状，咱们不受这委屈，坚决不吃泡面了！"

祝墨跟着他一起笑："不吃泡面，吃小蛋饺。"

"真乖，那咱们的目标是……"

祝墨举起小勺："搓澡交朋友。"

"棒棒的，不过你只能给小姑娘搓，记住啊，别人碰你，你要喊警察。"陶文昌有种带徒弟的喜悦感，再瞧薛业，薛业快睡着了。

"薛业！薛业！"陶文昌说道，"快吃，吃完回宿舍睡去。我下午带墨墨理发。今天你不回家陪爸妈过节啊？"

陪爸妈？薛业摇摇头，随意扒拉了一口米饭："爸妈……出去旅游了，你……你看淘宝什么呢？"

"礼物，过新年我不能空手，追女生就得有追女生的样子。"陶文昌不想鄙视薛业跌到谷底的情商，"你呢，祝杰今天过生日，你想好礼物没有？"

"没呢……我想不出来了。"薛业也在发愁。

以前他是无脑送礼，只要是运动装备祝杰肯定用得上。这一刻祝杰被禁赛了，自己也没有多余精力，每天要和困倦做斗争，还要调整比赛心态。

时间跑得简直飞快，下过一场小雪，突然到新年了。

"对了……最近他忙什么呢？"陶文昌突然想起问这个。

"杰哥说，找了个拳击助教的工作，还挺赚钱的。"薛业看着自己的碗发呆。

"拳击助教？怪不得总带伤，工作地点你知道吗？"

"啊？"薛业的脸复刻着许久不见的疏离感，他犯困了。工作地点他没问过，祝杰又不会骗自己。

"你是真不走脑子……"陶文昌给祝墨擦嘴，"快回宿舍睡吧，赶紧调整好状态。"

薛业如梦初醒一样，茫然地点了点头："嗯，我调整得好。"

吃完午饭，回到宿舍，薛业倒头就睡了。下午没有课，他睡到自然醒，赶到健身房的时候，只看到张蓉和另外一个同龄的女人。

"就是这位小朋友，叫薛业，专业三级跳运动员。"张蓉负责引见，"这位呢，是我尽力能找到的最好的康复教练，周桦，你叫她周老师吧。"

"周老师好。"薛业在教练面前鞠躬，再看张蓉："您为我花了不少钱吧？"

"没有啊，都是我的朋友，不花钱的。"张蓉率性插兜，一笑而过。祝杰也爱双手插兜，很多人骂他装，此刻薛业才知道他是和张蓉学的，两个人的动作很像。

"不花钱，专家不会一次次针对我的伤会诊。"薛业心里很明白，不想装糊涂。

这不只是花钱的事，还要搭上张蓉多年的交情。包括找教练也不单单是花钱的事。

"先训练，等你参加比赛赚奖金了再请我吃饭。"张蓉又笑了笑，退到休息区。

薛业把外套脱掉，里面仍旧是万年不变的工字背心，护腰牢牢箍着他的腰。

"你多久没练了？"周桦是一头飒爽的短发，先亮了一下自己的职业证件。

"最后一次练器械是上半年的四月底，然后没有系统地动过。前几天开始热身，做了上肢练习。"薛业套上了护腕，指根有肌贴，一切准备就绪，"您看，我的腰……"

"看过片子，也知道你的情况，咨询过你的主治医师。来，这边。"周桦言简意赅，一句话把薛业代入严肃的训练节奏当中。

她拿出计时器："我先带你做几套动作，评估一下，你我再针对部位来。"

好久没听过训话了，薛业全然进入状态，跟着周桦去下肢器械区。

张蓉在旁边观察，心中却暗自打鼓，不确信薛业能否坚持住。他的伤很刁钻，三级跳运动员的髋部至关重要，说严重但是能治，治好了又不能太辛苦。

周桦的专业性在圈内闻名，苛刻同样闻名。每一个训练点，着重考验肌肉的强度，帮助她对薛业的身体进行把控。

"还行吗？"周桦扶稳薛业的腰，帮助他固定在座椅上，"后背贴紧，离开半厘米，你的腰会承担部分压力。"

"我行。"薛业的大腿内侧在抽搐，腿部开合机很辛苦，"不用停，我行。"

"身体强度不错，几岁开始练的？"周桦帮薛业数着次数，"注意呼吸，腹部用力，找横膈膜的位置。"

薛业深呼吸："正式训练六岁，您看我半年能上场吗？"

"看你恢复的完成度，我只能帮你调整状态，来，呼吸。"周桦感觉手上一烫，是薛业的汗水不住往下掉，"这一个月，休息和停顿你自己来决定，下个月我要按照标准进度进行。"

"不休息，我就按您的进度来。"薛业挺身，继续完成动作。

"有骨气。"周桦"嗯"了一声，心里给小运动员打分。可以的，罗老家的孩子错不了。受伤运动员能否上场主要看意志力，他这样的人，绝不是场下坐得住的。

一整套训练结束，薛业累得不行，强撑着颤抖的身体向周桦和张蓉鞠躬，亲自送她们出东校门。他真的要感谢，如果不是张蓉愿意帮忙，自己的级别远远够不上这么专业的教练。

陶文昌晚上有约会，没说是谁，薛业猜是俞雅。他从陶文昌怀里接过祝墨，上了一辆出租车。

腿沉如灌铅，他很久没体验过淋漓尽致的运动疲惫感了。啊，这种感觉让薛业上瘾。

之前他一直很羡慕大家能够一起参加比赛，一想到以后自己也能参加，心里就激动不已。

"我们不回家吗？"祝墨问，过腰的长发没了，变成圆圆的蘑菇头。

"先给杰哥买生日礼物，买完，咱们就回家。"薛业抱着祝墨，过年了，爸妈应该放心，这一刻自己身边有两个家人。

真好，自己又有家了，失去的东西都会以别的方式还回来。